Le Caméléon

Renaissance

par

Steven Long Mitchell
et
Craig W. Van Sickle

TELEMACHUS PRESS

Les noms, les personnages, les situations et les endroits de ce récit sont purement fictifs et ne sont que le produit de l'imagination de l'auteur. Toute ressemblance avec des personnes vivantes ou mortes ou des situations existantes ou ayant existé ne saurait être que fortuite.

Le Caméléon: Renaissance
Ce livre électronique est destiné à votre usage personnel uniquement. Il ne peut être revendu ou donné à d'autres personnes. Si vous lisez ce livre électronique sans l'avoir acheté, ou s'il n'a pas été acheté pour votre usage personnel, alors retournez-le et achetez votre propre copie. Merci de respecter le travail de l'auteur.

L'éditeur n'a pas de contrôle et décline toute responsabilité concernant l'auteur, les sites tiers ainsi que leur contenu.

Couverture dessinée par Steven Long Mitchell et Craig W. Van Sickle

Concept visuel par Kylie Lake

Publié par Telemachus Press, LLC
http://www.telemachuspress.com

Visitez le site des auteurs :
http://www.lecameleonvit.fr
http://www.thepretenderlives.com

ISBN: 978-1-942899-28-0 (livre électronique)
ISBN: 978-1-942899-29-7 (livre)

Version 2016.03.22

Table des Matières

Message personnel de Mitchell et Van Sickle

Nous aimons Le Caméléon, et c'est notre plus grande passion de continuer l'histoire de Jarod pour tous les fans fidèles et les nouveaux fans qui nous rejoignent.

Nous écrivons pour les penseurs, les créatifs, les innovateurs et les curieux qui aiment dénouer une histoire et apprécient l'étrange et l'inattendu, des gens qui, comme Jarod, savent que 'la vie est un cadeau'.

Si vous lisez cela, c'est que vous êtes l'un d'eux, l'un des nôtres, et nous sommes réellement reconnaissants que vous soyez venus vous joindre à nous.

Écrire pour vous est un honneur, et cela serait un honneur encore plus grand si vous vouliez bien nous écrire. Si vous aimez ce que nous faisons avec Le Caméléon, cela représenterait beaucoup pour nous si vous nous envoyiez un court e-mail à centreinsider@thepretenderlives.com, pour vous présenter et dire bonjour. Nous répondons toujours personnellement à nos lecteurs.

Nous aimerions aussi vous ajouter à notre mailing list, afin que vous puissiez recevoir des notifications sur les futurs livres, les mises à jour, les concours et autres informations sur tout ce qui concerne Le Caméléon.

Vous pouvez nous trouver sur http://www.thepretenderlives.com. Nous espérons que vous suivrez ce lien et nous direz bonjour pour que nous puissions vous remerciez personnellement pour votre lecture et votre loyauté.

Qu'ont à dire les lecteurs et les fans du monde entier à propos du **Caméléon : Renaissance?**

« *Extrêmement bien écrit et mémorable. J'espère qu'ils continueront avec beaucoup d'autres livres.* »
Sam V.—West Palm Beach

« *Douze ans après que nous ayons vu ces personnages pour la dernière fois,* Le Caméléon *renaît avec une force accrue et de la ténacité. Soyez prêts pour de nouveaux secrets dont vous ne connaissiez pas l'existence et des aperçus excitants des vies des personnages que vous aimez tant.* »
Vania A.—Lisbon

« *Un parfait mélange de l'ancien et du nouveau et oui, Miss Parker et Sydney sont toujours sur la piste de Jarod. Ils le veulent vivant, de préférence.* »
Kris G.—Maui

« *La quête de Jarod pour la vérité et les secrets de sa propre existence continuent d'inspirer alors qu'il découvre le monde en combattant les injustices et essaie de garder une longueur d'avance sur ses ravisseurs, le Centre. J'ai hâte pour la suite !* »
Mark M.—Rome

<u>Reconnaissance</u>

Sans le travail acharné de quelques personnes étonnantes, ce roman n'aurait jamais pu être mis à la disposition du monde francophone. Sincères remerciements (par ordre alphabétique) à...

Rym Benelmouffok, Vicky Ponty, Delphine Ribes, Alan 'Syd' Van Bräckle et Laurette Wissler. Leur amour, leur amitié et leur contribution à ce roman se ressentent dans chaque mot ...

Mallory Johnson, Vania Araújo Junceiro et Jacci Olson - le vrai Triumvirat.

Et un remerciement tout particulier aux belles et étonnantes Erica Mendes et Nathalie Sevestre dont la merveilleuse personnalité, l'infatigable éthique de travail et l'attention aux détails ont permis de créer une traduction de qualité, cohérente tout au long du livre, et ce, en restant aussi fidèles que possible à la version originale.

Nous vous sommes grandement redevables à tous...

Merci beaucoup,

Steven Long Mitchell & Craig W Van Sickle

Préface

Mes amis Steve Mitchell et Craig W. Van Sickle ont créé avec Le Caméléon tout un monde. Un monde qui touche des personnes de tous âges, de tous milieux et venant du monde entier. Leurs imaginations fertiles et hors du commun ont donné vie à une anthologie intelligente et profonde, source d'inspiration. Ils ont construit ensemble une histoire captivante, pleine d'action et de mystère. Une mythologie à la fois touchante et amusante.

Ce fut un honneur pour moi de jouer le rôle de Jarod pendant si longtemps. Lui donner vie a été une de mes plus grandes joies. Il m'a appris des choses dont je me souviendrai toute ma vie. Jarod est un excellent professeur en ce qui concerne les priorités de la vie. Il nous apprend à servir les autres de façon désintéressée, en faisant preuve d'une grande compassion. Il nous montre que les actes de bonté sont beaucoup plus gratifiants que l'argent … ou les Pez.

Il nous rappelle la valeur de la famille et l'importance de conserver l'émerveillement et le sens de l'aventure que nous avions étant enfant.

Il nous montre comment se battre avec courage et conviction pour que justice soit faite.

Il nous enseigne que, peu importe ce que l'on a vécu et la cruauté dont nous avons pu souffrir de la main de quelqu'un d'autre, il est possible de surmonter la douleur et sortir de l'ombre pour vivre pleinement.

Il nous permet de devenir quelqu'un de nouveau tout en étant toujours fidèle à nous-mêmes.

Jarod est une source d'inspiration pour moi et je l'espère, pour vous aussi. Il réveille le héros en chacun de nous.

Le Caméléon n'aurait pas vécu si longtemps sans les meilleurs fans du monde. Je vous suis éternellement reconnaissant pour votre soutien et votre amour.

Michael T. Weiss

Renaissance

Prologue

*Il existe des Caméléons parmi nous,
des génies qui possèdent entre autres la faculté
d'assumer n'importe quelle identité.
En 1983, les chercheurs d'une entreprise
appelée "Le Centre"
ont mis en isolement un de ces êtres,
un jeune garçon nommé Jarod
et exploitèrent son génie pour des recherches secrètes.
Mais un jour le Caméléon leur échappa ...*

Chapitre 1

TEL UNE TOUPIE, un œil de verre tournoyait lentement sur une table en métal, entre un cendrier en onyx et une seringue en verre. Il s'immobilisa et fixa un homme qui était devenu méconnaissable.

Kaj regarda fixement la bille de verre et réalisa qu'il n'avait pas senti le coup qui l'avait projeté hors de sa tête, sur la surface rouillée. Le Libyen ne ressentait plus aucune sensation du côté gauche de son visage depuis des heures ; depuis le vingt-huitième coup qui avait fracturé son os occipital. Compter les coups lui avait, jusque là, permis de garder ses esprits. Mais sa raison l'avait quitté en même temps que l'œil de verre, cet œil dans lequel il pouvait à présent voir son reflet.

Quel était le coup qui l'avait assommé ? Le 115ème ? Le 118ème ? Sa mémoire à court terme avait quasiment disparu. Il se concentra afin de redonner un sens à ce qui était en train de se passer, pour se souvenir de la raison première pour laquelle il était torturé.

Kaj frotta avec lassitude son visage marqué, un visage qui le faisait paraître bien plus âgé que 34 ans, et qui ressemblait plus à celui d'un éleveur de chèvre qu'à celui d'un agent opérationnel ; un visage qui, tout comme ses vêtements trempés de sueur, empestait la peur.

Kaj vacilla sur une chaise en bois dont les pieds, de longueurs inégales, permettaient de le garder en déséquilibre. Cette chaise le rendait fou, tout comme le bourdonnement du néon fluorescent fixé au plafond. En fait, tout ce qui se trouvait dans la pièce dans laquelle il était enfermé depuis sa capture (*depuis des heures ? des jours ? des semaines ?*) avait été conçu pour l'exaspérer.

Un plan qui marchait à la perfection.

En proie au délire, il vit un homme tendre la main pour ramasser son œil artificiel, et fixa le globe qui s'élevait à hauteur de son visage. Au moment où le reflet de *cet homme* apparut dans *son* œil de verre, la douleur lancinante dans la tête de Kaj se dissipa, remplacée par de l'émerveillement, devant la scène surréaliste à laquelle il assistait. C'était comme si un des dessins d'Escher, comme ceux des livres d'images qui l'avaient toujours fasciné, avait pris vie.

L'homme de grande taille, dont l'image se reflétait dans l'œil de Kaj, s'appelait O'Quinn. Contrairement au terroriste défiguré assis en face de lui, O'Quinn paraissait plus jeune que ses 44 ans. Ce mâle dominant, au corps de militaire et au crane rasé, se tenait toujours droit comme un i. Il était considéré aujourd'hui, tout comme il l'avait été dans sa jeunesse, comme une machine de testostérone.

En fait, tout dans le comportement d'O'Quinn rappelait au Libyen un autre chauve arrogant, qu'il avait vu dans un vieux film dans lequel il jouait le Roi de Siam. Mais cette ressemblance datait d'un long moment déjà, d'une vie dont les images commençaient à défiler dans l'esprit affaibli de Kaj ; les souvenirs d'une enfance passée à jouer dans les rues poussiéreuses de Benghazi, de sa mère servant des kebabs tièdes, jamais chauds ; les souvenirs d'un adolescent qui avait vu brûler l'effigie de Georges W. Bush, à qui on avait promis «72 vierges» et qui avait goûté pour la première fois aux plaisirs de la chair avec une vieille prostituée à qui il manquait une incisive gauche ; les souvenirs de celui qui avait vu exploser sa première voiture piégée ; ainsi que la suivante.

Kaj voyait sa vie défiler devant ses yeux, une vie qui cesserait sûrement s'il ne sortait pas de cette pièce … et vite.

O'Quinn roula l'œil de verre de Kaj entre ses doigts et commença à faire les cents pas.

« Un homme qui n'a qu'un œil ne peut voir le monde qu'en deux dimensions. Sans la notion de profondeur, il ne peut jamais vraiment être sûr de la distance qui le sépare d'une autre personne. Espérons que maintenant, tu peux voir à quel point je suis proche de toi et que j'étais la mauvaise personne à vouloir faire chanter. »

L'adrénaline envahit le corps de Kaj, le ramenant soudainement à la réalité. O'Quinn sourit : « Ravi de t'avoir de nouveau parmi nous, Kaj.» Mais aussi rapidement qu'il était apparu, le sourire d'O'Quinn se dissipa et ses yeux se remplirent d'intensité : « Et maintenant, pour la 121ème fois, où est ce qui m'appartient ? »

Kaj se souvint alors de la raison pour laquelle il était là, et de ce qu'O'Quinn voulait savoir. Il reprit son souffle, essayant de faire preuve d'une certaine force : « Pourquoi devrais je vous le dire? »

« Je t'ai donné 120 raisons mon cher ami, et à dire vrai, je ne pense pas que tu sois en mesure de supporter davantage de coups. » O'Quinn pointa alors le doigt vers une seringue : « Ou de supporter ça ».

Kaj savait qu'O'Quinn avait entièrement raison.

Il chercha dans sa tête les mots qui lui permettraient de rester en vie, mais tout ce qu'il réussit à trouver fut : « Et vous me libérerez si je vous dis ce que vous voulez savoir ? »

O'Quinn n'était pas un homme malveillant. C'était un guerrier professionnel d'une très grande attention. C'était d'ailleurs tout à son honneur : «Je pourrais dire, 'oui', mais cela serait une insulte à notre intelligence à tous les deux. »

Kaj sentit un liquide chaud couler de son œil le long de sa joue. Il espérait que cela soit du sang, mais savait qu'il s'agissait d'une larme.

O'Quinn contempla la forme pitoyable qui se trouvait devant lui : « Bien que tu m'aies trahi, je vais te proposer un marché. » Il prit la seringue. « Je t'en donne deux comme ça, ce sera rapide et sans douleur, comme si tu t'endormais. »

Kaj sentit une boule se former dans sa gorge. Dans sa vie, il avait tué de nombreuses personnes. Mais aujourd'hui, il craignait que ce ne soit son tour.

« J'ai … J'ai de l'argent … », laissa échapper Kaj.

Malgré son affaiblissement, le Libyen ne perdit rien du regard condescendant qui passa sur le visage d'O'Quinn.

Abattu, Kaj continua : « J'essaye pas d'acheter la liberté. Ce serait aussi une insulte à votre intelligence. Mais bénie serait mon âme si ma mère pouvait recevoir cet argent. Depuis dix ans maintenant, elle rêve de posséder son propre stand de kebab, toujours servis tièdes, jamais chauds. »

O'Quinn posa une main sur l'épaule de Kaj : « Je ferai en sorte qu'elle l'ait.»

Des larmes coulèrent le long de la joue de Kaj. Il en vit une tomber sur la table près de sa main droite, une main qui venait tout juste de commencer à trembler : « Est-ce que je peux avoir une dernière cigarette ? »

L'ombre d'un sourire passa sur le visage d'O'Quinn. Kaj sourcilla : « Ça vous amuse ?

- Désolé Kaj. C'est juste que je n'ai jamais entendu quelqu'un dire ça en vrai.

- A moins que vous ayez un kebab, c'est ma dernière volonté. »

Kaj regarda sa prothèse oculaire dans la main d'O'Quinn : « Et ça … » Kaj fixa le sol, sa fierté le poussant à agir : « J'aimerais être sous mon meilleur jour quand … »

O'Quinn étudia sa demande, puis roula doucement l'œil de verre à travers la table. Kaj le nettoya du mieux qu'il pu avec sa manche. Il venait tout juste de le replacer dans sa cavité lorsque O'Quinn se dirigea vers la lourde porte en métal et … Boom ! Boom ! Boom ! Trois coups résonnèrent sur le mur.

Tout comme un des chiens de Pavlov, le corps de Kaj se raidit immédiatement au son des trois coups, un réflexe conditionné par l'anticipation d'une série d'événements qui allaient bientôt suivre.

Le Libyen contempla la porte une fraction de seconde avant qu'il n'entende … *ssshhh-clac* … le verrou glissa. Son œil se fixa ensuite sur la poignée de la porte, un instant avant qu'elle ne se tourne, comme s'*il avait vu* cela se produire un million de fois auparavant, ou peut-être juste cent vingt fois. La porte s'ouvrit et Kaj *anticipa* l'entrée du canon du Glock 17 de calibre 9mm, un instant avant qu'il ne pointe le bout de son nez. Alors que le pistolet guidait le garde qui le tenait, la mémoire immédiate de Kaj commença à lui revenir. *Trois coups sur la porte et le garde au grand sourire de rottweiler entre dans la pièce.*

Les yeux rivés sur le canon et le *sang séché qui y était collé*, Kaj senti soudain une vague de colère glacée et de peur brûlante le traverser. Intuitivement, il toucha sa joue. A l'instant où ses doigts rencontrèrent une plaie à vif où la chair était entaillée, il fut frappé d'une vision où il était battu à coup de pistolet par le fameux Rottweiler sadique. *Oui, c'est ça. C'était le 64ème coup. Jamais je ne l'oublierai.* Kaj expira lentement, retrouvant ses esprits.

O'Quinn tendit la main vers Rott : « Donne-moi une cigarette. »

Rott tapota ses poches vides, puis fit un pas dans le couloir, hurlant vers une autre pièce située un peu plus loin : « Hey, Dick Face, y t'reste des Red Apples ? » Kaj regarda Rott lever sa 'patte' et attraper au vol un paquet de Marlboro.

Rott se dirigea vers Kaj, ouvrit le paquet et lui en offrit une. Le Libyen entrouvrit ses lèvres gercées et l'accepta. Rott dégaina un Zippo. Kaj pencha le bout de sa cigarette vers la flamme et prit une grande et profonde bouffée dans ses poumons, sans jamais quitter de son bon œil le regard de Rott.

Prêt à tout pour s'échapper, Kaj savait que s'il devait agir, il fallait que ce soit maintenant.

BOUGE !, lui hurla son cerveau. Mais qui essayait-il de convaincre ? Il savait que dans l'état dans lequel il était, il lui serait impossible de faire face à O'Quinn et à ce cinglé de Rott. De plus, s'il essayait et qu'il échouait, ils le tortureraient probablement bien plus qu'ils ne l'avaient fait jusque-là, et supporter plus de souffrance lui était impossible.

Alors il s'assit et fuma.

O'Quinn fit signe à son toutou d'aller faire un tour. Après le départ de Rott … *ssshhh-clac* … le verrou se referma de l'autre coté de la porte. L'espoir de Kaj se dissipait à mesure que l'écho dans la pièce s'atténuait.

O'Quinn déplaça la table sur le côté, s'empara d'une chaise et s'assit face à Kaj, genou contre genou, yeux dans les yeux : « Maintenant, dis moi ce que je veux savoir ».

L'homme terrifié prit une dernière longue bouffée de sa cigarette, l'éclat des cendres chaudes donnant à son œil de verre une lueur triste et étrange.

Alors que la fumée s'échappait lentement par ses lèvres entrouvertes, Kaj frotta son front de la même main tremblante qui tenait sa Marlboro, et commença à murmurer : « J'ai caché ce qui vous appartient loin d'ici. C'est gardé par un ami.

- Je peux à peine t'entendre mon ami. »

O'Quinn se pencha alors vers lui : « Maintenant, dis-moi exactement où aller. »

Kaj regarda l'homme chauve droit dans les yeux et murmura : « Tout droit en enfer. » Agissant incroyablement vite, Kaj attrapa O'Quinn d'une main derrière la nuque, et enfonça, de l'autre, la braise rouge ardente de sa cigarette dans l'œil gauche de l'homme chauve. O'Quinn saisit son œil crépitant, mais ce n'était là que le début de sa douleur. Kaj attrapa ensuite le cendrier en onyx et fracassa son bord le plus tranchant contre la tempe de l'homme qui hurlait.

Kaj fut à la porte avant même qu'O'Quinn ne touche le sol, et … *Boom ! Boom ! Boom !* Il cogna sur le mur. Depuis qu'il avait été kidnappé et amené dans ce trou à rat, son esprit n'avait jamais été aussi concentré. Kaj regarda attentivement le milieu de la porte.

Ssshhh-clac ! Le verrou glissa. La porte s'ouvrit lentement. Le canon du Glock pénétra dans la pièce. Il attendit d'apercevoir le coude de Rott … Vlan … Kaj se jeta sur la porte, brisant le bras de Rott dans un craquement écœurant : « Aaahhhhh ! »

Kaj rattrapa le pistolet de Rott avant qu'il ne touche le sol, franchit la porte et se précipita dans le couloir. Le sourire à la K-9 avait été remplacé par des cris de douleur perçants.

Et ce n'était que le début.

Alors que Rott détachait son regard de son bras cassé, Kaj le frappa d'un coup de poing circulaire à la gorge. Le coup envoya Rott voler hors du couloir, jusque dans une pièce voisine. Kaj réalisa alors qu'il se trouvait dans une cabane en briques d'adobe.

Kaj enjamba le Rott, et croisa le regard d'un homme, une cigarette pendant entre les lèvres, une chope à la main, et se précipita vers lui. Dick Face trébucha en arrière, cherchant à mettre la main sur un des nombreux pistolets et armes automatiques accrochés sur un porte-armes mural. Mais avant même qu'il ait pu en saisir un, Kaj pointa le Glock directement sur sa 'tête de con'. C'était la première erreur de DF.

Le choc le laissa bouche bée. La clope tomba de ses lèvres. Il jeta un coup d'œil à la silhouette recroquevillée de Rott et supplia : « Je ne fais que suivre les ordres.

- Tu devrais repenser ta carrière. »

Kaj enfonça le Glock dans la bouche de DF et le traîna le long du mur vers une fenêtre.

Kaj regarda dehors, dans la nuit noire, et vit deux véhicules stationnés devant la cabane, faiblement éclairés par la lumière du porche. Une Mercedes S600 et un 4WD F-50, tous deux garés dos à la cabine, en direction d'une allée de sable. *Du sable ?* Kaj savait qu'il avait été transporté après avoir été kidnappé à Philly, mais n'avait pas su déterminer la distance parcourue, jusqu'à ce qu'il voie les plaques du Texas des deux véhicules. Il détestait le Texas. Surtout l'ouest.

Kaj pivota la tête de DF pour qu'il puisse voir la voiture : « Les clés. »

DF marmonna : « Va te faire foutre ». Ce fut la deuxième erreur de DF.

Kaj repéra deux paires de clés sur la table en bois. Tête-de-Con se précipita vers elles. Ce fut sa dernière erreur. *Pan !* Kaj éclaboussa le mur de la cabine avec du DF.

Le Libyen attrapa une paire de clés, se précipita à l'extérieur, et ouvrit précipitamment la porte de la Mercedes. Il sauta sur le siège du conducteur et peinait à mettre la clé dans le contact quand tout d'un coup … *Zing ! Bruit d'éclat.* Une balle siffla près de son oreille pour atteindre le rétroviseur.

Kaj regarda en arrière, le cœur battant à toute allure, et vit un Rott enragé tirer par la porte entre-ouverte. O'Quinn trébucha, attrapant le Beretta de Rott : « Je le veux en vie ! »

Kaj tira deux séries de cartouches, faisant vaciller la lumière du porche. Les deux hommes plongèrent pour se couvrir. Kaj mit le contact, fit rugir le moteur et détala de ce trou perdu.

O'Quinn attrapa un MP5K sur le porte-armes mural. Rott et lui se précipitèrent alors vers la F-150. Rott prit place derrière le volant, O'Quinn sur le siège passager : « Fonce ! »

Les pneus de la Mercedes crissèrent le long de l'allée. Même en plein phares, Kaj y voyait à peine. Plissant les yeux, il crut pouvoir distinguer une route goudronnée, à une centaine de mètres devant lui, qui croisait l'allée en forme de T, mais fut soudain ébloui par le reflet de feux de route dans son rétroviseur. La F-150 gagnait rapidement du terrain.

O'Quinn se pencha par la fenêtre ; le vent fouettait son œil ensanglanté. Il tenta de stabiliser le 5K afin de bien viser la Mercedes. C'était maintenant à son tour de ne pas avoir la notion de profondeur.

Kaj eut juste le temps d'apercevoir le nez de la mitrailleuse avant que les tirs d'O'Quinn ne transpercent son coffre et ne fissurent son pare-brise, telle une toile d'araignée. Le Libyen regarda par-dessus son épaule, paniqué à la vue de la camionnette qui se rapprochait. Mais lorsqu'il se tourna de nouveau vers l'avant, d'autres problèmes plus immédiats se présentèrent à lui. Il arrivait au croisement en T où l'allée rencontrait la route goudronnée, de l'autre côté de laquelle se trouvait un mur en pierre vers lequel il se dirigeait.

Il tira d'un coup sec sur le volant de la 600, faisant déraper la Benz jusqu'à ce que ... *Bam !* ... la voiture s'écrase sur une boîte aux lettres en bois. Les roues se redressèrent. Kaj appuya sur le champignon, et commença à mordre la route, filant à toute allure sur la chaussée à deux voies. Loin devant, il pouvait apercevoir les réverbères d'une autoroute. S'il réussissait à les atteindre, alors peut-être ... oui, peut-être qu'il réussirait à leur échapper.

Rott sortit la camionnette de la chaussée, et coupa à travers le désert. Il se lança à travers les cactus et herbes sauvages jusqu'à ce qu'il arrive au niveau de la Mercedes, la seule chose les séparant étant un fossé.

Kaj poussa la Mercedes à son maximum, fonçant vers la liberté. Mais Rott ne comptait pas laisser le Libyen s'échapper et descendit soudainement vers le ravin, le traversa, puis remonta de l'autre côté, atterrissant sur la route dans un éclair d'étincelles.

Le Libyen prit un virage crissant à droite, vers la rampe de l'autoroute, ardemment poursuivi par la F-150.

Rott fit une embardée sur la gauche, se fraya un chemin près de Kaj, et bloqua la Benz contre la barrière de sécurité. Alors que les étincelles jaillissaient, O'Quinn ouvrit le feu sur les pneus de la voiture. Kaj riposta jusqu'à ce que le Glock, et la chance, le quittent. Il leva alors les yeux devant lui pour s'apercevoir qu'il se dirigeait tout droit vers un muret en béton. Au dernier moment, Rott appuya sur les freins et ... *Bam !* La 600 percuta le muret, envoyant 160.000 dollars d'ingénierie allemande faire des tonneaux sur le sol du désert. Dans un bruit assourdissant, elle finit par se poser sur son toit.

Le Rott et son maître se précipitèrent hors de la camionnette vers la Mercedes, juste au moment où une explosion éclatait, à l'arrière de la voiture.

O'Quinn fixa le feu qui se propageait puis son sous-fifre manchot, lui disant : « J'ai besoin de lui vivant. » Rott inclina la tête comme un chien et regarda O'Quinn avec terreur : « Mais ça va exploser. »

O'Quinn pointa alors son arme sur Rott : « Toi aussi si tu ne bouges pas. »

Rott s'approcha prudemment de la Benz en feu. Il trouva Kaj inconscient, à l'envers, toujours accroché par sa ceinture de sécurité. Les flammes devenant de plus en plus importantes, Rott sortit son couteau de chasse Whiplash et trancha frénétiquement la sangle jusqu'à ce que le Libyen se retourne sur le plafond de la Benz. Avec la 'patte' qui lui restait, Rott attrapa le terroriste par le col, et le traîna à l'extérieur de l'épave juste au moment où les flammes atteignaient le réservoir à essence qui fuyait.

La Mercedes explosa dans une boule de feu, envoyant les deux hommes à terre. O'Quinn se précipita, son attention fixée sur Kaj : « Il est vivant ? »

Rott mit un doigt sur sa jugulaire, puis sortit un stylo lumineux qu'il pointa dans le bon œil de Kaj : « A peine. »

O'Quinn regarda dans les yeux de Kaj, tous deux ouverts. Celui en verre fixait un endroit que personne d'autre que lui ne pouvait voir, alors que son bon œil, dont la pupille noire recouvrait la rétine, tremblait à présent de façon spasmodique : « On ne peut pas le laisser mourir. J'ai besoin de savoir ce qu'il a dans la tête. »

Chapitre 2

LE DOUX SON d'un enfant chantant une comptine sans véritable sens résonnait à travers les jeux d'ombres et de lumière de l'endroit obscur : « *Kri Kraw Toads Foot, Geese Walk, Bare Foot* ». La voix mélodieuse était pure, innocente et insouciante, le genre de voix que seuls les enfants peuvent avoir ; des voix qui ne savent encore rien.

La chanson venait d'une tablette numérique fine comme du papier, dont la lueur de l'écran illuminait les yeux d'un homme. D'une concentration inébranlable, l'observateur fixait l'écran dont les images provenaient du transfert numérique haute-définition d'une vidéo de surveillance, qui datait d'une trentaine d'années, et montraient un adorable petit garçon de quatre ans qui chantait de sa douce voix.

Les images de l'enfant se reflétaient dans les yeux de l'homme. Des yeux bruns, vifs, remplis d'un mélange de force, de peine, de profondeur, de tristesse et d'espoir.

C'est avec ces yeux mélancoliques qu'il s'imprégnait des images de l'enfant qu'il reconnaissait à peine, un enfant, dont il avait du mal à se rappeler. Tout comme le sien, le regard du petit garçon était son trait le plus frappant. Il était à la fois innocent et intelligent, avec cette étincelle juvénile qui n'avait pas encore été estompée par la dureté de la vie.

Insérés sous l'image du garçonnet par encodage électronique étaient inscrits les mots suivants : JAROD 04/02/83, ETUDES PSYCHOGENIQUES, RESERVE A L'USAGE DU CENTRE UNIQUEMENT.

L'observateur n'avait aucun accès officiel. Il avait volé ces vidéos, ainsi qu'une centaine d'autres du Jeune Jarod, et n'avait qu'une idée en tête, les regarder.

Surtout celle-ci.

Parce que c'était la toute première.

Tout en continuant de fredonner, le Jeune Jarod ramassa des blocs de construction, certains sophistiqués ou en bois, d'autres en plastique ou en métal, et les plaça avec assurance sur une structure qui ne pouvait être vu sous l'angle actuel de la caméra de vidéosurveillance.

Mais il existait de nombreux angles de camera possibles parmi lesquels choisir, dans l'enregistrement, et l'observateur en choisit un autre.

Le Jeune Jarod regarda vers un des murs latéraux sur lequel des projections de l'Empire State Building, de Times Square, du Brooklyn Bridge, et d'autres images de Manhattan défilaient. Le Jeune Jarod observa de nouveau sa création et y plaça un dernier bloc. Il fit ensuite un pas en arrière afin d'en apprécier l'ensemble. Satisfait de ce qu'il avait accompli, il déclara d'une voix chantante : « J'ai finiiiii. »

Choisissant un autre angle de caméra, l'observateur vit que le dernier bloc, que le garçonnet avait placé au sommet d'un bâtiment, était une tour de radio miniature. Il reconnut ce même bâtiment comme étant une incroyable reproduction à petite échelle de la tour numéro deux du World Trade Center. L'observateur élargit l'image afin d'admirer ce que le petit garçon de quatre ans avait réussi à créer à partir de simples Lego et blocs en bois. Ce n'était pas juste le World Trade Center, mais de façon étonnante, il s'agissait d'une maquette rigoureuse de toute l'architecture des bâtiments de Manhattan, dans leur moindre détail.

« Heeeeyyyyyy hoooo ?! » Le Jeune Jarod scruta la pièce essayant de localiser ceux qui, il le savait, l'observaient. Le petit garçon marcha vers la camera et écrasa son visage avec malice contre une porte vitrée coulissante. Une porte qui, n'importe quel spectateur l'aurait compris, était une vitre sans tain permettant de voir à l'intérieur de la salle de travail du Jeune Jarod. Il mit ses mains autour de sa bouche pour 'qu'ils' puissent l'entendre : « J'ai dit, j'ai fini. »

L'observateur changea l'angle de vue pour un plan plus large qui révéla que, l'espace dans lequel le Jeune Jarod était en train de travailler était en fait une chambre d'isolation rectangulaire surélevée, construite au milieu d'une sorte de large entrepôt. La chambre était encerclée par une douzaine de cameras contrôlées à distance, toutes positionnées de manière à pouvoir scruter l'intérieur de la chambre par les fenêtres, les portes coulissantes transparentes, et même par le plafond en verre de la structure, afin d'enregistrer numériquement tous les faits et gestes du Jeune Jarod.

Des bruits de pas attirèrent l'attention de l'observateur sur la gauche de l'image. Apparut alors Sydney, un scientifique d'une vingtaine d'années, spécialisé en psychogénie expérimentale. Distingué et académiquement beau, ses cheveux ébouriffés et sa veste en tweed témoignaient de ses nombreuses nuits blanches passées à étudier avec ferveur. Il s'avança vers la porte coulissante et s'arrêta un instant devant la vitre contre laquelle le Jeune Jarod pressait son visage. Sydney fixa le Jeune Jarod à la fois stupéfait et excité puis commença à ajuster la caméra qui enregistrait le visage du petit garçon à travers la vitre.

L'observateur changea l'angle de la caméra vers laquelle Sydney s'était tourné, et à laquelle il s'adressait maintenant, les yeux rivés sur l'objectif. Avec un accent européen sec mais élégant, il s'adressa directement aux observateurs voyeuristes situés à l'autre bout du cordon ombilical électronique.

« Celui-ci n'est avec nous que depuis 36 heures, et déjà il montre beaucoup plus de talent que tous les autres. J'aimerais le garder pour moi. » Sydney fit alors glisser la porte fenêtre, s'agenouilla au niveau du petit garçon de quatre ans, et de sa voix la plus douce lui dit : « Je vais m'occuper de toi pendant quelque temps. »

Le Jeune Jarod sentit, dans la voix du Belge, quelque chose qui le mit mal à l'aise, quelque chose qui sonnait faux, qui fit disparaître l'innocence dans ses yeux, et fit trembler sa voix avec appréhension. : « Pourquoi ? Où sont mes parents ? »

L'observateur remit ce passage encore et encore : « Pourquoi ? Où sont mes parents ? Où sont mes parents … Où sont mes parents … »

Alors que ces mots résonnaient encore dans son esprit, l'observateur regarda fixement les yeux du petit garçon de quatre ans. Puis l'écran devint noir et les yeux du Jeune Jarod disparurent, laissant place au reflet des yeux de l'homme que le Jeune Jarod était devenu.

Des yeux qui ne reflétaient plus la tristesse.

Des yeux qui étaient déterminés.

Des yeux qui avaient un travail à accomplir.

Chapitre 3

ELLE RESSEMBLAIT EXACTEMENT à sa mère.

Et comme sa mère, elle était stupéfiante, d'une beauté à couper le souffle.

Sur une échelle de 1 à 10, Miss Parker était un 13, un 13 chanceux. La trentaine passée, elle avait encore le corps d'une fille de dix-huit ans ; un corps impeccable, sans défaut, le corps d'une danseuse, d'une athlète, le genre de corps que les artistes sculptent dans du marbre. Mais c'était son visage qui faisait tourner les têtes. Encadré par de longues boucles brunes. Elle avait, tout comme sa mère, le visage d'une déesse. Si l'on mettait côte-à-côte les photographies des deux jeunes femmes au même âge, elles avaient l'air de jumelles.

De jumelles identiques.

Pourtant, la beauté du visage de Miss Parker était autant une dichotomie que son être intérieur. Dans les deux cas, des traits délicats contrastaient avec des angles tranchants, autant que ses lèvres voluptueuses qui paraissaient douces et séduisantes comparées à ses yeux malicieux qui, comme son cœur, étaient connus pour passer de charmants à prédateurs en un claquement de doigt.

Une dichotomie mortelle.

Son attitude la rendait explosive. Miss Parker rappelait, à beaucoup de ceux qui la connaissaient, une jeune Lauren Bacall croisée avec un pitbull. Elle était à la fois la femme la plus sexy, et 'l'homme' le plus coriace qu'elle connaissait, et beaucoup d'imbéciles, qu'elle refusait de tolérer, répétaient qu'elle était constamment en plein syndrome prémenstruel.

C'était ce que le sublime Adonis nu, allongé sous elle, était en train de penser, alors qu'elle ondulait sur lui, toujours vêtue de ses bas mi-cuisses en soie noire et de ses talons aiguilles Viper Calf Hair Jimmy Choo. La sueur coulait dans son dos communiant avec ses instincts primaires et plaisirs les plus intimes.

Il n'en avait jamais assez. Il était ravi d'être utilisé puis jeté par son pouvoir de séduction, et n'aurait échangé sa place pour rien au monde. Pas même s'il l'avait voulu, étant donné qu'elle l'avait enchaîné à son lit à baldaquin. Quand elle vit ses yeux se révulser, elle le gifla et saisit son visage avec force : « Ne jamais perdre le contact visuel ! »

Son courtisan sexuel acquiesça, se soumettant à sa domination, et c'était exactement comme ça qu'elle les aimait. Elle avait besoin de ce contrôle, elle en raffolait. C'était la seule façon pour elle de tout oublier. En dominant, et en ayant le contrôle, au propre comme au figuré, elle pouvait oublier tout le reste, se réfugier dans son moi intérieur le plus primitif, le plus puissant, le plus dominateur. La seule chose qui pouvait la faire sortir de ces moments d'évasion était la sonnerie particulière de son téléphone portable, qui justement stoppa net son va-et-vient et la fit revenir à la réalité. Alors qu'elle attrapait son oreillette Bluetooth, le visage d'Adonis se durcit : « Sérieusement ? »

Miss Parker balança une jambe par-dessus son torse, coinça sa gorge contre la tête de lit avec son talon pointu et pour finir, le saisit comme si elle effectuait un exercice de Kegel, ce qui le rendit soudainement silencieux. Puis d'un ton vif et enfantin, elle répondit enfin à l'appel : « Bonjour papa. »

Elle sentit immédiatement le stress dans la voix habituellement optimiste et énergique de son père : « Mon ange, j'ai besoin de toi. »

Ces mots ... non, le ton de sa voix, la prirent au dépourvu : « Bien sûr papa. » Elle se ressaisit rapidement : « Tout ce que tu veux. Je serai là dans ... »

M. Parker avait raccroché avant qu'elle n'ait pu finir, la laissant blessée, au bout du fil. Mais ça n'avait aucune importance. Elle savait que son père était un homme très occupé, *un homme occupé et important*. Elle l'avait toujours su. Un million de pensées jaillirent dans son esprit intelligent et rusé au moment où elle descendit de son jouet sexuel et lui détacha une main.

« La recréation est terminée. »

Elle le dévisagea et, sondant le fin fond de son esprit sans rien trouver lui lança : « C'était quoi ton nom déjà ? »

« Peter », dit-il, se sentant soudainement déprécié et humilié.

Miss Parker sourit ironiquement : « Et l'ironie ne s'arrête jamais. » Elle déposa la clé des menottes sur le front de Peter : « Maintenant, va-t'en. »

« Mais, j'ai pas terminé.», dit-il d'une voix plaintive plus que revendicative.

« Moi, si. » Elle sortit du lit, alluma une Pall Mall Red et regarda par la fenêtre de son appartement de grand standing situé à Mid City, Blue Cove, Delaware. Ignorant son amant sans intérêt, Miss Parker continua à fumer alors qu'il se libérait, traînant autour. Contemplant les milliers de lumières qui scintillaient dans la ville en contrebas, une seule et unique chose lui vint à l'esprit : l'appel téléphonique.

Son père *l'avait appelée*. Il *avait besoin d'elle*. Il *lui* tendait *la main*. A cet instant, elle n'avait qu'une chose en tête, ne pas le décevoir.

Chapitre 4

AVEC SES BORDS LISSES, tranchants comme un rasoir, qui fendaient le bleu azur des vagues, et sa coque futuriste conçue pour limiter la prise au vent, la Porsche R double F 135 Elegance était un des plus rapides hors-bords à parcourir les mers ; ce dont Miss Parker se fichait royalement.

Par contre, elle ne se fichait pas du fait qu'il n'était pas assez rapide pour elle. Miss Parker était terriblement impatiente … comme toujours. L'homme d'âge mûr, qui se trouvait aux commandes à côté d'elle, ne l'était pas. Il profitait de chaque seconde : « C'est magnifique par ici, vous ne trouvez pas ? »

« Ouais, j'ai l'impression d'être à Disneyland », répondit Miss Parker en balançant son mégot de cigarette dans l'Atlantique : « C'est encore loin ? »

Avant que le capitaine n'ai le temps de répondre, une voix à l'accent européen sec s'exprima : « Excusez ma partenaire, ses ambitions interfèrent souvent avec sa capacité à profiter de la vie, du moment présent ou de la beauté qui l'entoure. »

Miss Parker lança un regard furieux à Sydney, un regard qui, s'il avait eu la capacité de tuer, aurait laissé, depuis le temps, des dizaines de milliers de corps derrière lui.

Même s'il avait trente ans de plus depuis la vidéo de surveillance enregistrée le jour où Jarod l'avait pour la première fois tant impressionné, Sydney, la cinquantaine passée, était toujours très séduisant et dégageait un je-ne-sais-quoi d'élégance et de raffinement. C'était un air que Miss Parker arrivait à peu près autant à supporter que son eau de Cologne. Elle le fixa avec dédain au moment même où leurs yeux se rencontrèrent. Sydney lui répondit de son sourire énigmatique.

Miss Parker détestait les énigmes, surtout les siennes.

« Syd, vous seul pouviez créer une si belle pagaille pour me remettre sur le terrain.

- Cela me fait également plaisir de retravailler avec vous, Miss Parker.

- 'Pour' moi, pas 'avec'. Nous ne sommes pas *partenaires*, au mieux des associés non consentants. »

Miss Parker pointa un doigt vers lui, le même doigt auquel elle portait toujours l'alliance carrée en platine qui, jadis, avait appartenu à sa mère. Elle pointait beaucoup les gens du doigt : « Et juste pour qu'on ne parte pas du mauvais pied, permettez-moi de clarifier une ou deux choses. Je ne vous aime pas. Je ne vous ai jamais vraiment aimé. J'ai été envoyée ici pour ramener votre 'petite expérience' et c'est ce que j'ai l'intention de faire. Donc, arrêtons un peu ces bavardages inutiles, d'accord ? »

Positionnant une de ses jambes parfaitement galbées sur le rebord du bateau, Miss Parker se pencha pour allumer une autre cigarette.

« Jolie vue. »

Miss Parker leva doucement la tête jusqu'à ce qu'elle rencontre le sourire du capitaine : « Vous avez dû passer beaucoup de temps en mer, Capitaine Crochet.

- Le nom est Cochet M'dame, et ce n'est pas votre gambette qui a attiré mon attention, c'est ce qui est droit devant. »

Parker et Sydney regardèrent droit devant et eurent leur premier aperçu de la forêt high-tech d'éoliennes : des centaines de moulins à vent blancs prenant leur essor au dessus des vagues, leurs lames tournantes récoltant de l'énergie soufflée des cieux.

Cochet guida le bateau vers le plus haut moulin, celui construit au-dessus d'une superstructure de type plateforme pétrolière, qui se tenait au milieu des autres tel un épouvantail au milieu d'un champ de maïs mécanique. Le bas de la tête de Miss Parker touchait presque ses épaules, alors qu'elle regardait en l'air et de plus en plus haut, tandis que le bateau s'approchait doucement, glissant ensuite sous l'imposant édifice. A cet instant, Parker se demanda ce que Jarod avait bien pu foutre sur ce truc.

Comme s'il avait pu lire ses pensées, Cochet expliqua que la structure de dix étages qui s'élevait au-dessus d'eux, servait de centre de contrôle des turbines mais aussi d'habitation à l'ingénieur électrique qui faisait la maintenance. Cochet inversa les moteurs pour stopper leur élan vers l'avant, puis sauta sur le quai de la plateforme et les attacha fermement.

Tout en faisant cela, il continua : « Surveiller les moteurs, c'est comme s'occuper d'un phare, un véritable confinement en solitaire. Mais Jarod adorait vivre ici. Il disait que ça lui donnait le temps de réfléchir. »

Syd se redressa, son esprit psychanalytique constamment à l'affût d'indices sur le tempérament de Jarod : « A-t-il dit à propos de quoi ? »

Cochet offrit sa main calleuse à Miss Parker, chose que Miss Parker ignora catégoriquement, bondissant sur le ponton par ses propres moyens. Cochet haussa les épaules puis, les menant à l'ascenseur extérieur, répondit à Sydney.

« A mille et une choses, mais surtout à la vérité sur ce qui se passait réellement ici. » Miss Parker lança a Cochet un regard inquisiteur : « Quelle vérité ?

- Les dégâts environnementaux causés par ces twirleurs, que la société essayait de cacher. »

Pendant qu'ils montaient, Miss Parker balaya du regard le cadre tranquille dans lequel les éoliennes immaculées produisaient de l'énergie propre, et leva un sourcil : « Le dégât environnemental ? Pour moi, ça ressemble plutôt à un rêve humide d'Al Gore.

- Ca y ressemble en surface, mais c'est justement ce que Jarod a découvert sous les vagues qui était le problème. »

Sydney demanda : « Et qu'a-t-il découvert ?

- Que la société a placé ce parc éolien en plein milieu de la zone de reproduction des baleines, et que les vagues acoustiques sous-marines générées par les turbines perturbaient les chants des baleines en migration qui viennent ici pour s'accoupler. Jarod a prouvé qu'en effet, le bruit déclenchait une réaction d'évitement de la part des mâles à la recherche d'une compagne. Grâce à ce qu'il a mit en lumière, la société a reçu l'ordre de fermer les turbines trois mois par an, ce qui va leur coûter des millions. Mais le futur de la planète en vaut la peine. »

Sydney sourit fièrement mais pas Miss P, qui resta impassible : « Je ne voudrais certainement pas interrompre le youpi des baleines. »

L'ascenseur s'ouvrit et Miss Parker passa devant les deux hommes sur le tarmac de la plateforme. Cochet jeta un œil à Sydney, qui se contenta de secouer la tête : « Elle a l'air dangereuse, hein ? »

Sydney le regarda solennellement : « Vous n'avez pas idée. »

Alors que Cochet les menait vers un immeuble cubique en métal qui servait d'habitation et de support à la tour de l'éolienne, il sourit : « A vrai dire, je suis ravi que Jarod ait dénoncé la firme. » Puis une pensée lui traversa l'esprit et son sourire s'évapora : « Mais ça me rend aussi un peu triste. Le p'tit gars me manque, même s'il était un peu étrange. »

Miss Parker regarda le capitaine : « Comment ça, étrange ? »

« Il ne s'arrêtait jamais de poser des questions et toutes sur le même sujet. »

« Qui était ? » Sydney voulait savoir. C'était *vital* pour lui.

Un air confus passa sur le visage de Cochet : « Les gens. »

Miss Parker leva un sourcil : « Attendez une minute, vous êtes en train de nous dire que Georges le petit curieux s'est isolé ici à Waterworld pour en apprendre plus sur … *les gens* ? »

Cochet s'arrêta devant la porte de l'immeuble puis se retourna : « Ouais. Et il n'en avait jamais assez. 'C'qui les rend heureux', 'C'qui les rend tristes', 'Qu'est-ce que l'amour ?', 'Qu'est-ce qu'on ressent ?', 'Comment sait-on si on est amoureux ?', des questions plutôt étranges pour un homme manifestement brillant. C'est pourquoi je vais me permettre de vous poser à mon tour une question. »

« Que voulez-vous savoir ? » demanda Sydney, captivé par ce qu'il venait de découvrir.

« Vous me charriez quand vous dites que Jarod n'est pas vraiment un scientifique, n'est-ce pas ? »

Miss Parker regarda Sydney, puis de nouveau le capitaine : « Pourquoi demandez-vous cela ? »

Cochet se gratta la tête, de nouveau confus : « Eh bien, s'il ne l'était pas, alors comment expliquez-vous cela ? »

Lorsque Cochet ouvrit la porte de l'habitation, Sydney et Miss Parker ne trouvèrent aucune explication à ce qu'ils découvrirent à l'intérieur …

Chapitre 5

D'ENORMES DECHARGES électriques explosaient dans tous les sens à travers la pièce du bâtiment principal dans lequel Cochet avait conduit Miss Parker et Sydney.

En entrant à l'intérieur de l'habitation caverneuse, Miss Parker leva la tête pour voir un flot d'étincelles émanant d'un globe en métal, brillant, de 2.4 mètres de diamètre, qui pendait en hauteur dans le coin au fond à gauche de la salle. Les éclairs artificiels dansaient sur le plafond de manière psychotique, jusqu'à ce qu'ils soient absorbés par une haute colonne métallique située dans le coin opposé.

Miss Parker haïssait les éclairs depuis sa plus tendre enfance et essaya de se contenir, mais Cochet remarqua la détresse sur son visage : « Avant, cet endroit me faisait aussi paniquer. Mais pas Jarod. Il s'asseyait là, sous ces étincelles, pendant des heures. »

Et c'est à ce moment là que Sydney le remarqua pour la première fois.

Au centre exact de la pièce, directement sous l'orage électrique, se tenait un fauteuil inclinable La-Z-Boy. Sydney sourit intérieurement. Il ne voulait pas que Miss Parker sache que celui-ci avait une signification particulière pour lui. *Attiré* par le fauteuil usagé en cuir noir, il frotta doucement sa main contre l'appui-tête, à l'endroit même où la tête de Jarod avait reposé.

« Jarod m'a demandé de mettre ce fauteuil exactement à cet endroit. » Cochet arbora un large sourire : « Et il passait des heures allongé dedans. »

Miss Parker regarda en l'air les éclairs, puis de nouveau la chaise avec agacement : « Il passait des heures à se détendre sur la chaise électrique ? »

« Ouais. Il passait son temps à jouer avec les trucs qui se trouvent dans la boite à coté, et simplement … *à penser.* »

Syd inspecta le côté du fauteuil et vit la boîte dont parlait Cochet. Sauf que ce n'était pas une boîte, c'était un coffre à jouets en bois.

Cochet secoua la tête : « Et juste au moment où je commence à apprécier le p'tit gars, il plie bagage précipitamment. » Cochet indiqua du doigt une alcôve, dans le coin gauche de la pièce, où les éclairs clignotants éclairaient par intermittence un lit de camp, une table de chevet et un sac de sport à moitié plein : « Il a aussi laissé presque tous ses effets personnels. »

Ces mots résonnèrent comme une douce mélodie aux oreilles de Miss Parker qui lança un regard dédaigneux à Cochet en disant : « Vous avez été très utile, Cappy. »

Cochet reçut le message : « Je … euh … j'vais aller vous attendre sur l'Elégance. »

Alors que Cochet fermait la porte derrière lui, Miss Parker remarqua quelque chose. Au dos de la porte était dessiné, à la main, ce qui semblait être un chiffre 8 allongé sur le côté, le symbole de *l'infini* qui, comme elle le savait, était le préféré du Caméléon. Près du chiffre étaient griffonnés les mots '*Jarod était ici !*', en dessous desquels était suspendu un petit carnet rouge. Elle le retira du clou auquel il était accroché et en parcourut les pages dont le contenu ressemblait au projet d'école d'un enfant. Elle leva un sourcil émerveillée, ferma le carnet, puis se dirigea vers Sydney et frappa le carnet contre son torse : « Celui qui a sauvé Willy a laissé sa carte de visite. »

Sydney ouvrit le carnet et y trouva des douzaines d'articles internet imprimés documentant la fermeture de la centrale éolienne et la préservation de la zone d'accouplement assurant ainsi la reproduction future des baleines.

Parker fit lentement un tour sur elle-même, à la recherche de quelque chose qu'elle repéra rapidement. Accroché au mur dans un coin, au fond à droite de la pièce, se trouvait un panneau électrique doté d'un énorme interrupteur MARCHE/ARRÊT. Elle se dirigea tout droit vers lui et tira d'un coup sec sur le levier, mettant fin à l'orage au-dessus d'eux. Les éclairs cessèrent, remplacés par un éclairage ordinaire qui révéla tout ce qui avait jusque là été tapi dans l'ombre : des douzaines d'accessoires qui semblaient tout droit sortis d'un vieux film de science-fiction, s'apparentant à de grossières expériences électriques artisanales de toutes les formes et de toutes les tailles.

Miss Parker examina la pièce consternée : « Son sens de la déco laisse à désirer. » Le regard de Syd, lui, interpréta ce qu'ils voyaient, et tel un papa fier de son fils, son visage s'illumina d'un grand sourire: « Ce ne sont pas des décorations Miss Parker, mais plutôt des innovations. » Sydney attira son attention sur le globe en métal puis sur la colonne métallique située de l'autre côté: « Jarod a recréé les plus célèbres dispositifs de Nikola Tesla, comme cet amplificateur transmetteur. »

« Ok Syd, j'ai perdu le fil. C'est qui Nikki-T ?

- Un innovateur futuriste, rival de Thomas Edison ; un ingénieur sans précédent qui a inventé certains des mécanismes électriques les plus importants de ce monde. Bien qu'il soit aujourd'hui reconnu comme un génie, il était à son époque considéré comme un fou. »

Miss Parker émit un grognement : « Quelle coïncidence. »

Sydney lui lança un regard réprobateur : « Jarod n'est pas fou.

- Bien sûr que non, c'est pour ça qu'il a passé des jours et des jours vautré dans son Barcalounger à s'amuser avec ses jouets sous 80.000 volts de fun. »

Sydney soupira. « Ce carnet rouge et tout ce que Jarod a laissé ici signifient quelque chose. Si nous voulons le retrouver, nous allons devoir déchiffrer ce qu'ils représentent. »

Tournant de nouveau son attention vers le coffre à jouets, Sydney contempla les trois objets trouvés à l'intérieur. Le premier était un jeu de magnets pour enfant. Sydney examina les aimants avec adoration, tout comme, il le savait, Jarod l'avait fait. Sydney imagina l'émerveillement profond dans les yeux de Jarod lorsqu'il tint les aimants entre ses mains et les observa s'attirer et se repousser pour la première fois. Sydney savait que son Caméléon abordait les choses qui l'intriguaient avec cette étincelle inquisitrice que la plupart des gens cessent de posséder après l'enfance, et que cette curiosité intellectuelle et passionnée était quelque chose que Jarod n'avait jamais perdue. Sydney tenta de deviner quelles avaient été les pensées de Jarod la dernière fois qu'il avait tenu ces pièces lisses chargées de métal dans ses mains. Il savait que les pensées de Jarod avaient dû être en rapport avec Tesla, mais il ne savait pas comment, ni pourquoi. Il essaya donc de raisonner à haute voix.

« Tesla est surtout connu pour ses contributions extraordinaires au développement de l'énergie électrique. Il a inventé le courant alternatif et grâce à cela, il est aujourd'hui considéré comme étant l'homme qui a illuminé le monde. Mais son vrai génie réside dans la découverte de l'électromagnétisme. »

Miss Parker leva les yeux au ciel : « Voyons voir quel genre d'illumination votre génie a laissée derrière lui avant qu'il ne crée ce disco de l'enfer. » Miss Parker se dirigea vers le sac marin, laissé sur le lit de camp, en ouvrit la fermeture éclair, et commença à farfouiller dedans. Pendant ce temps, Sydney retira un second objet du coffre à jouet : une affiche enroulée qu'il déploya. Si les aimants l'avaient perturbé, les images sur l'affiche le rendirent perplexe.

Parker remarqua Sydney froncer les sourcils : « Cet air pathétique sur votre visage Syd … ça aussi c'est du pur génie. Si seulement je pouvais le mettre en bouteille. »

Perdu dans ses pensées, Sydney ne réagit même pas. Miss Parker ne supportait pas d'être ignorée, elle frappa donc une seconde fois : « Vous allez me dire ce que vous avez trouvé, ou vous allez rester là perdu dans vos pensées ? »

Sydney tourna l'affiche vers elle. Dessus était imprimé quelque chose qui ressemblait à un test de Rorschach, avec des lignes multicolores qui encadraient des chemins : « C'est une carte représentant les grappes de neurones du cerveau d'une mouche à vinaigre. »

Parker eut un petit sourire : « J'ai exactement la même accrochée dans mon armoire. » Elle continua à fouiller dans les affaires de Jarod : « Il est définitivement parti précipitamment. Il a sûrement dû découvrir que Papa m'avait envoyée pour le ramener. »

Sydney contempla la pièce, essayant de donner un sens à tout cela : « Tesla était un génie que les autres pensaient fou et toutes les expériences dans cette pièce sont les siennes. Je pense que c'est le message qu'il veut nous faire passer avec celles-ci, mais les aimants et la carte des neurones me rendent perplexe. »

Mécontente de son manque d'avancée, Miss Parker déversa le contenu du sac sur le lit de camp : « Vous vous trompez, Freud. Ce n'est pas comme Tesla qu'il pense, c'est comme Houdini. C'est un tour de passe-passe … *Regardez par ici petits singes. Maintenant tournez en rond alors qu'en fait je suis par là-bas.* »

« Vous avez tort, Miss Parker. » Sydney posa le regard sur les aimants et l'affiche : « Ce sont des miettes de pain qu'il laisse pour que je les suive. Il veut que je le suive de près.

- Comme c'est mignon. Votre ours en peluche est en vadrouille, mais il veut quand même être sûr que le cordon ombilical affectif qui le lie à son Papounet ne soit pas rompu.

- Il a laissé ces choses pour m'aider à comprendre ce qu'il fait, et pourquoi. Il ne veut pas que je sois fâché contre lui.

- Vous savez, quand les plus grands psys du monde en auront fini avec vous et Magnet Boy, ils vont devoir redéfinir entièrement la notion de Syndrome de Stockholm. »

Tout d'un coup, l'humeur de Miss Parker changea. Elle venait de repérer une enveloppe comportant un logo officiel. Elle la déchira, et un grand sourire envahit son visage.

Voyant l'expression sur le visage de Parker, Sydney demanda : « Qu'y a-t-il ? »

Bondissant comme sur un ressort, elle s'approcha de Sydney et frappa impudemment l'enveloppe dans sa paume ouverte : « Son relevé bancaire, Syd-ster. Je viens de trouver le moyen pour moi de le traquer. »

- Non. Et là c'est vous qui vous trompez. »

Elle lui envoya un regard dédaigneux, mais le Belge continua : « Pensez-vous vraiment qu'un homme capable de faire tout cela laisserait, par hasard, derrière lui, quelque chose de si évident ?

- Syd, c'est toujours les erreurs les plus simples que les gens intelligents, tels que votre monstre, font.

- Jarod n'est **pas** un monstre et ils ne fait jamais d'erreurs. C'est un Caméléon, il peut prendre n'importe quelle apparence.

Tant que ça vous permet de dormir la nuit, Dr. Frankenstein. Vous l'avez créé. Je veux juste savoir où diable il est. »

Tendant le bras vers le coffre à jouets, Sydney retira le dernier objet que Jarod avait laissé derrière lui : un manuel de faculté. Son titre lui donna des frissons.

Il regarda Miss Parker avec inquiétude : « Je n'ai aucune idée du lieu où il se trouve, mais j'ai bien peur de savoir ce qu'il fait. »

Lisant soudainement de l'anxiété sur son visage, Miss Parker lui arracha le manuel des mains dont le titre était : *TECHNIQUES DE CHIRURGIE MODERNE.*

Chapitre 6

IL SE TENAIT LA. Le bord effiloché du long manteau boutonné du Caméléon ondulait dans la brise. Le col retourné giflait son visage rude alors que le vent s'intensifiait en une rafale cinglante. Avec ses yeux bruns, profonds, intelligents, attentionnés, et le visage auréolé par les boucles de ses cheveux, il regardait au loin, hors des ombres de l'allée.

Il retira son manteau de seconde main, le laissant à l'abandon pour une éventuelle personne dans le besoin. Sa première peau retirée, le Caméléon commença à se transformer en quelqu'un de plus convenable pour le quartier résidentiel dans lequel il se trouvait. De deux passages gracieux de ses mains, sa crinière auparavant indisciplinée fut façonnée en un style similaire à celui qu'il avait pu voir porté par ceux appartenant à sa nouvelle 'profession'. Il remit en place son pull tendance, élégant et distingué, et remonta subtilement son pantalon, le faisant passer d'un style 'baggy' à élégant, et révélant ainsi l'éclat de ses mocassins auparavant couverts.

Et même si cette transformation n'était que visuelle, il eut un instant de surprise à la vue de son reflet dans la vitre d'une devanture de magasin, comme si pendant quelques secondes, il pouvait voir, entre les lignes floues de ses personnages, son moi réel.

Le vrai Jarod.

Alors qu'il marchait à la lumière du jour sur la 2e avenue, l'apparence de Jarod se mit à changer. Après quelques pas, son air fragile, auparavant convaincant, avait disparu, laissant place à une stature de sophistication et une énergie digne d'un professionnel de Manhattan. Sa mâchoire s'était raidie, ses yeux toujours aussi chaleureux avaient pris une lueur énigmatique. Son personnage tout entier prit un air mystérieux et attirant alors qu'il se concentrait sur sa prochaine destination, de l'autre côté de la rue : le Guardian General Hospital.

La structure gothique revisitée de 13 étages prenait de haut cette partie de NYC depuis plus d'un siècle, et son ombre menaçante expliquait facilement pourquoi il était simplement connu comme *Le Guardian*.

Mais Jarod en savait bien plus encore.

Il savait qu'en observant le bâtiment minutieusement, on pouvait voir qu'il s'agissait en fait de deux hôpitaux en un.

Et c'était la raison pour laquelle Jarod était là.

Il savait que derrière l'imposant édifice d'origine en pierre, se trouvait une Annexe moderne, faite de verre et d'acier, construite au-dessus d'un parking de dix étages, tapie dans l'ombre derrière le Guardian. L'Annexe était tout sauf cachée, puisqu'il était possible de la voir de la rue, mais semblait attendre secrètement dans l'ombre de sa mère, comme si celle-ci faisait exprès de la dissimuler.

Traversant la rue, et marchant vers l'entrée des urgences, Jarod pensa à quel point c'était ironique qu'il y ait deux anges en albâtre montant la garde, devant un endroit de si mauvaise augure.

Et même s'il était à la fois intrigué et réconforté par ces anges souriants, Jarod savait que les *démons* qui travaillaient à l'intérieur du Guardian étaient ceux qui représentaient la plus grande menace face à la tâche monumentale qu'il devait effectuer.

Chapitre 7

EN 113 ANS d'existence, le Guardian General était fier de pouvoir dire qu'il n'avait jamais tourné le dos à un seul patient. Cette réputation valait à l'hôpital d'être constamment rempli de gens dans le besoin.

Cette journée n'était pas différente des autres.

Les blessés et malades s'étalaient de la salle d'attente des urgences jusque dans le couloir, tout comme les chariots qui s'entassaient devant des salles bondées. Le brouhaha des patients, de leurs proches, des infirmières affairées, des aides-soignantes occupées, et le constant crépitement des hauts parleurs se mêlaient en une symphonie de chaos : *« Le Dr. Su est attendu aux urgences, le Dr. Su … »*

~~~

Jarod marchait doucement, séparant en deux la marée humaine en détresse, tel un Moïse invisible. Dans un endroit comme celui-là, il passait inaperçu malgré une stature imposante, tout comme de nombreux infirmes frustrés qui se retrouvaient à attendre interminablement. Le temps semblait s'être suspendu, alors que leur douleur augmentait à chaque inspiration : *« Le Dr. Su est attendu aux urgences, le Dr. Su … »*

Jarod s'arrêta au milieu du chaos, prenant un moment pour observer ce qui l'entourait.

N'importe qui aurait pu remarquer Jarod, mais seul quelqu'un d'observateur pouvait se demander ce que signifiait le regard déterminé dans ses yeux. Etait-ce de l'empathie ou de la ruse ? De l'honnêteté ou de la tromperie ? Il avait l'air d'un homme en train de surveiller une situation, d'un homme en mission, mais quelle était cette mission ? Quel était ce but que l'on pouvait lire dans ses yeux ?

« Hors de mon chemin ! »

Une aide-soignante, qui poussait un chariot transportant un homme qui gémissait et se tordait de douleur, passa rapidement près de Jarod. Gloria Pate, une infirmière afro-américaine, intensément concentrée, courait le long du chariot en aboyant des ordres. Portant l'uniforme blanc depuis maintenant 27 ans, dont 19 en tant qu'infirmière en chef, Gloria avait l'air d'avoir la quarantaine passée : un visage dur, une langue cinglante aussi acide que de l'ammoniaque, une fatigue constante se lisait sur son visage. *« Le Dr. Su est attendu aux urgences, le Dr. Su … »*

« Tami ! Ou sont les medipacs ?! »

Une bénévole de 20 ans, mignonne, mince et sérieuse, se précipita à travers la foule, les bras chargés de poches de solution médicale : « Juste ici ! » Elle les tendit à Gloria. L'infirmière chevronnée les plaça brusquement sur le chariot et ordonna alors à l'aide-soignant : « Emmenez-le immédiatement au bloc opératoire numéro 5. »

Alors qu'il s'éloignait rapidement avec le patient, Gloria se tourna vers Tami :

« Mais bon sang, où est le Dr. Su ? »

Tami haussa les épaules : « On l'a contacté via son pager, on l'a appelé. Mais aucune réponse. »

Gloria secoua la tête : « Il ne doit pas y avoir de réseau téléphonique chez le concessionnaire Mercedes. »

Avant que Tami n'ait pu répondre, un hurlement coupa court à l'agitation. Gloria baissa la tête vers une vielle femme hispanique dans un fauteuil roulant qui tirait sur sa blouse.

Gloria parla fermement : « Madame, comme je vous l'ai déjà dit, on va s'occuper de vous dès que possible. » Gloria lança un regard noir à Tami : « Ne t'ai-je pas demandé de t'occuper d'elle ? »

« J'ai essayé, mais je … je ne comprends rien à ce qu'elle dit. », plaida Tami.

« Si tu veux vraiment travailler ici, tu vas devoir apprendre à résoudre tes problèmes par toi-même. » Gloria s'éloigna d'un pas lourd vers la crise suivante. *« Le Dr. Su est attendu aux urgences, le Dr. Su … »*

Tami se pencha vers la femme hispanique qui parlait en gémissant, et manipulait ses doigts frénétiquement. Tami était déconcertée : « Je suis désolée, je ne comprends pas ce que vous essayez de me dire. »

Jarod s'approcha calmement : « Elle dit qu'elle ressent une douleur intense … c'est son abdomen … elle est tombée dans les escaliers, et cela fait des heures qu'elle attend de pouvoir voir quelqu'un. »

Prise par surprise, Tami se redressa, son regard croisant immédiatement les yeux bruns saisissants de Jarod : « Vous comprenez ce qu'elle dit ? »

« Pas avec ses lèvres. » Jarod agita ses doigts : « Avec ses mains. Elle est sourde. »

Tami fit un pas en arrière et regarda émerveillée Jarod s'agenouiller, sourire à la femme et commencer à communiquer avec elle en langage des signes : « Tout va bien se passer. Cette jeune femme … » Jarod leva les yeux vers Tami : « Comment vous appelez-vous ?

- Tami. Tami Moore. »

Jarod se tourna de nouveau vers la femme : « Tami va s'occuper de vous. »

Du soulagement apparut enfin sur le visage de la femme sourde qui répondit à Jarod en langage des signes, une larme coulant sur la joue. Jarod essuya la larme et signa : « Non. Dieu VOUS bénisse. »

Tami regarda Jarod avec adoration, alors qu'il se relevait : « En apparence, elle n'a pas l'air d'aller plus mal que les autres, mais en interne, son état est peut être plus critique. Elle a besoin de faire des radios. »

Toujours un peu agitée, elle saisit les poignées de la chaise roulante : « Je vais demander à quelqu'un de le faire immédiatement. » Alors que Tami s'éloignait avec elle dans le couloir, la femme sourde se retourna vers Jarod. Alors qu'ils partageaient un véritable échange humain, Jarod pivota pour voir les portes des urgences s'ouvrir violemment dans un grand *BOOM* !

Les ambulanciers se précipitèrent à l'intérieur avec un chariot transportant une femme en condition critique, ses vêtements déchirés et pleins de sang, son corps recouvert de coupures et d'écorchures.

Gloria courut à toute vitesse pour rejoindre les ambulanciers : « Accident de voiture, conscience intermittente, tension artérielle 80/40 en chute, pouls à 110, rapide et filant. Elle est cyanosée. »

Gloria se mit en action, accrochant rapidement un tensiomètre au bras de la jeune femme alors que les aides-soignants et infirmières commençaient à fourmiller.

« Salle 3, MAINTENANT ! »

Roulant le chariot hâtivement vers la zone de traitement, la femme laissa échapper un gémissement plaintif. « Mais enfin, où diable est le Dr. Su !? », hurla Gloria.

Tami se précipita vers elle : « Il ne répond toujours pas ! »

Gloria serra les dents : « Trouvez-moi quelqu'un d'autre !

- Il n'y a personne d'autre. Le Dr. Thompson s'occupe d'une blessure par balle en salle 4, et Dodson est au bloc pour une appendicectomie. »

Gloria regarda le tensiomètre qui indiquait 70/30 : « Alors appelez le Dr. Bilson ! MAINTENANT ! »

Gloria se tourna de nouveau vers la femme qui commençait à s'étouffer et à pâlir : « Tenez bon. Tenez bon ! »

Tami se précipita vers un téléphone mural, surprise de voir Jarod entrer, et retrousser ses manches.

Gloria déchira la chemise de la femme, examinant ses blessures pour déterminer la gravité de son état. Mais ce qui causait la souffrance de sa patiente était bien au-dessus du niveau de rémunération de Gloria.

« Faites passer deux litres de Ringer lactate. » Le personnel se retourna pour voir à qui appartenait cette voix. C'était Jarod, qui avait rejoint Gloria et examinait la patiente en enfilant une paire de gants en latex.

« Ses coupures et contusions sont superficielles, cherchez plus bas. »

Gloria était abasourdie, et dit soudainement : « Sortez cet homme de mes urgences, il ne travaille pas ici !

- Apparemment vos médecins non plus. », répondit Jarod sur un ton posé, alors qu'il commençait à examiner le bas du ventre de la patiente.

Gloria trouva Tami debout près du téléphone mural et lui lança d'un ton sec : « Appelez la sécurité ! Sortez-moi cet homme d'ici et trouvez-moi un médecin ! » Tami hésita un moment, puis finit par suivre les ordres.

Jarod regarda Gloria d'un air catégorique : « Je suis médecin ! » Il attira ensuite l'attention de Gloria sur un renflement qui palpitait sous le nombril de la femme. « Anévrisme de l'aorte abdominale, probablement rompue au cours de l'accident. »

Une alarme provenant du tensiomètre se mit à retentir. Une autre infirmière annonça : « 60/20, on est en train de la perdre. »

Jarod regarda Gloria droit dans les yeux, son regard confiant troubla cette femme qui ne l'avait jamais été. Elle examina le renflement, les idées fusant dans son esprit : « Il faut lui faire passer un scanner avant de … merde, faut qu'on soit sûrs !

- Je suis sûr. » Jarod se tourna vers l'autre infirmière : « Je vais avoir besoin d'un pack d'endoprothèses et de l'appareil de radioscopie fluoroscopique. »

Des regards silencieux s'échangèrent dans la salle. Personne ne savait comment réagir.

La femme affaiblie laissa échapper un autre gémissement. Gloria était paralysée par l'incertitude, tandis que l'autre infirmière annonçait : « 50/15. Je peux à peine sentir son pouls. »

Jarod regarda avec insistance Gloria : « Est-ce qu'on fait quelque chose ou est ce qu'on la regarde se vider de son sang ? »

Tout le monde était figé. Apres un moment de tension palpable, l'infirmière en chef acquiesça.

Le cirque des urgences se mit rapidement en action.

Les instruments demandés par Jarod lui furent apportés sur un plateau d'opération en métal, et un appareil de radioscopie fut mit à sa disposition sous tension. Jarod orienta immédiatement le fluoroscope visible, en temps réel, sur l'écran auquel l'appareil était relié. Au fur et à mesure que les images de ses blessures internes apparaissaient, il était clair que l'anévrisme avait été rompu et qu'elle était en train de faire une hémorragie massive.

De toutes les personnes qui observaient la scène, aucune n'était plus concentrée que Tami. Captivée, elle regarda Jarod prendre le scalpel et faire une petite incision parfaite, au niveau de l'axe cranio-caudal, juste au-dessus de la hanche droite de la femme, puis dégager le tissu conjonctif sous-cutané, pour exposer l'artère fémorale. Jarod fit alors deux ligatures lâches autour d'elles, puis une petite incision dans l'artère qui se trouvait entre les deux.

Il tendit la main : « Gaine vasculaire. » Gloria attrapa un des tubes flexibles transparents posés sur le plateau d'opération et lui remit. Il l'introduisit lentement dans l'artère de la patiente pour l'empêcher de s'effondrer. Pendant qu'il travaillait, la femme commença de nouveau à gémir. Jarod balaya le personnel du regard. Tout le monde était affairé sauf la blouse rose. Jarod la fit sursauter : « Tami, venez ici, et tenez-lui la main. »

Tami regarda autour d'elle nerveusement : *Moi ?* Puis, surmontant sa peur, elle s'approcha de Jarod, et prit doucement la main de la femme bouleversée. Répondant au touché réconfortant, la femme lui serra la main et sembla se détendre quelque peu. Jarod sourit : « Bien. Maintenant, dites lui qu'elle n'est pas seule. Quand vous avez peur, être seul est la pire chose au monde. » Tami fut étonnée de ses instructions, mais elle se pencha vers elle et chuchota des mots rassurants à l'oreille de la femme.

Jarod tendit sa main, « AIE. » Elle lui tendit 'l'Appareil d'Introduction d'Endoprothèse', un boîtier en acier inoxydable avec une poignée permettant de guider le cathéter souple.

Jarod glissa le bout du tube en plastique souple dans la bouche de la gaine vasculaire, puis dans l'artère elle-même. Il introduisit un fil fin à l'intérieur du tube, et en utilisant les images à rayons X comme une carte routière, Jarod le guida à distance à l'intérieur de l'artère étroite, délicate et sinueuse.

Alors que Jarod continuait, deux agents de sécurité firent irruption dans la salle, accompagnés par l'administrateur en chef du Guardian General, un érudit d'une cinquantaine d'années, impeccablement habillé, et ayant l'air contrarié. Le Dr. Jonas Bilson demanda à bout de souffle : « J'ai reçu un appel d'urgence, à propos d'un intrus ? » Gloria, qui n'avait pas de temps à perdre avec son patron, le FIT TAIRE de façon impolie au lieu de répondre, puis fit un geste vers Jarod et dit enfin : « Il est en train de travailler. »

L'administrateur irrité l'accabla d'un regard méchant : « *Qui* est en train de travailler ? »

Sans perdre sa concentration un instant, le Caméléon répondit : « Dr. Bilson, mon nom est Jarod. Je suis la personne que vous étiez censé rencontrer dans votre bureau, il y a cinq minutes, mais j'ai été retenu ici. »

Bilson, à la fois irrité et confus, regarda l'écran afin de comprendre de quoi parlait Jarod. En quelques instants, le Chef oublia tout de l'appel urgent et de ce qui avait pu l'avoir énervé, totalement captivé et impressionné par ce qu'il voyait. Avec une dextérité que la plupart des hommes mettraient des années à maîtriser, Jarod contourna la poche remplie de liquide, puis élargit l'endoprothèse, renforçant la paroi de l'artère et coupant l'afflux de sang vers l'anévrisme.

A cet instant, le sang se remit à circuler normalement. L'hémorragie cessa, et sous les yeux ébahis de toute la salle, le renflement de l'abdomen commença doucement à dégonfler. Tami observa les joues de la femme et fit un sourire jusqu'aux oreilles : « Elle reprend des couleurs. »

Les yeux de la patiente s'ouvrirent tout doucement et se posèrent directement sur le sourire grandissant de Jarod.

La tension étouffante dans la salle d'urgences se dissipa enfin, faisant place à une profonde reconnaissance envers Jarod et à une admiration collective pour son travail.

Peu savaient que le véritable travail de Jarod au Guardian General Hospital ne faisait que commencer.

Chapitre 8

LA *RAISON* D'ÊTRE du Dr. Jonah Bilson, Administrateur en Chef du Guardian General, était principalement fondée sur la cupidité et l'arrogance. Ce salopard égoïste s'y attelait corps et âme. Le dédain dont il faisait preuve ne constituait pas juste un défaut de son caractère, c'était un droit de naissance.

Pour certains, le terme *Brahmanes de Boston* décrit un groupe de riches élitistes du XIXe siècle, tristement célèbres pour leur érudition et leur caractère prétentieux. Pour le Dr. Jonah Bilson, un membre de la 15ème génération de cette aristocratie yankee autoproclamée, ce terme évoquait la *famille*, et il portait cet emblème héréditaire, représentant la supériorité morale, comme un insigne d'honneur.

C'était ce qu'il était depuis sa naissance, et définissait son existence toute entière. Cet engouement soudain n'était pas une chose avec lequel il était consciemment d'accord. Ce dont il avait en revanche conscience était son goût du détail. Il était d'ailleurs concentré sur ces détails, tandis qu'il se tenait dans le couloir, à l'extérieur de la salle d'urgence ; concentré sur lui-même bien évidemment.

« *Le Dr. Su est attendu aux urgences, le Dr. Su … * »

Le médecin vaniteux regarda son reflet dans le miroir, et se trouva épris de la personne dont il croisa le regard : un homme distingué, possédant intelligence, carrure et style. Alors qu'il tirait sur le pli lissé de son pantalon, Bilson se délecta du plaisir qu'il ressentait à se tenir là, loin de la foule agglutinée, et de la manière dont il accentuait délibérément cette différenciation avec son sens du style.

Bilson était affublé d'un costume blanc immaculé, d'une chemise à col haut Jermyn Street, et d'une cravate monogramme Hermès avec un mouchoir de poche assorti typique du *Dandy*. Tout en s'admirant, il s'occupa des boutons situés sur les manches de son manteau, des boutons qui n'étaient pas que de simples décorations de pacotille, comme il s'adonnait à le préciser autour de lui, mais de vrais boutonnières permettant d'attacher les manches.

La première chose qu'il nota, lorsque son tout nouveau jeune médecin sortit de la salle d'urgence, était que Jarod et lui partageaient le même genre d'estime de soi. Avec son pantalon coupe droite Canali en laine, ses belles chaussures Italiennes tannées, et son cashmere caramel en col V, dont les variantes pendaient fièrement dans le placard du docteur le plus âgé, Jarod était une représentation parfaite de l'industrie de la mode, en version marron. Bilson était aussi impressionné par l'assurance avec laquelle Jarod agissait. Tout comme Bilson, Jarod était sûr de lui et méticuleux de la tête aux pieds, et cela jusque dans sa manucure. La forme de ses ongles correspondait parfaitement au bout rond de ses doigts, tout comme ceux de Bilson.

De son CV Ivy League irréprochable à ses expériences sur le terrain, Bilson n'arrivait à trouver absolument aucun défaut au Dr. Jarod Russell. Bilson estimait en fait, qu'il n'aurait pas pu embaucher de meilleur jeune médecin, à moins de pouvoir se cloner lui-même.

Bien sûr, Bilson ne savait pas que Jarod le suivait et l'étudiait depuis maintenant une semaine, qu'il savait où il vivait, quel type de nourriture il mangeait, quel genre de vêtements il portait ; que Jarod connaissait Bilson autant ou même mieux qu'il ne se connaissait lui-même, qu'il savait tout de ce salopard magistral sauf ce qu'il faisait exactement dans l'aile annexe de l'hôpital.

Mais c'est bientôt ce qu'il allait découvrir.

Jarod se massait les tempes, encore un peu secoué par l'intensité de la procédure qu'il venait tout juste de terminer, et ne remarqua pas le Dr. Bilson s'approcher de lui.

« Rien n'exacerbe autant les sens que le baptême du feu, n'est-ce pas Dr. Russell ? »

Jarod leva les yeux, se redressa rapidement et retrouva son calme : « Oui, c'est vrai Monsieur, et je suis navré de ne pas être arrivé à temps dans votre bureau … »

« Le Dr. Su est attendu aux urgences, le Dr. Su … »

Bilson eut un petit rire ironique en entendant l'annonce du haut-parleur : « Vous plaisantez ? Vous avez sauvé une vie. Votre Curriculum Vitae est exceptionnel, mais vous voir en action, eh bien … disons que … c'est ce genre de dévouement que je recherche ici. » Il tendit la main à Jarod : « Bienvenue dans l'équipe. »

« Venant d'une personne aussi estimée que vous, c'est un réel honneur. Merci, Docteur. » Jarod lui serra fermement la main.

Gloria et Tami émergèrent des urgences dans le couloir. Elles repérèrent les deux hommes et se dirigèrent vers eux. Gloria tenait un bloc-note à pince, un air déterminé sur le visage, tandis que Tami s'embrasait comme une écolière à la vue de Jarod. Alors qu'elles rejoignaient les deux médecins, Bilson continua avec ses éloges.

« Et ne croyez pas que votre sens du détail durant cette procédure soit passé inaperçu, surtout quand vous auriez pu facilement laisser un interne ou un résident refermer. Jarod, votre performance n'était rien de moins qu'exceptionnelle.

- Eh bien, j'aurais pu dire que je l'ai fait pour vous impressionner, mais à dire vrai, j'avais besoin de m'entraîner à faire des sutures sur un patient humain. » Jarod regarda Bilson de manière impassible. Gloria et Tami échangèrent un regard perplexe.

Bilson fut un moment surpris jusqu'à ce qu'il réussisse à se convaincre que Jarod plaisantait et se laissa aller de son gloussement d'association de bienfaisance le plus charismatique : « Très spirituel, docteur. Votre sens de l'autodérision est tout aussi rafraichissant. Vous me faites penser à … eh bien, à *moi.* »

Gloria leva les yeux au ciel et tendit l'écritoire à pince au Dr. Bilson : « J'ai besoin d'une signature sur les lignes 14, 18 et 22. » Il le prit et signa : « Dr. Russell, à l'avenir, si vous avez besoin de quoique ce soit ici, n'hésitez pas à demander à Gloria. Je dirige peut être cette institution, mais c'est elle le patron. »

Gloria regarda Bilson d'un air dédaigneux : « Si j'étais le patron, j'engagerais plus qu'un nouveau docteur, et tout un tas d'autres employés. »

Bilson força un sourire hautain : « L'hôpital ferait alors faillite, non pas que je m'attende à ce que vous compreniez. » Il mit un point sur le i de son nom et rendit les documents à Gloria.

« Le Dr. Su est attendu aux urgences, le Dr. Su … »

Alors que le haut-parleur continuait à faire le même plaidoyer incessant, un médecin asiatique fit son entrée dans le couloir des urgences. Négligé, le Dr. Hiro Su était l'antithèse de l'image que se faisaient la plupart des gens d'un médecin asiatique d'âge moyen, quelque chose qui avait le don d'irriter Bilson. Mais le Chef l'avait engagé pour d'autres raisons, et avait donc fait l'effort de fermer les yeux sur sa corpulence et son manque de ponctualité chronique.

Tami fut la première à apercevoir le Dr. Su. Elle donna un petit coup de coude à Gloria, qui leva les yeux de son bloc-notes, et après l'avoir vu, eut un petit air renfrogné : « C'est si gentil de sa part de prendre le temps de venir travailler aujourd'hui. »

Alors que Su approchait, Bilson jeta un coup d'œil à sa montre Baume & Mercier, puis vers lui : « Pardonnez mon langage mais, où étiez-vous bon sang ? »

Pas du tout affecté par la remarque, le Dr. Su offrit un impassible : « Veuillez m'excuser, j'étais dans l'Annexe, ou avez-vous oublié que je ne suis plus un simple chirurgien ? » Su posa ensuite les yeux sur Jarod, le regarda de haut en bas, et eut une appréciation négative : « C'est qui le mannequin GQ ? »

Jarod lui tendit la main : « Dr. Russell, mais s'il vous-plaît, appelez-moi Jarod. »

Su refusa froidement de serrer la main de Jarod jusqu'à ce que Bilson lui lance : « Je lui serrerais la main si j'étais vous, et pendant que vous y êtes, vous devriez lui montrer un peu de reconnaissance. Le Dr. GQ vient tout juste de nous sauver d'un procès de plusieurs millions de dollars. »

Su serra sèchement la main de Jarod : « Dans ce cas, je pense que mon travail ici est terminé. »

Tami intervint soudain : « Vous auriez du voir ça. Il était incroyable ! » La blouse rose sentit le regard furieux de Gloria avant même de le voir. Elle grimaça embarrassée : « Je suis désolée. »

« Il n'y a pas de quoi l'être. Je savais que Jarod était exceptionnel, c'est la raison pour laquelle je l'ai fait venir ici. » Il regarda Gloria et Tami de haut, un sourire figé sur le visage : « Je vous remercie Mesdames. Ca sera tout. » Gloria jeta à Bilson un regard désobligeant qui passa inaperçu, avant de remettre Tami au travail.

Su lança un long regard noir à Jarod, que le Caméléon interpréta comme défiant, voire suspicieux : « Nous n'avons pas l'habitude de voir des médecins avec votre niveau de compétence ou de qualification, choisir de travailler dans un hôpital des quartiers pauvres comme le Guardian. Et cynique comme je suis, je ne peux m'empêcher de me demander, pourquoi êtes-vous venu ici ? » Su offrit un demi-sourire à Jarod qui le lui rendit, même si aucun des deux hommes ne souriait intérieurement.

Intérieurement, ils se jaugeaient.

Marquant leur territoire.

Préparant leur affrontement.

Jarod savait qu'il pouvait pousser Su à bout s'il le souhaitait, mais compte tenu des origines de Su, il choisit une autre approche. En Japonais, le mot Judo se traduit par *la manière douce* et met l'accent sur le fait de gagner au combat en utilisant contre lui les forces de son adversaire. Et c'est ainsi que Jarod décida de procéder : « Dr. Su, je pourrais vous dire qu'il s'agit d'un défi professionnel, mais à dire vrai, connaissant le bourbier actuel dans lequel se trouvent les services de santé, je recherchais un hôpital qui offrait des *opportunités* de compensations financières supplémentaires. »

Bien qu'il ne lui fasse pas entièrement confiance, Su ne pouvait pas vraiment argumenter sur ce point. Bilson semblait apprécier la dynamique et fit un grand sourire à Su : « Je vous avais dit que c'était notre homme. » Bilson se tourna ensuite vers Jarod : « Nous avons en effet d'autres opportunités. Certaines en médecine traditionnelle, d'autres dans des domaines moins conventionnels. »

Su foula au pied la camaraderie de Bilson : « Mais n'allons pas plus vite que la musique, tenons nous en pour l'instant à la chirurgie. » Il regarda

Jarod avec insistance : « Vous avez déjà fait une intervention de Norwood, Russell ? On en a une de prévue demain. Elle est à vous si vous la voulez. »

Jarod regarda Su de haut. Le médecin asiatique allait être bien plus coriace qu'il ne l'avait prévu.

« Non. » Jarod secoua la tête, « D'ailleurs, je n'en ai jamais entendu parler. » Su sourit d'un air suffisant, rassuré de voir qu'il était toujours le grand manitou. Enfin, jusqu'à ce que Jarod ajoute avec assurance : « Mais s'il y a une vidéo sur YouTube, je peux probablement la maîtriser dès ce soir. » Le sourire de Su tomba tout droit dans les oubliettes pour laisser place à une façade impassible.

Bilson s'illumina fièrement et tapota Jarod sur le dos : « Un esprit plein d'initiative ! Excellent. Vous allez parfaitement vous intégrer ici Jarod. »

Jarod sourit. C'est exactement ce qu'il prévoyait de faire.

Chapitre 9

DURANT SON ENFANCE, *à cette époque insouciante où elle coulait des jours heureux, Miss Parker était allée faire du cheval avec sa mère. Cela avait été une longue et magnifique journée. Elles s'étaient éloignées de la demeure principale, à travers les 200 hectares somptueux de la ferme de la famille Parker, jusqu'à un des deux endroits préférés de Miss P sur Terre, un endroit où elle allait souvent rêver comme le font tous les enfants. Il s'agissait d'un champ de bruyères gracieuses, surplombé par un vieux chêne magnifique, situé sur la colline, à un kilomètre d'une église abandonnée. Ce majestueux feuillu ancestral tendait les bras vers les cieux bien avant l'arrivée des Pèlerins, et continuerait à toucher le visage de Dieu bien après que le souvenir des colons actuels soit effacé depuis longtemps. Elle s'y rendait seule, encore et encore, grimpant et jouant dans ses branches. Le chêne était son vieil ami. Elle le surnommait le vieux grincheux. Elle s'était toujours sentie en sécurité dans ses énormes bras grinçants et elle l'aimait autant que n'importe quel être humain, sauf peut-être sa mère.*

Miss Parker adorait sa mère et chérissait tout particulièrement le temps privilégié qu'elles passaient seules toutes les deux. Elle voulait être exactement comme elle, à tous points de vue, et avait secrètement souhaité porter le prénom Catherine, tout comme sa mère. Mais celle-ci lui avait expliqué que cela ne se faisait que pour les garçons, qu'elle portait un magnifique prénom, un prénom à part entière, et que Miss Parker devrait toujours le chérir tout comme sa mère le faisait. Par ailleurs, elle adorait le surnom secret par lequel seule sa mère l'appelait, "Petite Miss". Cela lui donnait le sentiment d'être spéciale, et cette journée l'était. La mère de Miss Parker l'avait réveillée en caressant doucement ses cils sur sa joue. Et au moment où elle ouvrit les yeux, la Petite Miss découvrit le cadeau que sa mère avait placé sur l'oreiller à côté d'elle.

Le cadeau était emballé dans un magnifique papier lavande, avec un ruban pourpre royal foncé, celles-ci étant les couleurs préférées de Miss Parker Elle tendit le bras pour l'ouvrir, mais sa mère expliqua à la Petite Miss qu'elle devrait attendre le lendemain matin, le matin de son 12ème anniversaire. Elle expliqua à sa fille que lors de leur prochain voyage en France, elle devrait prendre ce cadeau avec elle ; un voyage qu'elles n'allaient faire que toutes les deux, 'Un moment passé ensemble, entre dames', lui avait-elle dit. Une phrase que Miss Parker s'était répétée encore et encore, la nuit précédente … 'Un moment passé ensemble, entre dames'.

Miss Parker avait regardé profondément dans les yeux de sa mère lorsque celle-ci avait prononcé ces mots, des yeux autrefois si joyeux, qui reflétaient depuis peu, une grande tension et une profonde tristesse. Elle pouvait lire dans ses yeux que quelque chose se préparait, quelque chose, elle le savait, que sa mère lui cachait. Elle détecta aussi de la souffrance dans ses yeux, de la souffrance que sa mère ne voulait jamais qu'elle ressente, la Petite Miss l'avait bien compris. La première fois que la Petite Miss avait senti cette peine dans les yeux de sa mère, elle s'était faufilée derrière elle, alors qu'elle soulignait une phrase dans le journal dans lequel elle était constamment en train d'écrire : "Et sous la main de dieu, vous, petits enfants, ne serez jamais perdus." Mère était comme ça. Elle dédiait sa vie à protéger les gens.

En particulier les petites gens, et surtout sa Petite Miss.

La Petite Miss savait que sa mère l'aimait et que tant qu'elle était près d'elle, elle serait toujours en sécurité.

Malgré tout ce qu'elle savait, toutes ces choses qu'elle avait profondément enfouies dans son jeune esprit, ce jour-là, seule avec sa mère, dans son endroit préféré au monde, fut l'un des plus parfaits moments de la jeune vie de Miss Parker Mais ce n'était ni la première, ni la dernière fois de sa vie qu'un orage se mettrait à gronder, alors que Miss Parker se délectait d'un moment de pur bonheur.

En un instant, les cieux d'un bleu éclatant prirent une teinte gris foncé et s'abattirent avec colère sur la Petite Miss et sa mère. Le vent se mit soudain à souffler, courbant les branches du vieux grincheux jusqu'à ce qu'elles commencent à craquer, effrayant leurs étalons blancs. C'était la première fois que Miss Parker faisait l'expérience de ce que les gens appelaient parfois l'ouverture des cieux. Alors que des pluies torrentielles tombaient, la Petite Miss réussit à empêcher sa lèvre supérieure de trembler, et à faire bonne figure, comme son père le lui avait toujours appris. Elle ne ressentait aucune peur, jusqu'à ce que le premier éclair déchire le ciel et explose au-dessus d'elles. A cet instant, la peur prit le dessus. Même au grand galop, Miss Parker savait qu'elles étaient trop loin de la maison pour pouvoir se mettre à l'abri dans la grange à temps. Elle savait aussi, tout comme sa mère qui tournait en rond à la recherche d'une solution, que la dernière chose qu'elle souhaitait était de rester ici, exposée dans les pâturages.

Son cheval se cabrant et hennissant nerveusement, la panique commença à gagner Miss Parker, jusqu'à ce que sa mère place une main apaisante sur son destrier et réussisse à calmer la bête apeurée. Sa mère regarda ensuite dans les yeux de la Petite Miss et dit : « Nous devons atteindre l'église abandonnée. Là-bas, nous serons en sécurité. » Sa mère lui fit un sourire rassurant : « Peu importe ce qu'il se passe, reste près de moi. Je ne laisserai jamais rien de mal t'arriver ma Petite Miss. »

Alors qu'elles commençaient à se diriger vers l'église, un éclair jaillit des nuages. L'éclair avait été si proche, que la Petite Miss put sentir sa chaleur alors qu'il voguait juste au-dessus de sa tête. Elle regarda au-dessus de son épaule droite juste au moment où l'éclair frappait le vieux grincheux, le séparant en deux.

Miss Parker n'avait peur que de peu de choses, mais depuis ce jour, les éclairs la terrorisaient.

Chapitre 10

DES ECLAIRS ECLATÈRENT. Une tempête approchait de l'est. Miss Parker regarda à travers la fenêtre de l'élégant Eurocopter noir AS 355F, alors qu'il fendait le ciel pourpre vers le soleil couchant, tel un missile à guidage thermique. Ses turbomoteurs TM-319 Arrius donnaient au JetCopter dernier cri une portée maximale de 722km, avec un réservoir plein, et une vitesse de croisière maximum de 222km/h. Cela faisait du 355F une des plus belles pièces de technologie aéroportée qu'une organisation non gouvernementale puisse posséder, ce dont Miss Parker se foutait royalement.

Ce dont elle ne se foutait pas, par contre, c'était ce qu'elle pouvait voir en contrebas. Son deuxième foyer, un endroit simplement connu sous le nom de Centre.

Au sommet des falaises, à l'extrémité ouest de Blue Cove, Delaware, se tenait l'austère création architecturale art déco qui ressemblait pour certains à une prison, pour d'autres à un asile, et pour d'autres encore à une forteresse. D'une certaine manière, toutes ces descriptions étaient exactes.

Construit dans les années 30, l'imposante structure en roche calcaire était ancrée par deux tours menaçantes placées de part et d'autre de son entrée principale peu attrayante. Le bâtiment de quatre étages n'était entouré d'aucun arbre ou arbuste en tout genre, de telle façon qu'à la lumière du jour, aucune partie ne se trouve jamais dans l'ombre. Mais les ombres constituaient la base même sur laquelle était fondé le Centre, et derrière chaque porte se trouvait un labyrinthe de couloirs secrets.

Miss Parker avait grandi dans ces couloirs sinistres qui semblaient s'étirer dans les ténèbres sans jamais finir. Son père avait commencé à diriger le Centre avant sa naissance. Dans son esprit, elle l'avait toujours vu comme le roi de ce château, et elle, comme sa princesse, tout à fait naturel quand on sait qu'elle était traitée, à l'intérieur de ces murs, et ce depuis son premier souffle, comme un membre de la famille royale, et qu'elle en connaissait les moindres recoins.

Ou du moins c'est ce qu'elle croyait.

Des *clac clac clac clac clac* raisonnèrent à travers l'interminable couloir alors que Miss Parker forait des trous dans le sol en marbre, avec les talons aiguilles de ses Christian Louboutin. Seuls quelques-uns des 2000 employés du Centre étaient encore présents à cette heure de la journée, et ceux qui se trouvaient justement là se dispersèrent comme des rats apeurés, retournant rapidement là d'où ils venaient, à l'instant même où ils aperçurent Miss Parker, comme s'ils venaient subitement de se rappeler qu'ils avaient laissé quelque chose dans leur bureau. Inhalant furieusement une bouffée de son omniprésente cigarette, elle avançait comme une femme en mission tandis que Sydney bataillait pour la suivre, tel un cerf-volant traîné dans son sillage.

Miss Parker agita un document : « Nous avons placé des traceurs sur les comptes bancaires de votre prodige, et j'avais raison. Il les a consultés deux fois depuis qu'il a quitté le parc éolien. La prochaine fois qu'il les utilise, on le tient. »

Sydney accéléra le pas, comme si marcher à coté d'elle la ferait écouter ce qu'il avait à dire : « Il ne le fera pas. Jarod a un don, et être stupide n'en fait pas partie. Si nous voulons l'attraper, nous devons nous montrer patients. »

Miss Parker s'arrêta net, fit volte-face et pointa son index vers le visage de Sydney : « Ecoutez-moi M. le Nain Tracassé, vous êtes peut être satisfait d'exploiter des petits génies pour résoudre de gros problèmes dans votre laboratoire, mais moi j'ai des objectifs de carrière qui ne me permettent pas d'arpenter le pays à la poursuite de Superboy. »

Miss Parker se retourna pour poursuivre son chemin, mais Sydney se plaça devant elle : « C'est un jeu qu'il joue avec vous, Parker. Il a toujours adoré les jeux, son préféré étant les échecs. J'aurais pensé que si quelqu'un pouvait s'en rappeler, c'était vous. »

Les mots de Sydney atteignirent leur cible à l'intérieur de Miss Parker, quelque chose qui faisait partie de son lointain passé. Mais elle refusa de lui donner l'occasion de l'agacer.

« Je ne me soucie guère des jeux de Jarod. » Elle leva en l'air l'impression du compte bancaire de Jarod : « D'ailleurs, j'ai l'intention de dire très rapidement 'échec et mat' à votre petit Kasparov. » Elle contourna Sydney et continua son chemin, Sydney marchant derrière elle, exactement comme elle l'aimait.

« Ce que Jarod a laissé au parc éolien est juste la partie visible de l'iceberg, autrement dit, de ce qu'il va vous faire subir. » Miss Parker accéléra le pas. « C'est une réalité à laquelle vous ne pouvez échapper. Alors que vous jouez votre deuxième coup dans cette partie d'échec, Jarod a déjà planifié les cinquante suivants. »

« Ce n'est pas celui qui est en tête en début de partie qui importe, c'est celui qui gagne à la fin. » Miss Parker s'arrêta devant une lourde porte en carbone : « Ouvrez-la. »

« Est-ce vraiment bien nécessaire ? », protesta Syd, « J'ai fouillé cette pièce un millier de fois et je n'ai jamais rien trouvé.»

« Pas moi. » Elle expira une profonde bouffée de fumée : « Disons que peut-être, et je dis bien peut-être, qu'à cause de la connexion que vous avez avec Jarod, vous avez négligé quelque chose que quelqu'un de moins attaché émotionnellement pourrait trouver ? Hein ? Il a laissé un indice permettant de le retrouver sur son terrain de jeu à éoliennes, et je mettrais ma main à couper qu'il en a aussi laissé un ici. Maintenant sésame, ouvre-toi. »

Miss Parker aurait pu facilement déverrouiller la porte sans l'aide de Sydney. Son code de sécurité permettait l'accès aux moindres recoins du Centre, ou du moins, à presque tous. Son code était le second seulement après celui de son père, et malgré une vie de bons et loyaux services, il restait loin au-dessus de celui de Sydney. Non, en fait, elle exigeait qu'il l'ouvre pour rappeler sa place plus élevée dans la hiérarchie de la firme.

Un Sydney réticent sortit sa clé magnétique et la glissa dans trois lecteurs distincts. Il plaça ensuite sa main gauche sur un scanner photovoltaïque et la maintint à cet endroit pendant que sa main droite composait un code alphanumérique élaboré, sur le clavier de l'écran plat qui se trouvait sur la porte.

« Miss Parker, je sais que ce ne sont pas mes affaires, mais depuis l'accident, vous avez passé votre vie à essayer de prouver à votre père que vous étiez digne de son affection, qu'à ses yeux vous étiez une *gentille fille.* » Il marqua une pause : « Vous n'avez plus besoin de faire ça maintenant. »

Miss Parker regarda Sydney comme s'il avait lu ses pensées les plus intimes : « Vous savez, Syd, vous avez raison. » Puis, comme un interrupteur passant de MARCHE à ARRÊT, son regard, changea passant de contentement à outrage : « Cela ne <u>vous</u> regarde absolument pas, et je n'ai fichtrement rien à prouver. Et pour finir, ça <u>n'était pas</u> un accident. »

Alors que la porte s'ouvrait, Syd étudia Miss Parker : « Vous étiez une petite fille si joyeuse, qu'est-ce qu'il vous est arrivé ? »

Elle laissa tomber sa cigarette sur le sol en marbre immaculé et l'écrasa avec le bout de son talon aiguille : « J'ai grandi, Sydney, pas vous ? »

Juste à ce moment, une fillette de cinq ans sur un tricycle passa près d'eux ; aucun des deux ne fit attention à elle. Ils entrèrent alors dans ce que tout le monde considérerait comme un endroit étrange, même pour le Centre.

Au milieu de cet endroit sombre et béant brillait une chambre stérile, située à l'intérieur d'un dôme en plexiglas transparent, qui ressemblait beaucoup à une de ces expositions modernes que l'on peut voir dans les zoos, à la seule différence, plutôt inquiétante, que le dôme était entouré par des douzaines de caméras de surveillance, toutes conçues et positionnées pour enregistrer tout ce qui se passait à l'intérieur.

<u>Absolument tout.</u>

A l'intérieur, le dôme était divisé par des murs transparents en trois zones distinctes, qui ressemblaient à des parts de tarte.

A l'arrière, se trouvait un petit lit avec des draps blancs, des WC blancs et une douche avec un mobilier blanc, qui faisaient penser à une cellule de prison : une cellule blanche. Sur la droite, on pouvait distinguer un grand bureau de travail blanc sur lequel se trouvait une montagne de livres aux couvertures blanches, des ordinateurs, un microscope électronique, un écran de 20 pouces pour celui-ci, et d'autres outils annexes, eux aussi blancs. En fait, *tout* était blanc.

Sauf une chose.

Dans la troisième partie complètement vide, et même sinistrement nue, se trouvait un pavé tactile circulaire de 15 centimètres accroché au mur. C'était la seule chose de couleur dans le dôme.

Il était rouge.

Miss Parker entra et se déplaça lentement à travers cet environnement troublant : « Je dois l'avouer Syd, personne ne sait mieux que vous comment créer un *petit chez soi* confortable. » Miss Parker leva les yeux au plafond et fut stupéfaite de constater que les cameras, qui enregistraient 24h sur 24h, étaient même dirigées vers la salle de bain et les toilettes. Miss Parker regarda le Belge qui se tenait debout, près du pavé tactile, et leva un sourcil: « Si jamais je décide d'élever mes propres sociopathes, et que le Marquis de Sade est indisponible, je vous engage pour concevoir la nurserie.

- Jarod n'est pas un sociopathe. Cet environnement a été spécialement conçu pour nourrir son intellect, avec des stimuli contrôlés et des données conçues pour développer de la meilleure façon son pur génie.

- Et votre expérience a malgré tout décidé de n'en faire qu'à sa tête. Ca a plutôt l'air d'un échec, qu'en pensez-vous Gepetto ? »

Elle montra du doigt le pavé numérique : « Lancez la dernière simulation de Jarod. Je veux savoir ce qu'il avait dans la tête avant qu'il ne s'échappe de son parc. »

Sydney secoua la tête devant tant d'insolence, puis plaça sa main sur le pavé tactile rouge.

C'est à ce moment-là que la première explosion se déclencha.

Chapitre 11

LE SOL TREMBLAIT sous les pieds de Miss Parker, alors qu'une boule de feu faisait rage dans le fuselage du 747. Le chaos régnait. Une tragédie humaine se déroulait, les passagers terrifiés autour d'elle succombant à la réalité. Certains hurlaient ou pleuraient. D'autres priaient. Parker aperçut une jeune mère qui fredonnait sur un ton apaisant, à un enfant qu'elle tenait tendrement dans ses bras : un bébé qui, elle le savait, ne verrait jamais son premier anniversaire. Elle localisa un membre du personnel navigant qui regardait le pilote faire tout ce qu'il pouvait pour empêcher l'avion de chuter. Le regard stoïque sur le visage de l'hôtesse de l'air révéla à Miss Parker tout ce qu'elle devait savoir : tout le monde à bord était sur le point de mourir.

Tout le monde était horrifié par cette issue tragique, à l'exception de Miss Parker. Elle marcha nonchalamment à travers la fumée et le désordre du fuselage enflammé, son visage ne reflétant rien d'autre que du mépris.

Même le fait de voir un homme recouvert de kérosène hurler alors qu'il brûlait vif, ne provoqua chez Parker aucune réaction. Elle n'eut même aucun mouvement de recul envers les flammes qui dansaient autour de sa mini-jupe. En fait, rien de la dévastation environnante n'avait d'effet sur elle.

Mais rien ici n'était conçu pour.

Tout dans cette partie de l'espace vital de Jarod avait spécifiquement été créé pour stimuler sa manière de penser en tant que Caméléon. En fait, la réalité virtuelle au milieu de laquelle se tenait Miss Parker avait été conçue et envisagée par Jarod lui-même, afin de tirer le maximum de chaque simulation dans laquelle il se plongeait. Le Caméléon avait créé cette pièce dans l'idée de pouvoir mettre chacun de ses cinq sens en immersion. Non seulement les images holographiques étaient aussi précises que la technologie actuelle le permettait, mais la pureté du son multicanaux était aussi d'une qualité supérieure à n'importe quel système THX que Georges Lucas avait pu inventer. Cet ensemble prodigieux stimulait à la fois les sens visuel et auditif de Jarod, et ceci de manière profonde, ce qui lui permettait de rendre les choses aussi réelles que s'il avait été effectivement là.

Mais il ne s'agissait ici que des conditions standards de simulation. La salle de simulation de réalité virtuelle était aussi équipée d'un variateur de température, d'odeur et de goût qui, dans le cas présent, recréait la chaleur des flammes, l'odeur de la fumée, et l'acidité du kérosène dans l'air.

Sydney rejoignit Miss Parker au milieu des images choquantes du cataclysme : « La boîte noire de ce vol n'ayant pas été récupérée, Jarod a effectué une projection de la mort de l'équipage et des passagers, et a réussi à recréer ce qui s'est réellement passé avant l'impact. »

Alors que l'avion s'écrasait dans une énorme explosion, Miss Parker appuya sur le pavé tactile, stoppant net la simulation.

« Quel drôle d'environnement pour le tenir enfermé ! Avec ce matériel, on va peut-être le retrouver … portant un déguisement de facteur ?

- Jarod ne se déguise pas. Comme je vous l'ai déjà expliqué, c'est un caméléon ! Il devient précisément ce qu'il veut devenir.

- Quoique vous en disiez Syd, le Centre aurait dû s'en tenir aux ordinateurs pour les simulations, ils risquent moins de s'enfuir.

- Mais les ordinateurs ne peuvent pas vous dire ce qu'a *ressenti* l'équipage lorsque l'avion a perdu de sa puissance, ce que l'homme en train de brûler vif a *réellement éprouvé,* ni les émotions qui ont afflué sur leur sort. Jarod lui en est capable. Il pourrait entrer dans leur cœur, leur esprit, leur âme, comme s'ils étaient ses avatars, ou qu'il était les leur. »

Méprisant totalement ses propos, Miss Parker commença à fouiller, de ses yeux experts, les quartiers de Jarod.

Syd secoua la tête, consterné par tant d'arrogance. Il savait qu'il gaspillerait sa salive à essayer de lui faire comprendre encore une fois qu'un caméléon n'est pas juste un génie doté d'une mémoire photographique, mais une personne possédant la faculté d'utiliser 9% de son cerveau de plus que les plus doués d'entre nous. Elle ne voudrait pas de nouveau entendre que l'imagination de Jarod n'était pas comparable à cela, que son savoir et son extrême intelligence, couplés à une acuité psychologique hyper focalisée, lui permettait de percevoir et de faire l'expérience du monde différemment. Il savait qu'elle ne ferait que l'ignorer s'il lui disait pour la énième fois que Jarod était rien de moins qu'un caméléon humain possédant le cerveau d'Einstein.

Alors qu'il tentait de se contenir, Syd observa une lueur de curiosité dans les yeux de Miss Parker. Elle avait repéré quelque chose sur le bureau de Jarod, et se rapprocha pour l'inspecter de plus près : « Parker ? »

Miss Parker se pencha au-dessus du bureau voyant qu'il était recouvert de ce qui semblait être de minuscules grains de sable. Elle passa ses doigts au travers.

« Notre ordinateur sur pattes s'intéresse aux jardins Japonais ? »

Syd s'approcha d'elle : « Ce ne sont pas des grains de sables, ce sont des nano-origami. »

Miss Parker approcha un doigt de son visage afin d'examiner les créations microscopiques : « Vous êtes en train de me dire que ce sont des cygnes en papiers ? »

« Pas des cygnes, des anges. Jarod a toujours été fasciné par les anges. »

Syd localisa une pince à épiler, ramassa un des grains de sable et le plaça sous la lentille du microscope électronique de Jarod. L'image sur l'écran de visualisation était floue, Syd ajusta donc la distance focale de l'appareil : « Pour se détendre, Jarod avait pris l'habitude de plier des centaines de petits anges, durant les mois précédant son départ. » L'image devenue plus nette, Miss Parker pouvait maintenant distinguer, dans les moindres détails, une silhouette ailée en nano-origami. Syd regarda l'image : « Mais je dois l'avouer, je n'ai pas encore déterminé quelle était la connexion psychologique qu'il avait avec les anges. »

Une idée jaillit soudain dans l'esprit de Miss Parker et un sourire méchant se forma sur ses lèvres : « C'est parce que ce ne sont pas des anges, Freud, et Jarod ne les a pas pliés pour se détendre. Il les a fabriqués alors qu'il mijotait dans son propre bouillon de colère. » Syd n'avait aucune idée de ce dont elle parlait, et c'est ce qu'elle aimait. Elle tapota du doigt l'aile de la créature sur l'écran du microscope : « Ses ailes sont pliées. C'est un Onyssius. »

Syd la regarda fixement, son visage ne laissant transparaître aucune émotion : « Onyssius ? »

Miss Parker souleva un sourcil : « Faites un effort Syd. Le dieu Grec des récompenses. Il défend les faibles et les opprimés. »

Syd fut réellement étonné : « Vous ... vous m'impressionnez. Comment en savez-vous autant sur les traditions grecques ? »

« J'ai fréquenté un club d'hellénistes. » Miss Parker se délecta de ce joli coup intellectuel : « Je vous avais dit que je trouverais un indice Sydster. Votre inadapté social se prend pour un justicier qui se doit de défendre les opprimés. »

Secouant la tête, elle regarda par-dessus son épaule avant de sortir, juste assez longtemps pour demander : « Mais qu'est-ce-que vous avez bien pu lui enseigner bon sang ? »

A présent seul dans le dôme dans lequel il avait élevé son Caméléon, Syd se posait exactement la même question.

Chapitre 12

JAROD DESCENDIT du bus au coin de la 125ᵉ et de la 7ᵉ, un sac de courses dans les bras et un sourire sur les lèvres. Il tourna à gauche et se dirigea vers la 8ᵉ sans avoir conscience des regards étranges qu'il recevait, alors qu'il se promenait au cœur d'Harlem. Il était bien trop occupé à savourer les branches de céleri qu'il mâchait bruyamment, et à profiter des monuments, des sons et des odeurs de cet environnement culturel unique. Il faisait cependant une fixation sur une chose en particulier, une chose qui résumait tout ce qui l'entourait : un panneau qui annonçait fièrement *L'APOLLO THEATRE*.

Même s'il n'était pas familier avec l'expression '*Rien ne vaut son chez soi*', c'est exactement ce qu'il ressentait. La vue de ce nom en lumière rappelait à Jarod la citation « *In NYC, Harlem is the place-2-be* ».

C'étaient les paroles que Johnny Boy Creed avait prononcées le soir même où Jarod s'était échappé du Centre.

Le vieil homme de couleur était assis dans sa Dodge Dart de 1965, garée dans le parking du magasin MAMA, situé au numéro 302 sur la 4ᵉ, dans le centre-ville de Wilmington, Delaware. Un grand sourire sur le visage, malgré la fatigue causée par les heures de voyage, il sirotait une canette de Pepsi tout en gardant un œil vigilant sur un étrange homme blanc qui venait tout juste de sauter d'un train en marche, et qui était à présent tapi dans l'ombre près de la superette.

Caché derrière la benne à ordures, l'homme blanc jetait des coups d'œil rapides vers le magasin, semblant hésiter à y entrer. Sirotant tranquillement son Pepsi, Johnny Boy

Creed remarqua que l'homme ne cessait de regarder anxieusement autour de lui, tel un paranoïaque craignant d'être vu.

Johnny Boy Creed observa, avec un intérêt croissant, Jarod prendre finalement son courage à deux mains, et marcher d'un pas assuré vers l'entrée du magasin. Quelque chose se passa ensuite qui fit momentanément oublier à Johnny son Pepsi, et lui donna un large sourire. La réaction du vieil homme fut déclenchée par le comportement inattendu de Jarod, alors qu'il tendait la main pour ouvrir la porte. Le Caméléon sursauta, surpris de voir la porte s'ouvrir automatiquement devant lui, comme par magie ! Jarod fit ensuite un pas timide en arrière et fut de nouveau choqué de voir la porte se refermer par elle-même. Cela provoqua un grognement d'incrédulité amusée chez Johnny Boy.

Jarod regarda nerveusement à gauche, à droite, puis à travers la porte vitrée, à la recherche d'une explication logique à ce phénomène, mais il n'y avait personne aux alentours qui aurait pu provoquer cela. Rassemblant ses esprits, Jarod fit prudemment un autre pas en avant, pour encore une fois s'arrêter net puis battre en retraite rapidement, lorsque le cycle d'ouverture/fermeture de la porte se répéta.

Continuant de regarder ce spectacle hilarant, Johnny boy hésita à prendre une autre gorgée de son Pepsi, craignant que celui-ci ne lui remonte dans le nez. En 72 ans d'existence, il pensait avoir tout vu, mais ce qui se passa ensuite ajouta une ligne à sa liste de « tout fait, tout vu ».

Mettant son esprit en condition pour résoudre ce mystère, le comportement de Jarod changea instantanément, passant de perplexité à curiosité audacieuse. Il avança prudemment vers la porte, faisant délibérément de petits pas, jusqu'à ce que … Vvvt ! La porte s'ouvre une troisième fois. Jarod eut alors une révélation qui fit apparaître un sourire complice sur son visage.

Johnny Boy observait la scène par la fenêtre baissée de sa voiture et se mit à rire. Jarod l'entendit, se retourna, croisa le regard du vieil homme, et lui expliqua à la manière d'un enfant confiant : « Il doit y avoir une sorte d'appareil de type sonar qui détecte votre présence au moment où vous entrez ou sortez de l'établissement, c'est très intelligent ! »

Et c'est à ce moment là que Johnny Boy dit : « Vous n'êtes pas d'ici, n'est-ce-pas ? »

Avant que Jarod n'ait pu répondre, une Town Car noire entra dans le parking. A la vue de celle-ci, Jarod retourna furtivement dans l'ombre. Johnny Boy entrevit de la peur sur le visage de Jarod alors qu'il regardait le conducteur de la berline sortir de la voiture et entrer dans le magasin. L'homme était bien bâti, vêtu d'un costume sombre, et tenait une photographie qu'il montra au caissier ; la photo d'un homme que même à distance, Johnny Boy avait reconnu comme étant Jarod. Jarod le vit aussi et disparut dans l'allée.

Johnny boy mit le moteur de la Dart en route, et roula jusqu'au coin de la rue. Il aperçut un Jarod visiblement en détresse, descendre rapidement l'allée. Il se rangea près de lui et lui demanda s'il souhaitait être déposé quelque part.

Jarod regarda dans ses yeux expressifs et se sentit immédiatement en confiance. Il répondit doucement : « Oui, s'il vous plaît. » Jarod ouvrit la porte et monta dans la Dart. Le Caméléon n'avait jamais conduit de voiture de sa vie, il avait par contre le vague souvenir d'avoir été transporté dans l'une d'entre elles, mais ne se souvenait ni comment, ni quand. Il trouvait cependant celle-ci confortable et aimait son odeur. C'est à ce moment-là qu'il décida que si un jour il possédait sa propre automobile, il prendrait une Dodge Dart exactement comme celle-ci.

Johnny Boy observa la façon dont Jarod vivait cette nouvelle expérience et ne prit même pas la peine de lui demander ce qui le rendait si enjoué. Il n'avait vraiment pas le temps pour ça. Il reconnaissait un homme en difficulté quand il en voyait un. Lui-même avait connu cela plusieurs fois dans sa propre vie.

Mais les souvenirs des deux hommes se dissipèrent lorsqu'ils virent les phares de la Town Car traverser lentement l'allée derrière eux. Johnny Boy distingua de nouveau de la peur sur le visage de Jarod et prit note de la façon dont sa respiration s'était accélérée lorsque les phares les avaient illuminés pour ensuite s'évaporer avec la voiture. Il ne posa aucune question à Jarod à ce sujet, mais demanda seulement : « Où tu vas ? »

Jarod laissa échapper un long soupir, puis regarda son sauveur avec gratitude : « Aussi loin d'ici que possible. »

Avec un hochement de tête et le plus grand des sourires de tout l'hémisphère ouest, Johnny Boy s'éloigna dans la nuit.

Johnny Boy Creed était la première personne avec laquelle Jarod interagissait depuis son évasion, et il voyait en cet aimable gentleman aux cheveux blancs une bénédiction. Jarod était bien assez ingénieux pour parvenir seul à sa liberté, mais cela faisait du bien d'avoir un contact humain ; cela faisait du bien de se faire un ami. Johnny boy était un septuagénaire, mais Jarod trouvait qu'il avait plutôt l'air d'avoir la cinquantaine, parce qu'il souriait constamment. Durant les deux jours qu'ils passèrent ensemble sur la route, Johnny Boy Creed fit grande impression à Jarod. C'est d'ailleurs la raison pour laquelle Jarod avait choisi Harlem.

Tout résidait dans la façon dont Johnny Boy en avait parlé : « In NYC, Harlem is the place-2-be ». Il n'avait pas prononcé le 'deux' mais avait à la place montré deux doigts. Jarod pensait donc que l'orthographe correcte aurait été celle-ci, si cela avait été marqué quelque part, et l'avait donc retenu et stocké dans sa banque d'informations.

Alors qu'ils sortaient de Wilmington, Johnny Boy informa Jarod qu'il se dirigeait vers Memphis par la Pennsylvanie, l'Ohio et le Kentucky, et qu'il était le bienvenu aussi longtemps qu'il le souhaitait.

Pour faire la conversation, Johnny Boy lui expliqua qu'il était arrivé de New York City juste après un concert qu'il avait donné dans un endroit appelé l'Apollo Theatre, situé à Harlem.

Jarod était aux anges. Il savait tout du projet historique Apollo, et tout de la NASA, grâce aux nombreuses leçons que Sydney lui avait donné à propos des débuts du programme spatial : « Donc ce théâtre expose des capsules spatiales et des atterrisseurs lunaires ? »

Johnny Boy se mit simplement à rire, comme il avait l'habitude de le faire. Soit Jarod avait un grand sens de l'humour, soit il était quelque peu déficient, mais il s'en fichait. Il s'avérait que Johnny Boy était musicien, un homme de blues qui avait fait gémir sa guitare avec, et pour, quelques-uns des plus grands artistes de tous les temps, tels qu'Ella Fitzgerald, Sarah Vaughn ou encore, Gladys and The Pips.

Jarod nota dans un coin de sa tête de chercher ce qu'un Pip était exactement, car il trouvait étrange de poser la question. A dire vrai, Jarod était encore plus captivé par la musique que par les fusées. Il était fasciné par ses possibilités infinies, par les combinaisons uniques de notes, de mélodies, de paroles qui pouvaient engendrer de puissantes émotions chez une personne. Même si Jarod n'avait jamais vraiment dansé, il avait toujours voulu essayer, et savait d'instinct que la musique jouait un grand rôle dans ce genre d'effort.

Quand Johnny Boy déposa Jarod à Cincinnati, Jarod offrit à son nouvel ami un petit harmonica qu'il avait fabriqué dans la voiture, pendant le voyage. Jarod avait nommé l'harmonica le Petit Pepsi, étant donné que les plaques le recouvrant avaient été fabriquées à partir de canettes de la boisson que le musicien était constamment en train de siroter. Jarod avait trouvé un morceau de bouleau sec, parfaitement taillé pour fabriquer le peigne, dans le parking de la Maison des Gaufres, en dehors de Pittsburg, et des morceaux de cuivre pour les anches, dans la benne à ordures d'un relais routier à Dayton. La sculpture et l'assemblage étaient un clin d'œil à Johnny Boy, vu que celui-ci avait conduit durant tout le trajet, et avait fait la plus grande partie de la conversation. Il était profondément touché par le cadeau de Jarod et joua un doux riff au moment où ils se séparèrent. Jarod espérait par-dessus tout l'entendre jouer un jour son Petit Pepsi à l'Apollo.

Jarod pensait à Johnny Boy à chaque fois qu'il passait devant l'Apollo, le joyau étincelant d'Harlem. Il prit ensuite à gauche sur la 8ᵉ, et se dirigea vers un autre quartier de la ville.

Chapitre 13

QUELQUES RUES PLUS LOIN, Jarod s'arrêta à une intersection qui était la définition même du délabrement urbain.

Au nord-est et au sud-ouest se trouvaient une station d'essence incendiée et une bijouterie abandonnée. Égayant l'un des deux autres angles se tenait un magasin d'alcool avec des barreaux aux fenêtres, devant lequel une demi-douzaine d'hommes buvait dans des bouteilles enveloppées dans des sacs marron.

Traversant la rue parsemée de nids de poule vers le quatrième coin de rue, Jarod sortit un second morceau de céleri de son sac. Tout en savourant la tige craquante, il remarqua trois jeunes créatures bien roulées, vêtues de robes très courtes et serrées, avec leurs poitrines protubérantes et leurs attrayants postérieurs qui dépassaient. Elles étaient serrées les unes contre les autres, réchauffant leurs mains au-dessus d'un feu d'ordures. Jarod pensa que, de par ce temps glacial, les personnes qui se tenaient devant le magasin incendié avaient fait un choix vestimentaire douteux, et qu'en réfléchissant un peu, elles auraient pu s'habiller de façon à conserver leur chaleur corporelle, et n'auraient pas eu à se tenir près d'un feu de poubelle.

En passant, il entendit : « Bébé, j'ai que'q'chose que tu peux mordre et qui est meilleur que cette bouffe pour lapin. » Il se retourna en entendant le son de talons claquer sur le béton, comme ceux d'une fille aux mœurs légères. Une grande et imposante créole Porto Ricaine prénommée Chaz, avançait rapidement sur ses chaussures compensées. « Qu'est-ce qui fait qu'un homme grand et fort comme toi soit si pressé ?

- Je rentre seulement chez moi. » Jarod aimait la façon dont ces mots résonnaient à ses oreilles, *chez soi.*

Chaz, qui portait une énorme et longue perruque blonde à la Beyoncé, et une bonne couche d'ombre à paupière argenté à paillettes qui remontait au coin de l'œil, lui emboîta le pas, marchant bras dessus bras dessous avec Jarod. « <u>Tu</u> habites par <u>ici</u> ? »

Jarod reconnut l'inquiétude sur son visage, mais il ne savait pas pourquoi elle se faisait du souci pour lui. Pour la rassurer, Jarod sourit et dit avec assurance, « A New York, Harlem est l'endroit où il faut être. »

Chaz sourit et, taquine, ébouriffa les cheveux de Jarod. « T'es une gaufrette à la vanille très marrante, n'est-c'pas ? T'as déjà pensé à t'tremper dans du chocolat au lait ? »

Jarod pencha sa tête sur le côté, « Gaufrette à la vanille ? Chocolat au lait ?

- Allons, tout le monde sait que plonger d'la vanille dans du caramel chaud la rend encore plus douce, bébé, tu crois pas ? »

Jarod regarda Chaz, restant totalement interdit. « J'ai bien peur que Sydney ne m'ait jamais autorisé les sucreries quand j'étais enfant, et par conséquent, je ne suis pas familier avec ce dont vous parlez.

- C'est qui ce Sydney pour te dire quoi manger, bon sang ? Ton mac ? »

Jarod ne savait pas ce qu'était un *mac*, et même s'il l'avait su, il n'aurait de toute façon pas été certain de la réponse à donner.

La fille aux mœurs légères regarda dans le sac en papier de Jarod, et vit qu'il contenait exclusivement des légumes et de la verdure. « Ecoute Chaz, mon petit. N'achète pas juste ce que tu trouves à l'entrée du magasin. Dans la vie, tout ce qui est drôle est dans l'allée centrale. Même les garçons en bonne santé ont parfois b'soin d'un dessert d'adulte. Tu m'comprends ? »

Elle gratta un de ses ongles en acrylique sur la poitrine de Jarod. « Maintenant, t'es prêt pour une douceur ? »

Jarod s'était renseigné sur le plus vieux métier du monde, et avait réalisé que c'était ce que cette personne faisait pour vivre, au moment où ils avaient commencé à marcher ensemble. Et même si cette transaction commerciale particulière ne l'intéressait pas, il y avait quelque-chose là-dedans qui le fascinait.

Sydney avait un jour dit à Jarod de ne jamais juger un livre à sa couverture. Jarod avait compris que cela signifiait 'ne jamais se fier aux apparences', mais en regardant Chaz, Jarod trouva difficile de s'en tenir à cette règle. Il inclina la tête, pensant que *quelque chose ne collait pas avec la couverture de ce livre.*

Jarod examina la prostituée de haut en bas.

Chaz avait une large carrure, et en y regardant de plus près, ses longues mèches blondes ne cachaient pas totalement son cou volumineux et ses épaules, ou encore ses gros biceps et triceps. Plus important encore, elles ne cachaient pas sa pomme d'Adam. Jarod regarda Chaz. « Puis-je vous poser une question ?

- Fais-toi plaisir, mon sucre d'orge.

- Vous êtes un homme, portant des vêtements de femmes, c'est ça ?

- Non. Non, chéri. Je suis une femme, je suis une vraie femme enfermée dans un corps d'homme, portant les vêtements du sexe auquel j'appartiens réellement. »

Ce discours et la façon dont Chaz s'exprimait étaient nouveaux pour Jarod. Chaz vit qu'il restait perplexe et continua. « Quoi ? Tu n'as jamais vu *Ellen* ? Les experts disent que j'ai un trouble de l'identité sexuelle, une déconnection entre le sexe que j'ai reçu et celui que je perçois. Je suis comme ce Chaz Bono. Elle s'appelait 'Chastity' avant, jolie comme un cœur, mais elle savait qu'elle était un homme à l'intérieur. Je suis l'inverse. Mais j'ai tout de même choisi le même prénom qu'elle, je voulais la féliciter d'être assez forte pour être *elle-même en tant qu'homme.* »

Toujours en pleine réflexion, Jarod ne réagit pas à haute voix, et avant qu'il ne puisse le faire, un fort grondement de basse attira son attention sur sa droite. Cela venait d'un coupé BMW 640i rouge cerise roulant à faible vitesse et beuglant du gangsta rap. A l'intérieur, se trouvaient quatre membres du Thrill Cru Boyz, un gang de trafiquants de drogue établi depuis longtemps à Harlem. Alors que la BM les dépassait lentement, leur meneur, un gangster endurci surnommé T-Dope, se pencha par la vitre du côté passager. « Hé, petit blanc, tu ferais mieux de te protéger si tu comptes t'amuser dans le trou du cul de cette traînée. »

Les autres Cru Boyz pouffèrent de rire en mettant les mains devant leurs bouches. Alors qu'ils s'éloignaient, l'un d'eux hua, « *Merde* ! ».

Jarod pouvait lire une profusion de sentiments sur le visage de Chaz. Voyant l'expression de Jarod, Chaz laissa échapper un soupir d'exaspération. « Te prive pas, fait comme les autres. Si t'as une merde intelligente, qui bouillonne dans ta tête, à dire sur moi, alors dis-la. Tout le monde fait la même chose. »

Jarod comprit que Chaz naviguait tout comme lui sur un chemin d'incompréhension, et lui lança un sourire qui se voulait réconfortant. Il y avait juste une chose qu'il voulait demander. « Est-ce que ces petites chaussures pointues ne vous font pas mal aux pieds ? »

Chaz fut quelque peu déconcertée par cette acception sans heurt. « Oh, bébé, tu n'as *aucune* idée. »

Chaz retira ses talons hauts et frotta ses pieds endoloris. « Mes pieds hurlent, mais une fille doit faire ce qu'une fille doit faire pour travailler, tu m'comprends ? »

Alors qu'ils tournaient au coin de la rue, Jarod s'arrêta et indiqua l'entrepôt délabré devant lequel ils se trouvaient, annonçant qu'il était arrivé chez lui.

« Tu vis vraiment dans ce quartier ? » Jarod acquiesça. Elle prit ensuite son menton dans sa main. « Alors sois prudent, gaufrette vanille, flâner en agissant comme un idiot, c'est être une proie facile pour les mauvaises âmes. » Et comme ça, en souriant, Chaz se tourna et s'éloigna en se déhanchant pour reprendre son travail.

Jarod monta dans son appartement ; lui aussi devait reprendre son travail.

Chapitre 14

MISS PARKER ATTENDAIT TRANQUILLEMENT dans le bureau lambrissé de son père, qui se trouvait au dernier étage de la Tour Nord du Centre. Elle s'assit dans le fauteuil à dossier droit, dans lequel elle s'était assise de nombreuses fois lorsqu'elle était enfant, et qui semblait l'avoir attendu tout ce temps, tranquillement. Le fauteuil, peu confortable, faisait face à l'imposant bureau en acajou de son père. La rumeur disait que ce bureau avait autrefois appartenu à un Duc, ou un Archiduc, qui avait été représentant pour l'une des 19 factions que constituait la République de Weimar, ou quelque chose comme ça.

Miss Parker ne s'en souvenait jamais. Son père n'aimait pas qu'elle pose deux fois la même question, et il avait déjà répondu à cette question lorsqu'elle était enfant, sauf qu'elle avait manqué la réponse dans un moment de rêverie. Elle savait qu'il ne valait mieux pas reposer la question. Cependant, elle se souvenait qu'il avait été apporté dans ce pays par son Grand-Père Parker, et que sa mère haïssait non seulement le bureau en acajou de Grand-Père Parker, mais aussi tout ce qu'il représentait.

C'est pour cette raison qu'elle avait toujours trouvé troublant que le portrait de sa mère soit accroché sur le mur, derrière le bureau, le contemplant, liée à lui silencieusement dans le temps. Miss Parker savait que sa mère aurait méprisé cette ironie. Un jour, lorsqu'elle avait 16 ans, elle avait été assez courageuse pour le mentionner à son père, mais ce fut bien l'unique fois.

Lorsqu'elle était enfant, il lui arrivait de s'asseoir dans le fauteuil devant l'immense bureau, sous le regard de sa mère. Ces fois-là, elle était tellement intimidée par son père, assis de l'autre côté, qu'elle en oubliait ce sur quoi son père lui faisait la leçon.

« Voilà mon Ange. » Miss Parker sursauta quand sa voix de baryton résonna dans la pièce. Son regard se fixa sur le corps d'1,95 mètre qui avançait avec assurance, ses yeux pénétrants scintillant et son sourire radieux manifeste. Elle s'émerveilla, comme elle l'avait fait un million de fois auparavant, car contrairement aux pères des autres enfants, du sien rayonnaient la puissance et la persuasion. Dans une autre vie, à une autre époque, l'éclat de son charisme était si fort qu'il aurait pu être une star de Broadway.

Mais aussi vite qu'il donnait, M. Parker reprenait. Son sourire s'effaça sous un regard sévère. « Tu en as mis du temps …

- Du temps ? Je … je … je suis désolée, papa, je suis venue immédiatement et je … je t'attendais … »

Avant que Miss Parker ne puisse finir de s'excuser, comme elle le faisait toujours, le portable de M. Parker sonna. Il le regarda, puis claqua des doigts en direction de sa fille, la faisant taire immédiatement de la même façon qu'il le faisait depuis qu'elle était enfant.

« Foutus Africains. »

Les yeux de Miss Parker ne quittèrent pas le visage de son père, alors qu'il répondait avec une chaude effusion qui servait à cacher son agacement.

Tout en parlant, M. Parker fit les cent pas entre son bureau et le seul autre meuble imposant de la pièce, son bar personnel. Fabriqué sur commande avec du chêne blanc du Kentucky, il ne servait qu'une chose et une seule, du Maker's Mark. Alors qu'il écoutait les voix à l'autre bout du fil, il sembla à Miss Parker, à ce moment précis, qu'un verre bien tassé de son bourbon préféré ne ferait pas de mal à son père.

M. Parker, le patron des patrons du Centre, que son propre père avait fondé, le directeur autoritaire et bienveillant que tout le monde aimait et craignait, ne répondait qu'à un seul groupe appelé le Triumvirat, et ses trois supérieurs subsahariens à l'autre bout du fil n'étaient pas contents. Elle pouvait voir que son père subissait un interrogatoire en bonne et due forme à propos de l'évasion de Jarod, et la gravité de leur préoccupation se voyait dans ses yeux. Miss Parker n'avait pas vu son père aussi soucieux du futur du Centre depuis le jour où sa mère … enfin, depuis que tout avait changé. Et elle savait exactement pourquoi. Elle savait très bien ce qui était en jeu s'ils n'attrapaient pas Jarod. Elle savait ce qui pouvait arriver si les DSA du Centre tombaient entre de mauvaises mains. Les DSA étaient une documentation visuelle de toute la vie de Jarod. Ses simulations, *sims*, toutes les expériences qu'il avait faites pendant sa captivité y étaient enregistrées. Ces mêmes enregistrements dont Jarod avait volé les copies en s'enfuyant.

« Je vous le garantis, mes amis, il n'y a pas de quoi s'inquiéter. Mes meilleurs hommes sont dessus. » M. P fit un clin d'œil à sa fille, un clin d'œil qui la fit se sentir fière, plus qu'elle ne l'avait été depuis des années. Son cœur se mit même un instant à palpiter.

Il comptait sur elle.

M. Parker raccrocha. « Ce sournois fils de pute de Zane, avec ses yeux vairons, est allé ameuter nos amis sur le continent noir. »

Zane était un homme mauvais, un homme menaçant, un homme qui lui rappelait une version néfaste du serpent dans *Le Livre de la Jungle*, celui qui avait 100 ans, toujours dans la force de l'âge, et qui pouvait vous hypnotiser d'un regard. Il semblait toujours apparaître dans la vie de Miss Parker au moment où les choses tournaient mal. Zane était un homme qu'elle associait au sifflement, à la tentation et à la duplicité. C'était aussi son *Oncle*.

M. Parker marchait de long en large, son cerveau, poussé par la survie, fonctionnant à plein régime. « Tout ça fait partie de ce jeu de pouvoir auquel cet exemple dégouttant du genre humain qu'est Zane joue depuis des années. Maintenant qu'il a consolidé son contrôle sur la branche brésilienne du Centre, il fait tout pour faire de ce bureau le sien ; il veut tout contrôler. C'est la même partie de poker pour laquelle il attend une main gagnante depuis que tu es bébé. Il pense que c'est le moment pour lui de faire tapis, mais il ne raflera pas la mise. »

M. Parker s'assit, mais pas dans son fauteuil. Il s'assit sur le bureau, directement en face de Miss Parker « Le futur t'appartient, il n'est pas à ton Oncle Z, et capturer Jarod est la clé de tout. » M. Parker se releva, de nouvelles idées fusant, « Dis-moi, mon Ange, comment Sydney prend-il l'évasion de Jarod ?

- Pour tout te dire, il me donne la chair de poule, papa, comme toujours. »

Les yeux de son père reflétaient un léger amusement, contrairement à sa voix. « Il en sait également plus sur Jarod que n'importe qui d'autre. Alors garde ce charlatan en laisse, collabore avec lui pour cette fois, ramène Jarod et tu n'auras plus jamais à travailler avec lui. »

Puis, M. Parker fit une chose qui choqua sa fille. Il revint vers elle, se pencha et l'embrassa sur le front. Il la regarda dans les yeux et continua de parler. Mais soudain perdue dans le brouillard de ce témoignage d'affection qu'il lui avait brièvement montré, Miss Parker ne put entendre tout ce qu'il disait. Elle enregistra uniquement « assure-toi que Jarod ne nous fasse pas de mal » et « la plus importante mission de ta vie. » Elle allait lui demander de se répéter mais s'en garda bien. Rien de tout ça ne comptait, parce que ses derniers mots résonnaient en elle comme du cristal : « J'ai besoin de toi plus que jamais. »

Éternellement dans l'attente d'une preuve d'affection, Miss Parker garantit à son père, « Je l'aurai.

- Je sais que tu ne me laisseras pas tomber, mon Ange.

- Jamais. Papa, je t'ai … » Mais avant qu'elle n'eut le temps de finir, son téléphone sonna, et il claqua des doigts, la faisant taire une nouvelle fois.

Chapitre 15

LORSQUE MINUIT SONNA, une seule source de lumière illuminait le grand loft à deux niveaux, situé dans un entrepôt d'Harlem, et dans lequel logeait Jarod. L'intense lumière venait de derrière un immense rideau de soie qu'il avait fixé au niveau supérieur, ce qui accentuait le fait qu'il s'agissait plus d'un *entrepôt* que d'un loft.

A Soho ou Greenwich, ou dans n'importe quel autre quartier de Manhattan, le loyer moyen pour un tel endroit compterait au moins cinq chiffres, et en langage d'agent immobilier, il aurait un *potentiel illimité pour 'ceux qui s'intéressaient au divertissement haut de gamme'.*

Mais à Harlem, le loyer était bon marché. A cause de ses tâches d'eau rouillée sur les murs de brique rouge, des fissures dans les grandes fenêtres crasseuses grillagées, des poutres brisées, du mobilier sale et abîmé, ce trou ressemblait davantage à un lieu de shoot pour les drogués à l'héroïne qui avaient autrefois vécu ici, qu'à un endroit habitable.

Mais Jarod aimait cet endroit.

Le seul changement qu'il avait apporté en en prenant possession était l'ajout d'un fauteuil inclinable Lazy Boy placé au milieu de la grande pièce du rez-de-chaussée.

Pour Jarod, c'était le meilleur endroit où il n'ait jamais vécu, parce que c'était *chez lui*.

Le comptoir de la cuisine, situé dans un coin, sous l'espace chambre, était encombré par les traces du festin culinaire de Jarod : des restes de chou cru, une grande bouteille d'eau de source vide, et un sac de céleri presque terminé, duquel sortait l'un des célèbres rats de la ville de New York, transportant un morceau de branche, avant que celui-ci ne s'arrête pour la grignoter.

Pour la plupart des gens, le rat était un nuisible. Mais depuis le moment où la petite créature avait fait son apparition, il était devenu pour Jarod, un colocataire, un ami et son invité à dîner.

Le rat finit son morceau et leva les yeux, reniflant avec curiosité en direction de la lueur qui émanait de la zone délimitée par les rideaux. Il détala ensuite le long du comptoir et regarda dans l'évier de la cuisine qui était rempli de cheveux ; des touffes de cheveux laissées là après que Jarod se les est coupés. Sur le comptoir près de l'évier, plusieurs mèches de cheveux étaient maintenant scellées dans une pochette en plastique stérile.

Le rat continua son expédition, descendant le long des placards pour arriver sur le sol, et passant sur un petit tas d'outils électriques et de morceaux découpés dans une feuille de Plexiglas d'environ deux centimètres d'épaisseur, jetés là depuis l'étage.

Il fit ensuite son chemin vers les escaliers et trottina vers la lumière. Une fois arrivé, il jeta un œil curieux derrière le rideau, comme Toto au pays d'Oz. Cependant, il ne découvrit pas un imposteur qui se cachait, mais un Caméléon.

Un simulateur humain en plein travail.

Les grands murs droits en Plexiglas avaient été conçus à dessein d'imiter, autant que possible, la salle de simulation virtuelle que Jarod avait au Centre. Mais la différence résidait dans le fait que cet espace avait été équipé d'un éclairage chirurgical complexe, de tout un étalage d'écrans plats accrochés aux murs de brique rouge, et d'instruments chirurgicaux disposés sur un chariot roulant près de lui. Il s'agissait d'une salle d'opération virtuelle complète, dans tous les sens du terme, jusqu'à l'ambiance sonore, *sss, pouf, vrr, bip, sss, pouf, vrr, bip.* Ces sons provenaient de haut-parleurs, cachés dans la pièce, et se concentraient sur la table d'opération qui se trouvait au centre.

Il y avait même un patient sur la table, à ce moment précis. Et ce patient était Jarod.

Il était allongé sans bouger, les yeux fermés, le masque à oxygène en place. Son torse nu avait été marqué avec un feutre chirurgical stérile indiquant les zones exactes à inciser. Des instructions et des images chirurgicales provenaient d'un DVD en marche, diffusé sur l'un des écrans plats, son narrateur décrivant minutieusement les étapes précises d'une opération qu'il appelait *Intervention de Norwood*. *Sss, pouf, vrr, bip, sss, pouf, vrr, bip.* Jarod était proche de la transe alors qu'il *absorbait* les instructions.

L'Intervention de Norwood est une intervention longue et complexe, qui requiert l'utilisation d'une circulation extracorporelle et l'arrêt complet de l'écoulement sanguin dans le cerveau. Elle est utilisée pour corriger la malformation cardiaque congénitale appelée Hypoplasie du Cœur Gauche.

Jarod enleva le masque à oxygène, quitta sa position de patient sur la table d'opération et continua à écouter, tout en revêtant une tenue de chirurgien. *Sss, pouf, vrr, bip, sss, pouf, vrr, bip.*

La chirurgie hybride fait retrouver au cœur sa fonction propre, en lui permettant d'accepter le sang fortement oxygéné dans l'oreillette gauche, directement depuis les poumons, et de le pomper à travers l'oreillette droite dans le corps, pendant que le sang faible en oxygène est dévié de façon passive à travers l'artère pulmonaire jusqu'aux poumons, pour recevoir de l'oxygène.

Tandis que le DVD continuait de tourner, Jarod assuma sans heurt, durant les deux heures qui suivirent, les rôles de chaque acteur de la salle d'opération. Il ne faisait pas que jouer la comédie, il *devenait*, s'insinuait dans la peau de chaque personne impliquée dans l'intervention. Il se voyait dans chacun d'eux, se sentait 'eux', s'immergeant complètement jusqu'à la fin des instructions du narrateur et du dernier point de suture.

De par sa complexité et son initiation révolutionnaire radicale, l'Intervention de Norwood requiert généralement plusieurs mois d'apprentissage et de maîtrise.

Alors qu'il arrêtait le DVD et invitait son petit ami à fourrure à grimper sur ses mains habiles, Jarod savait que *quelques mois* étaient un luxe qu'il ne pouvait pas se permettre. Pour tout dire, il était prévu qu'il exécute cette chirurgie d'avant-garde dans moins de trois heures.

Chapitre 16

BOUM-BOUM, *boum-boum*, *boum-boum*, Jarod pouvait sentir les battements de son cœur cogner dans ses oreilles, alors qu'il se tenait tranquillement dans le bloc opératoire.

Boum-boum, boum-boum, boum-boum.

Cette fois, Jarod n'était pas en train de jouer, il n'était plus sur une scène de théâtre ou dans une simulation.

Boum-boum, boum-boum, boum-boum.

Baissant les yeux vers le cœur d'une fillette de 10 ans, qui battait dans sa poitrine ouverte, sur la table d'opération, il savait que son expérience précédente aux urgences ne pouvait être comparée à l'épreuve qu'il était en train de passer à ce moment précis ; s'il échouait, quelqu'un allait mourir.

Ironiquement, cette pensée calma un peu plus Jarod.

Jarod ne faisait pas seulement semblant d'être un chirurgien talentueux ; ces dernières 24 heures, il en était *devenu un*. Il avait confiance dans le fait qu'il n'allait pas laisser tomber sa patiente et qu'il avait les nerfs d'acier nécessaires pour réussir.

Même en étant regardé, depuis la salle d'observation située au-dessus, par un large public incluant les docteurs Bilson et Su, Jarod ne jouait pas un rôle. *Il était.*

De tous les attributs qu'il possédait, son habileté à devenir *quelqu'un d'autre* sans effort était celle qui avait toujours le plus impressionné Sydney. Au fil des ans, Sydney avait rempli carnet après carnet de ses fascinantes observations sur la physiologie même de Jarod, qui changeait quand il endossait une nouvelle psychologie dans ses Missions. En se tenant maintenant au-dessus de sa patiente, Jarod pensa que Sydney aurait été assez fasciné. Et il n'aurait pas été le seul.

Le contrôle qu'il ressentait avec l'accélération de son pouls et la montée d'adrénaline, l'éveil de ses sens, et la précision de sa concentration dans une Mission qui était réelle, fascinaient également Jarod au plus haut point.

Cela l'avait toujours fasciné, et pourtant ce qui se passait en lui quand il devenait quelqu'un d'autre était d'une étrange contradiction.

Comme il travaillait, son cerveau était en ébullition, son corps restant totalement calme et sous contrôle. Sa respiration était aussi régulière et automatique que sa mémoire photographique qui lui avait permis de mémoriser toutes les étapes de l'intervention : inciser la couche cornée, puis la couche granuleuse et enfin la membrane basale elle-même. Il fallait ensuite séparer le sternum pour faire apparaître le cœur. *Boum-boum, boum-boum, boum-boum.*

Jarod avait constaté que, dans toute simulation, les étapes mémorisées étaient faciles à anticiper et exécuter. Il restait toujours calme en faisant ce qu'il savait. Mais d'une certaine façon, cela l'ennuyait également.

Il y avait trois autres catégories qu'il prenait en compte dans ses simulations, et aucune d'elle n'était ennuyeuse. Les « inconnues » étaient angoissantes et étaient la raison pour laquelle il passait tant de temps à diagnostiquer et à maîtriser les aspects connus. C'était dans les « inconnues » que se trouvait l'opportunité d'improviser, mais le plus souvent cela s'avérait dangereux et il fallait les éviter à tout prix.

Ensuite, il y avait les « inattendus » qui l'inspiraient. Ceux-ci et ce qu'il appelait « l'anticipation » étaient ce qui le stimulait.

L'inattendu du jour était l'atmosphère joviale de l'équipe chirurgicale autour de lui. Leur utilisation de l'humour comme moyen de détendre l'atmosphère était quelque chose qui n'avait pas été mentionné lors de son instruction académique, mais un élément qui ne pouvait être découvert qu'en pratiquant, et qui le satisfaisait. Pourtant ce furent les « anticipations » qu'il expérimenta qui illuminèrent sa journée.

L'odeur âcre des incisions au laser dans la chair humaine, ou encore la sensation de chaleur sous ses doigts, alors qu'il les tenait au-dessus de la cavité corporelle ouverte, dans le bloc opératoire climatisé, étaient autant de choses qu'il avait anticipées. En fait, derrière son masque, il souriait maintenant comme un enfant qui avait deviné la bonne réponse à une question. Ces instants nuancés étaient ce qui avait toujours nourri son extrême curiosité, lors des simulations qu'il avait faites pour Sydney, pendant des années, des décennies. Dans ces révélations, il avait trouvé son bonheur, confirmé la pureté de son émerveillement.

Le personnel médical autour de lui, et ceux qui l'observaient d'en-haut, voyaient également leur émerveillement confirmé. Ils se regardaient les uns les autres, du respect dans les yeux, devant le travail de ses mains agiles qui ne tremblaient pas. Mais aucun n'avait l'intensité du regard du Dr Bilson qui regardait vers un Dr Su irrité. Alors que Jarod suturait sa patiente, il jeta un coup d'œil furtif en hauteur, et vit leurs sourires. Les impressionner avec ses compétences était le premier obstacle majeur qui lui permettrait de gagner leur confiance. Ce qu'il était sur le point de faire ensuite était le second.

Jarod se tourna vers l'infirmière située sur sa droite. « En soins intensifs, donnez-lui 300 cc de Triexapan. »

L'infirmière regarda le reste du personnel, avant de poser à nouveau les yeux sur Jarod. « Je ne pense pas que nous avons ça. »

Mais Jarod la rassura : « J'en ai commandé spécialement pour cette patiente, et l'ai fait livrer hier soir. »

Bilson et Su échangèrent un regard. Le Dr B appuya sur un bouton, situé sur la rambarde de la salle d'observation, et intervint à travers l'interphone de la salle d'opération. « Il y a un groupe de personnes ici, non seulement captivé par votre remarquable technique, mais aussi curieux d'en savoir plus sur ce Triexapan ? »

Jarod sourit à nouveau derrière son masque ; c'était aussi une « anticipation ». Il avait parié que Bilson aurait une question à ce propos, et il avait gagné. « C'est un inhibiteur de Facteur Stuart activé sur lequel j'ai consulté, pendant son développement à Dharma-Pharmaceuticals. Non seulement ça aidera à prévenir la formation de caillots mais il est aussi assez léger pour ne pas causer plus de pression sur les reins de cette petite. »

Bilson regarda Su comme pour lui dire *Je vous l'avais bien dit*. Le médecin asiatique haussa les épaules, réticent à reconnaître les compétences dont il avait été témoin. Pourtant, il n'y avait aucun doute que les deux médecins pensaient à la façon dont ce prodige pourrait accroître leur profit. Jarod avait anticipé cette réaction et les avaient guidés en ce sens.

Jubilant, Bilson appuya à nouveau sur le bouton de l'interphone. « Dr Russell, j'aimerais vous parler quand vous aurez fini. »

Aux oreilles de Jarod, ces mots étaient d'une musique aussi douce que le *boum-boum, boum-boum, boum-boum* du cœur maintenant en bonne santé de sa patiente.

Chapitre 17

JAROD AVAIT TOUJOURS ÉTÉ INTRIGUÉ par l'effet qu'un uniforme avait sur sa propre perception, pendant une Mission. Il était notamment fasciné par le fait qu'en se glissant dans la peau d'un autre, on assumait une posture et des manières qui n'étaient pas les siennes. Trois heures plus tôt, au moment de revêtir pour la première fois sa blouse de chirurgien, il s'était senti concentré, confiant et omniscient. A présent, douché, rasé et reposé, après son triomphe chirurgical, Jarod se sentait complètement différent.

En voyant son reflet dans le miroir du vestiaire des chirurgiens, il fut surpris de se sentir aussi raffiné. Son costume Armani marron lui allait comme un gant, une cravate Hermès moutarde ressortait sur sa chemise jaune pâle, tandis que ses mocassins complétaient la tenue d'un carriériste et homme du monde. Même la coupe de cheveux qu'il s'était faite, brossée avec un peu de gel, le faisait se sentir plus impeccable que jamais. Bien que son sens du style fasse partie de sa Mission élaborée pour convaincre le Dr Bilson, en ciblant la coquetterie d'un homme vaniteux, Jarod répertoria une petite partie des possibilités de style dans sa banque mémorielle personnelle, réservée à son propre usage.

Cela faisait du bien d'avoir une belle apparence.

Comme Jarod sortait du vestiaire, dans le couloir de l'hôpital, il découvrit une nouvelle sensation ; une sensation qu'il n'avait jamais ressentie dans aucune simulation, ne se produisant que dans des situations réelles. C'était le sentiment d'être admiré.

Lorsqu'il était entré dans les urgences de l'hôpital, vingt-quatre heures plus tôt, il aurait aussi bien pu être invisible. Mais combien les choses avaient changé en une journée. Il avait supposé que, de par leur nature de communauté spécialisée et fermée, les hôpitaux étaient le foyer de bavardages et ragots, et c'est sur quoi il comptait. Il avait besoin que sa réputation de médecin extraordinaire le précède pour gagner du temps et atteindre son véritable objectif. Et ses suppositions s'étaient avérées exactes. Aujourd'hui, infirmières comme médecins lui faisaient un signe de la tête chaleureux comme il avançait dans le couloir.

C'était une bonne chose.

Un peu plus loin, la blouse rose Tami parlait avec le Dr Bilson tandis qu'elle attendait qu'il signe un dossier. Pour un simple observateur, rien ne semblait clocher dans ce tableau : un administrateur hospitalier faisait son travail, en prenant du temps dans son emploi du temps chargé, pour expliquer simplement, à une jeune personne voulant travailler dans le domaine médical comment les choses fonctionnaient dans l'hôpital dont elle espérait un jour faire partie intégrante.

Mais Jarod n'était pas un simple observateur.

Même s'il ne pouvait pas entendre ce qui était dit, leurs langages corporels respectifs démontraient clairement que la conversation était tout sauf désinvolte. Bilson réprimandait la blouse rose qui reculait devant son égo et son envergure.

Doté d'une finesse émotionnelle que peu de personnes possèdent, Jarod ne voyait pas uniquement le dysfonctionnement dans la dynamique des deux personnes, il pouvait aussi le sentir. Alors que ses yeux se posaient sur eux, une vague d'énergie inconvenante émana des deux protagonistes, quelque chose qu'il ne saisissait pas totalement, mais qu'il pouvait juger comme étant négatif.

Après avoir infligé un niveau d'intimidation suffisant pour laisser la jeune femme émotionnellement sans défense, Bilson adoucit subitement le ton, puis commença à réduire la distance entre leur deux corps.

De la part de Tami, Jarod ne ressentit rien d'autre que de la peur et de la vulnérabilité ; elle avait un tempérament timide et ses mouvements, tout en étant légers, restaient vifs et sur la défensive.

Bilson était tout l'opposé. Calme, lascif et prédateur, comme s'il appréciait sa gène.

Et c'était le cas.

Jarod sonda la situation en quelques microsecondes. Il disséqua les parties complexes de tout ce qu'il avait vu et perçu, et reconstitua le tout en une mosaïque peu interprétable au premier abord.

Bilson se tint à quelques centimètres d'elle, puis se pencha, effaçant l'espace qui existait entre eux.

Se reculant, elle essaya de conserver un sourire forcé sur son visage, mais sa nature craintive le rendit hésitant.

Bilson cligna des yeux face à son malaise. Mais il voulait encore plus. Alors qu'il indiquait quelque chose de la main droite sur le dossier, tout en posant une question, sa main gauche glissa lentement de l'encadrement de la porte pour se placer sur sa taille fine. Quand elle se détourna de ses avances importunes, il la contra, bloquant sa fuite, la coinçant littéralement contre le mur.

En voyant Bilson faire ceci, une citation lointaine de son enfance revint à l'esprit de Jarod. Elle provenait d'une histoire du XVIIe siècle écrite par l'auteur français Charles Perrault, au sujet d'une petite fille qui observait et questionnait une créature qu'elle croyait être sa grand-mère, au sujet des « grandes dents » qu'elle semblait avoir. Tandis que Bilson souriait à la jeune femme prise au piège, Jarod pouvait presque entendre le Loup du conte répondre à la petite fille au chaperon rouge : « C'est pour mieux te manger, mon enfant ».

Implosant silencieusement mais implacablement, Jarod décida qu'il avait deux options. Il pouvait ignorer tout ça et s'éloigner ou l'affronter de plein fouet. Après tout, ce n'était pas pour Tami qu'il était là. Il avait une plus grosse proie dans son viseur. Mais ce n'était pas dans sa nature de se détourner des injustices ; Jarod ravala la colère qu'il sentait monter en lui et déboula dans le couloir. « Parfait ! Justement les deux personnes que j'espérais trouver. »

Bilson se tourna vers son nouveau médecin prodige et Tami en profita pour se glisser hors de l'espace où il l'avait coincé. Jarod lui sourit chaleureusement.

« J'erre dans ces couloirs comme un aveugle. Pensez-vous pouvoir me faire visiter l'hôpital pour que je puisse m'y retrouver ? »

Tami afficha un sourire soulagé. « J'en serai heureuse, Docteur. »

Jarod indiqua le Dr Bilson du doigt. « Une visite qui, je l'espère, me donnera les moyens de trouver le bureau du Dr B. » Il regarda Bilson. « Vous avez dit vouloir me voir après l'opération, n'est-ce pas ?

- Oui, pour vous dire que vous aviez été stupéfiant au bloc, Dr Russell.

- Merci Monsieur, c'était la chance du débutant.

- De la chance, mon cul. »

Bilson entraîna Jarod un peu plus loin dans le couloir, dans un coin plus privé pour parler entre 'hommes'.

« Je ne fais pas dans la flatterie, Russell, et il est encore plus difficile de plaire au Dr Su. Et même ce grincheux ne pouvait pas nier la qualité de votre travail.

- J'accepte ces éloges, alors, Monsieur.

- Je l'espère bien. » Bilson sourit puis devint sérieux. « Il reste une chose, cependant. Compte-tenu des engagements financiers, l'approbation des nouveaux médicaments doit passer par moi avant d'être utilisés dans cet établissement, surtout ceux comme le Triexapam, qui est onéreux.

- Il n'y a aucune inquiétude à avoir, Docteur. Je me suis assuré que l'assurance de la patiente la couvrait à 100%, et grâce à mes connexions chez Dharma-Pharmaceuticals, la structure des coûts de la vente en gros, ramenée au détail, permettra au Guardian d'avoir une très bonne marge de profit. »

Bilson était ravi de l'entendre. « Des effets secondaires dont je devrais avoir connaissance ? »

Jarod sourit avec considération. « Disons juste que l'hôpital ne doit s'inquiéter de rien. »

Le Dr Bilson sourit à son tour et changea de sujet. « Vous semblez être un homme qui apprécie un bon cigare et un martini pour lequel vous pourriez établir une nouvelle religion ? »

Jarod joua le jeu. « Peut-être pas une nouvelle religion, mais un culte pourquoi pas.

- Continuez à faire ce que vous faites, et je porterai une robe safran et conduirai le défilé. » Bilson mit son bras autour de Jarod. « Il y a un club à l'angle de Grand Central appelé 'L'endroit de l'homme'. »

Jarod sourit à l'arrogant Dr Bilson. « *L'endroit de l'homme*. Cela semble fait pour moi. »

Bilson était impressionné par les compétences de Jarod. « J'aimerais que vous soyez mon invité, pour parler 'des autres opportunités' que le Guardian General a à offrir. Disons demain, vers 21h ?

- Je ne manquerai cela pour rien au monde.

- Parfait. Profitez bien de votre visite. » Bilson jeta un coup d'œil voyeur à Tami par dessus l'épaule de Jarod. « J'imagine que ce qui manque à cette jeune fille au niveau de la tête est largement compensé par ce qui se passe au lit. »

Jarod regarda furtivement Tami et, tel un 'jeune' méchant loup apprenant de son aîné, il se retourna vers Bilson, le regard lascif et malicieux.

Bilson fit un clin d'œil puis s'éloigna avec la démarche condescendante d'un homme qui pensait tout avoir sous contrôle.

S'il savait.

Alors qu'il dévisageait Bilson, le sourire de Jarod s'estompa et un sentiment de colère refit surface. *C'est un homme qu'il me tarde de détruire*, pensa Jarod, *c'est un homme que, si j'étais poussé assez loin, je pourrais ...* Mais la méditation de Jarod fut interrompue par Tami.

« Merci de m'avoir sauvée. »

Jarod la regarda, le coin des lèvres s'étirant en un sourire. « Est-ce ce que j'ai fait ?

- Le Dr B est très 'amical' avec les volontaires.

- Peut-être qu'il est seulement très avenant. »

Tami ne savait pas si elle devait répondre honnêtement à cette question, mais quelque chose au sujet de Jarod la faisait se sentir en sécurité. « Pas vraiment. Il trouve toujours à redire dans ce que je fais. Je fais de mon mieux, je vous assure. Et je veux vraiment que ce travail débouche sur un vrai métier.

Mais je veux l'avoir pour les bonnes raisons. Vous comprenez ?

- Je suis sûr qu'une jeune femme aussi intelligente, honnête et belle que vous y arrivera. »

Rougissant, Tami regarda Jarod dans les yeux et lui posa la question qui faisait le plus peur à Jarod. « Êtes-vous vraiment médecin ? »

Jarod se figea. « Pourquoi me demandez-vous cela ? »

- Parce que vous êtes un être humain, et, eh bien, je n'ai pas vraiment vu ça en 'eux'. »

Jarod leva les mains. « Vous m'avez eu. Je suis un imposteur de la pire espèce. Cependant, promettez-moi de ne pas me donner aux autorités avant au moins une semaine, d'accord ? Je suis en mission secrète. » Il lui fit son plus beau sourire. Elle ne put retenir le sien.

« Maintenant, avez-vous le temps de me faire visiter ? »

L'attirance de la blouse rose pour le médecin grandit avec le rougissement de ses joues.

Chapitre 18

ONZE MINUTES PLUS TARD, Tami était sur un petit nuage alors qu'elle faisait visiter le Guardian General à sa version personnelle du Dr Mamour.

L'émission télévisée préférée de Tami était *The Bachelor*. Elle le regardait tous les lundis avec un groupe d'amies, chacune d'elle priant qu'un homme ne ressemblant qu'à moitié aux apollons du programme, leur donne un jour une rose. Mais jamais aucun des célibataires n'avait été aussi sexy que le Dr Jarod. Contrairement aux jeunes hommes avec lesquels elle était 'sortie', si l'on pouvait encore employer ce terme dans la culture sexuelle de sa génération, le très beau chirurgien l'écoutait ; il l'écoutait vraiment et était concentré sur ce qu'elle disait, comme s'il était intéressé par quelqu'un d'autre que lui-même. Il semblait à Tami que Jarod, un homme sans une once d'artifice, ou de graisse d'ailleurs, était quelqu'un avec qui elle pouvait vivre heureuse jusqu'à la fin des temps. Et c'était ce qui la frustrait tant. C'était une chance unique, mais bien qu'elle lui fasse les yeux doux et riait, elle n'attirait pas son attention de la façon dont elle le souhaitait, et commençait à manquer d'endroits à lui montrer et de choses à lui dire.

Alors qu'elle le conduisait dans le dernier couloir, situé au neuvième étage de la partie 'ancienne et terrifiante' de l'hôpital, et vers 'la super nouvelle annexe', Jarod fut surpris de constater qu'elle semblait souvent faire jouer ses cheveux ou hausser les épaules avec coquetterie. Il avait écouté un livre électronique sur le flirt, une action semblable aux danses nuptiales des oiseaux exotiques, et il réalisa que c'était exactement ce que la blouse rose était en train de faire avec lui.

Et Jarod trouvait ça fascinant.

Il était surpris de voir la façon dont son comportement changeait juste devant ses yeux, et se demandait si elle s'en rendait compte. Savait-elle que pour compenser l'excitation nerveuse qu'elle ressentait bien évidemment, elle lui exposait insouciamment son cou tout en faisait inconsciemment tourner le diamant qu'elle portait à l'oreille gauche ? Était-elle consciente que le pouls de sa carotide révélait que son cœur battait plus vite que la normale, ou que ses pupilles étaient plus dilatées qu'elles n'auraient dû l'être vu l'éclairage du lieu ?

Avait-elle idée que sa physiologie même stimulait ces réponses et qu'elle envoyait des signaux de parade nuptiale ? Et si tel était le cas, se demandait-elle si cela avait déclenché une réponse de sa part ?

Parce que ce n'était pas le cas. Du moins, pas de la façon qu'elle espérait.

Même si Jarod avait de l'affection pour Tami, il n'y avait eu aucun changement involontaire dans son rythme cardiaque, ou de montée de ses niveaux de phéromones, de ce qu'il pouvait en juger. Et il n'y avait aucun désir. En vérité, il n'était pas sûr qu'elle flirtait avec lui et il n'avait pas le temps de se pencher sur la question.

Il ne pensait qu'à deux choses.

Tout d'abord, il voulait mémoriser la disposition de l'hôpital, comme il l'avait fait pour les rues à l'extérieur, au cas où il ait besoin d'entrer et de sortir à la hâte. Et ensuite, il avait besoin d'en savoir plus sur la partie de l'hôpital vers laquelle elle le conduisait.

Alors qu'ils arrivaient au bout du couloir, Tami s'arrêta devant deux ascenseurs qui faisaient face à un tunnel de sécurité vitré.

Tel un cordon ombilical transparent, le tunnel, situé sur le toit du parking, derrière l'hôpital, était le seul lien reliant l'hôpital à l'Annexe.

L'atrium de verre et d'acier hébergeait l'endroit précis du Guardian General où Jarod devait se rendre. Un processus plus facile à dire qu'à faire.

Au milieu du tunnel se trouvait une barrière de sécurité qui consistait en deux sas d'un mètre de longueur séparés par des portes épaisses en Plexiglas. Sur les portes menant dans le tunnel était écrit en grosses lettres rouges : *ANNEXE PSYCHIATRIQUE—PERSONNEL AUTORISÉ UNIQUEMENT.*

Tami fit un signe vers le tunnel comme Vanna White l'aurait fait devant une nouvelle énigme : « Et voilà. » Mais Jarod ne savait pas qui était Vanna White. Tout en regardant la porte, il eut besoin, à sa manière, d'acheter une voyelle. Il regarda Tami avec curiosité. « Waouh. La sécurité est impressionnante. Qui gardent-ils là-bas ?

- La question n'est pas seulement qui *s'y* trouve, mais surtout ce *qu'ils font* avec eux. » Avant que Tami ne puisse ajouter autre chose … *Ding* … les portes de l'ascenseur de service s'ouvrirent derrière eux et en sortit une infirmière maigrichonne, dotée d'une grosse tête qui semblait pivoter au lieu de tourner. Son nom était Infirmière Kropski. L'infirmière Kropski aimait se faire appeler *Infirmière Kropski* comme si *Infirmière* était son prénom. *Infirmière* était avec Gloria, et elles tenaient toutes les deux des sachets à moitié plein de Quiznos. Gloria regarda Tami, Jarod puis de nouveau Tami d'un air méprisant. « La récréation est finie, jeune fille, j'ai besoin de toi en néonatologie.

- Bien, Madame. Je m'y rends de suite. »

Gloria regarda à nouveau Jarod et fit un « *Humpf* ». Elle pencha ensuite la tête en direction d'Infirmière K. puis s'éloigna dans le long couloir d'où étaient venus Jarod et Tami. Infirmière Kropski jeta ensuite un coup d'œil à Jarod, puis lui fit sèchement un signe avec son énorme tête et dit « Docteur ». Ignorant la blouse rose, elle se retourna et parcourut le tunnel de sécurité. Jarod ne la quitta pas des yeux lorsqu'elle passa son badge d'identification avec photo dans le premier niveau de lecteurs électroniques. Elle entra ensuite dans le premier sas et se pencha vers le scanner rétinien. Le scanner passa sur ses yeux, déverrouillant le second niveau de portes, ce qui lui permit de passer dans le second sas, dans lequel elle utilisa à nouveau son badge d'identification pour passer le dernier jeu de portes, et obtenir l'accès à l'Annexe.

Alors qu'elle s'éclipsait, Jarod se retourna vers Tami. « Qu'est-ce qu'une 'gentille' femme comme elle fait dans un endroit comme celui-ci ? »

Tami regarda à gauche, puis à droite, et, rassurée d'être à nouveau seuls, le regarda et dit : « Je ne fais pas partie du 'personnel autorisé', et cela doit rester entre nous, mais à ce qu'on dit, ils utilisent les patients de psychiatrie afin de tester de nouveaux médicaments, vous savez, pour obtenir l'autorisation du FDA. »

Elle leva les sourcils d'un air entendu, et Jarod prit cela comme un signe de confiance. Elle dit doucement, « Les badges d'identification et les habilitations de sécurité pour passer ces portes ? Ils sont '*Très spéciaux*' », elle murmura ces derniers mots comme s'ils étaient en italique, puis indiqua le panneau. « Et seul le personnel autorisé peut les obtenir. »

Tami regarda de nouveau de gauche à droite, puis regarda Jarod et se pencha vers lui d'un air conspirateur. Sentant que l'action appropriée était de faire de même, Jarod se pencha également et, comme il le faisait, il vit quelque chose changer dans ses yeux. Elle aimait être proche de lui—elle aimait cela énormément. Son corps ne pouvait le nier. Sa peau commença à rougir. Sa respiration devint plus profonde et ses narines se dilatèrent légèrement. Tami prit une grande inspiration, respirant son odeur, et après un moment passé à la savourer, relâcha son souffle dans un murmure contre l'oreille de Jarod : « On dit qu'il est plus difficile d'entrer dans l'Annexe qu'à Fort Knox. »

Jarod se recula, et la regarda dans les yeux. Et comme elle hochait la tête pour dire 'Oh oui', il grimaça pour répondre 'Rien que ça'.

Mais à l'intérieur, il ne faisait pas la même tête.

Jarod savait déjà comment entrer et ressortir de Fort Knox ; il avait résolu ce problème quand il était enfant. En fait, il avait utilisé la même stratégie que celle imaginée pour le dépôt d'or lorsqu'il s'était échappé du Centre. Mais les barrières de sécurité du tunnel qui l'empêchaient d'entrer dans l'Annexe étaient plus ardues et le temps jouait contre lui.

Jarod partait du principe qu'il avait cinq jours avant que les personnes de l'hôpital ne commencent à réaliser qu'il n'était pas celui qu'il prétendait être. Il espérait que cela lui donne assez de temps pour gagner leur confiance et être autorisé à passer la sécurité renforcée, car c'était pour ce qu'il y avait derrière les portes de l'Annexe psy, et plus particulièrement dans la chambre E913, qu'il était là.

Chapitre 19

LA CONSTRUCTION DU CENTRE s'était déroulée vingt-quatre heures sur vingt-quatre, sept jours sur sept, et s'était achevée au bout de six ans. La rumeur voulait que, comme pour les Pyramides de Gizeh, la Grande Muraille de Chine ou encore le Machu Picchu, de nombreux hommes étaient morts pendant sa création et avaient été enterrés dans ses murs. Légende urbaine ou non, le mystère restait entier. Mais les mystères étaient légion au Centre, et *l'un* d'eux fut résolu par Jarod.

Taillés dans le socle rocheux du Delaware, sous la structure principale du Centre, se trouvaient 26 niveaux souterrains, ou du moins 26 niveaux officiels. Jarod avait un jour calculé la quantité de matière extraite du sous-sol, situé sous le complexe de calcaire, et avait pu déterminer que cela équivalait au métrage cubique des 26 niveaux que tout le monde connaissait, mais laissait également de la place à un niveau supplémentaire, insoupçonné de tous.

C'étaient dans les entrailles profondes de ce niveau souterrain 27, SL-27, dont tout le monde ignorait l'existence, que les vrais secrets du Centre étaient enterrés et où Miss Parker était allée trouver l'homme étrange au gros cerveau.

Cornelius n'avait qu'un sourcil. Noir sur les bords et blanc au milieu. Le ramassis de brins épais et drus était perché au-dessus de son œil gauche et montait en un angle léger vers son front, à l'endroit où ses cheveux auraient dû former un V, s'il avait eu des cheveux sur la tête ou à tout autre endroit du corps. Quand il était excité, son unique sourcil ondulait telle une chenille zébrée rampant depuis son oreille. Son apparence physique était due à une maladie génétique que beaucoup auraient pu prendre comme une malédiction, mais pour Cornelius, la génétique l'avait défini. Il portait son sourcil unique et tout ce qu'il représentait comme un insigne honorifique. En fait, il était convaincu que, physiquement parlant, il était aussi sexy que le plus sexy des hommes.

Dans les entrailles profondes du Centre, l'homme étrange tapait sur ses divers ordinateurs de bureau, ordinateurs portables et notebooks qui commandaient les onze écrans virtuels entourant son espace de travail circulaire, comme une symphonie technologique. Une personne normale n'aurait aucune idée de ce qu'il regardait, de ce que les électrons brillants s'organisant en images et mots sur ses écrans signifiaient réellement. Mais Cornelius le savait. Il orchestrait ça pour son propre plaisir.

« Attrape-moi si tu peux, espèce de salope ! »

C'était Espion contre Espion, attaque face à contre-attaque. Comme le Capitaine Kirk, Cornelius ‘Yo, appelez-moi le Corn-Man’ ou ‘Le Grand C’ Compton pivota à 360° dans son fauteuil de simulation Play Seat Elite, plongé dans le jeu de chat virtuel qu'il avait créé et intégré dans l'unité centrale secrète de la NSA, situé à des centaines de kilomètres de là, à Washington DC. Un superordinateur, unique en son genre et d'une valeur de 87 millions de dollars, dont seuls six employés de la NSA connaissaient l'existence. Un jeu qui était ‘impénétrable’.

Mais le Cornster avait à présent modifié leur plus précieux réceptacle en matière de collecte de renseignements de niveau mondial, et d'analyse d'informations, en une avenue des Champs Elysées pour son plaisir ; et ce, parce qu'il le pouvait.

S'il le souhaitait, Cornelius pouvait pirater n'importe quel drone espion, satellite, caméra en circuit clos ou transmission sécurisée entre la NSA et n'importe quel autre point du globe, y compris la Salle de Crise de la Maison Blanche. Aujourd'hui, le délinquant du clavier avait changé son intrusion en un jeu de cache-cache virtuel, se mesurant à une légion composée des meilleurs experts du contre-piratage de la NSA. Et à chaque fois que les personnes affolées de l'autre côté de l'écran pensaient l'avoir trouvé, caché derrière une autre porte électronique, ils tombaient sur de nombreuses sexcapades montrant des éminences politiques et économiques parmi les plus influentes, les plus en vue et les moins attirantes du monde.

La moitié des cybers agents gouvernementaux de Washington DC et de la Silicon Valley essayaient de le trouver et de l'arrêter ; mais personne ne savait qui il était. Personne ne savait que c'était lui qui avait dévoilé la liaison illicite du Général David Petraeus. Il avait non seulement posté les sextos classés X échangés entre celui qui était maintenant l'ex-directeur de la CIA, et héros de plusieurs guerres, et sa maîtresse coquine, mais en prime, il avait également ajouté des animations enfantines qu'il s'était amusé à créer durant son temps libre, les montrant en train de danser le tango à l'horizontale.

Mais 'The Man of Corn' ne piratait pas le système de la NSA pour voler des secrets de sécurité. N'importe quel idiot avec une moitié de cerveau, ou une moitié de son cerveau et un clavier, pouvait faire ça. Pour Cornelius, c'était personnel. Il le faisait pour justifier son existence.

Enfant prodige, Corn était la troisième personne la plus intelligente qui était née en 1987. Littéralement. Enregistré par Mensa. Et il détestait cela. Une place de médaillé de bronze dont il était convaincu de l'erreur et qui, jusqu'à ce qu'on ait une preuve de son injustice, *ne valait pas un seau chaud de pisse de singe.*

Mais c'étaient ses attributs intellectuels qui avaient fait que Miss Parker, cette misérable salope esclavagiste en mini-jupe, lui offre ce travail en premier lieu. Cornelius s'était presque pissé dessus lorsqu'en sortant de la douche de sa chambre d'étudiant d'Harvard, il était tombé nez à nez avec elle, dans la salle de bain embuée, l'attendant avec une offre d'embauche. Miss Parker savait qu'il était 'L'Homme' qui lui fallait. Il le savait depuis le moment où elle avait sorti une carte de visite, *la sienne*, de son soutien-gorge, et lui avait tendue.

Même si elle l'avait un jour appelé le 'Gollum en Hugo Boss', Cornelius savait qu'elle le désirait en secret pour autre chose que son grand cerveau. C'était le cas de toutes les femmes. Pourtant, malgré tous ses efforts, il ne comprenait pas pourquoi, jusqu'à présent, aucune femme n'avait fait un pas vers lui, et cédé à ses désirs charnels.

Petit, maigrichon et avec des oreilles légèrement plus petites que celle de Dumbo, Cornelius avait néanmoins un sens inné de la mode qui, un jour, il le savait, ferait défaillir les femmes. Hugo était parti, remplacé par une garde-robe signée Tom Ford avec tous les accessoires incontournables.

Toutes les pétasses feraient bientôt la queue pour ça.

Très calé technologiquement parlant, sinistrement brillant, Cornelius pouvait faire des choses avec des bits et des octets que d'autres ne pouvaient concevoir, y compris les deux génies arrivés premier et deuxième dans la compétition de QI de l'année 1987. Mais contrairement aux autres pirates informatiques existants ou légendaires, il n'avait pas appris à se frayer un chemin dans le serveur de la NSA juste pour le plaisir ; il l'avait fait pour prouver quelque chose. Il s'était avéré que le deuxième surdoué de 1987, Silvio Cardonez, était expert de la contre-attaque informatique à la NSA. Alors, de temps en temps, 'Le Grand C' s'amusait avec Silvio par pur plaisir, comme il l'avait fait avec le plus gros cerveau de 1987, dont il adorait se vanter avoir volé l'identité des douzaines de fois, surtout en sachant que cette pétasse arrogante avait inventé Life Lock.

Cornelius finissait une version animée, style Jib-Jab, d'une Hillary Clinton aux proportions bibliques, dans la perverse position du cheval renversé sur Donald Trump (placée de façon à être trouvée par les enquêteurs n°1 et n°2 du contre-piratage), quand Miss P, qui se tenait derrière lui depuis un temps incertain, s'éclaircit la gorge, lui foutant la trouille. Il détestait qu'elle apparaisse comme cela. Elle le faisait toujours aux pires moments.

Puis, restant imperturbable face à son étrangeté, Miss Parker dit huit mots qui changèrent sa vie.

« J'ai besoin de vous, espèce de monstre. »

Il la regarda, et son sourcil ondula, anticipant le fait de combler tous ses désirs.

Chapitre 20

APRÈS UNE GARDE éreintante de douze heures, le Caméléon attacha un garrot, 10 cm au-dessus de la veine à piquer de son dernier patient du jour. Après avoir tapoté sur l'intérieur de son avant-bras en vue d'encourager la dilatation, il aligna l'aiguille de prise de sang et, s'assurant que le bord biseauté pointait vers le haut, la plongea dans la veine médiane cubitale. Jarod fixa ensuite le tube de prélèvement au bout de l'aiguille et regarda le sang refouler.

Son sang.

Aujourd'hui, Jarod était son propre patient.

Les aiguilles n'avaient jamais été un problème. Dès son plus jeune âge, les médecins du Centre lui faisaient des analyses sanguines régulières, s'assurant constamment que leur trophée était en excellente forme. Aujourd'hui, seul dans son bureau de l'hôpital, Jarod récoltait du sang pour une analyse tout à fait différente.

Jarod échangea le tube plein contre un second, et pendant qu'il se remplissait, il plaça le premier tube sur son bureau, juste à côté d'un tout nouvel iPad qu'il avait acheté dans un magasin de Times Square, en même temps qu'une coque rouge.

Il avait d'ailleurs hésité à acheter une coque avec les personnages de la série *Family Guy*, parce qu'il avait trouvé les dessins très drôles, et tout particulièrement celle du bébé fumant un cigare. Il aurait été très content de la porter, mais il avait finalement préféré choisir quelque chose de plus sérieux. Il avait décidé que les iPads deviendraient ses nouveaux 'carnets rouges' dans lesquels il relaterait toutes les raisons des actions qu'il effectuerait dans le monde. Rétrospectivement, il aurait aimé en avoir un quand il avait révélé ce que l'entreprise de turbines cachait. La perturbation du chant nuptial des baleines n'était que difficilement intelligible sur papier alors qu'en écoutant les enregistrements sur un iPad, on pouvait clairement *les ressentir*. Un travail sérieux nécessitait également un iPad sérieux.

Jarod avait choisi le rouge par tradition, mais également parce que pour lui, il s'agissait aussi de la couleur de la passion et de l'honneur. Alors qu'il retirait le second tube de sang, il repensa à l'honneur et à la passion. Jarod s'était engagé à aider ardemment ceux qui ne pouvaient pas s'aider eux-mêmes. En agissant de la sorte, et dans sa manière de faire unique, il honorait l'humanité elle-même.

Il ferma les deux tubes de sang, sortit ensuite trois sacs en plastique qui contenaient des cheveux, et mit les cinq prélèvements dans une enveloppe en papier kraft, accompagnés des formulaires de demandes qu'il avait remplis plus tôt. Alors qu'il fermait l'enveloppe, quelqu'un frappa à la porte.

« C'est ouvert. »

La porte s'ouvrit doucement et Tami entra timidement. « Dr Russell, il s'agit probablement d'une erreur, alors j'espère que je n'interromps rien, mais on m'a dit que vous vouliez me voir.

- Pourquoi le fait que je veuille vous voir serait une erreur ?

- Eh bien, principalement parce que je ne suis rien d'autre qu'une blouse rose et que vous êtes ce médecin incroyablement cool et … et voilà. »

Jarod sourit chaudement. « Tami, il est impossible que vous ne soyez personne si j'ai pensé à vous toute la journée. »

Tami se tint près de la porte. « *Vous* avez pensé à *moi* ?

- Oui.

- Vraiment ?

- Vraiment. »

Les sourcils levés et un sourire assorti, l'expression faciale de Tami donnait l'impression qu'elle croyait tout ce qui sortait de la bouche de Jarod, uniquement parce que c'était lui qui le disait.

« Maintenant, fermez la porte. »

Tami s'exécuta, puis marcha jusqu'à son bureau comme pour montrer qu'elle était une employée appliquée, alors qu'en fait elle cherchait uniquement à se rapprocher de lui.

Jarod rencontra ses yeux remplis d'adoration. « J'espérais pouvoir vous demander de faire une ou deux choses pour moi. »

Tami lâcha : « Bien entendu, je ferais n'importe quoi pour vous, Docteur. » *Tout, et je dis bien <u>tout</u>,* se dit-elle.

« Tout d'abord, vous pouvez arrêter de m'appeler Docteur. Je m'appelle Jarod. »

Jarod pensait avoir vu sa jambe droite fléchir. Elle en avait presque le souffle coupé. « D'accord … *Jarod.* »

Il lui tendit l'enveloppe. « Ensuite, pourriez-vous apporter ceci au laboratoire qui se trouve à l'étage pour un test ADN polymérase complet ? Les ordres sont à l'intérieur.

- Absolument.

- Très bien. Jarod baissa ensuite la voix. Et pourriez-vous s'il vous plaît leur dire que c'est très privé … et urgent ? »

La blouse rose ouvrit grand les yeux. « J'attendrai les résultats, si vous voulez. Je n'ai rien de prévu ce soir, en tout cas rien que je ne puisse annuler.

- Ce n'est pas nécessaire. Mais j'apprécierais que vous m'apportiez les résultats dès qu'ils seront disponibles. »

Jarod se leva, fit le tour de son bureau et lui tendit une carte. Toute étonnée, elle leva les yeux de la carte et le scruta du regard. « Est-ce que … c'est votre numéro de téléphone ?

- Mon portable. Je vous serais reconnaissant de ne le donner à personne. » Jarod la fixa, comme si son regard lui demandait s'il pouvait lui faire *confiance.*

Tami acquiesça de la tête au moins sept fois. « Ne vous inquiétez pas. Personne d'autre que moi ne le verra, je vous le promets.

- Bien. » Jarod frotta son épaule de manière amicale. « De jour comme de nuit, ça n'a pas d'importance. »

Tami ne pu dire un mot. Elle ne réussit qu'à s'éclaircir la voix et hocher la tête en reculant vers la porte.

« Tami ?

- Oui, Docteur, je veux dire, *Jarod* …

- Merci. »

Elle le regarda d'un air interdit, déglutit puis se ressaisit et dit : « Vous pouvez compter sur moi. »

Tami sortit sans plus d'embarras.

Jarod descendit sa manche et boutonna sa manchette. Il enfila ensuite sa blouse de médecin et prit un bloc-notes contenant les dossiers de ses patients. Son travail de jour était maintenant fini, mais son travail de nuit ne faisait que commencer.

Chapitre 21

DING. Sept minutes plus tard, l'ascenseur de service s'ouvrit et Jarod arriva dans le couloir, face au tunnel de sécurité vitré qui menait à l'Annexe psy.

Le Caméléon était déjà en train d'imaginer un plan qui lui permettrait d'entrer dans l'Annexe. Ce dont il voulait s'assurer, ou plutôt, ce dont il avait *besoin* de s'assurer, c'était de pouvoir en ressortir ; et comme il n'avait pas prévu de quitter l'Annexe seul, il était impératif qu'il trouve un moyen de fuir avant de devoir le faire.

Mais il restait une "inconnue" à résoudre.

Lors de sa première venue avec Tami, il avait vu quelqu'un provenant de l'hôpital, passer les contrôles de sécurité et entrer dans l'Annexe. En revanche, ce qu'il n'avait pas réussi à savoir, c'était si les mesures de sécurité étaient les mêmes dans la direction inverse. Il se demandait surtout si le scan rétinien était nécessaire pour quitter l'Annexe, ou seulement pour y entrer, et combien de temps la porte intermédiaire restait déverrouillée lors des passages.

Jarod effectuait ses surveillances de la porte de sécurité, avec pour excuse, de faire ses rondes. Et comme tous ses patients étaient au même étage que l'Annexe, cela lui permettait de le faire sans éveiller les soupçons.

De plus, le "Dr" Jarod, contrairement à bon nombre de vrais médecins, appréciait de faire ses rondes. Il aimait apprendre à connaître ses patients et était fasciné par leurs histoires personnelles.

Mila Cahill, qui se remettait doucement d'une opération d'anévrisme, était une enseignante spécialisée du Vermont, dont la classe avait fabriqué et signé une grande carte remplie de vœux lui souhaitant un prompt rétablissement, et de revenir vite parmi eux.

Au bout du couloir, Penny lisait un livre à propos d'un chimpanzé très curieux à sa petite sœur Amanda King, la patiente de l'intervention Norwood âgée de dix ans. Mais la patiente préférée de Jarod était Sylvia Zuniga, la femme sourde d'origine hispanique qui était tombée dans les escaliers. Elle avait dit à Jarod que peu avant sa chute, elle préparait à dîner pour son mari atteint d'Alzheimer. Son mari ne la reconnaissait plus, et avait oublié le langage des signes. Cependant, elle avait trouvé un moyen de communiquer avec lui à travers ses papilles et, grâce à sa cuisine, elle gardait son souvenir vivant dans le cœur de son mari. Elle était déterminée à rentrer chez elle le plus tôt possible pour continuer à lui donner cette joie.

Alors que Jarod quittait la chambre de Sylvia, il prit le couloir vers la droite, marchant le long du couloir vers l'entrée sécurisée de l'Annexe. Il n'y avait qu'un patient sur lequel il voulait jeter un œil aujourd'hui, celui qui se trouvait dans la chambre E913 de l'Annexe.

Pendant ses rondes, il était passé devant le tunnel de sécurité à quatre reprises, mais à chaque fois, personne n'en était sorti.

Il appuya sur le bouton d'appel de l'ascenseur cherchant une excuse pour se tenir là pendant quelques instants, puis redirigea son regard vers le tunnel. Il vit une infirmière aux cheveux blond foncé le regarder depuis le bout du tunnel débouchant sur l'Annexe.

Selon Jarod, l'infirmière aux cheveux blond foncé avait une trentaine d'années. Son uniforme semblait trop petit, accentuant les jolies formes de son corps musclé. Bien qu'elle soit physiquement attirante, Jarod trouvait que sa beauté laissait transparaître un traumatisme émotionnel, une lueur triste dans le regard, comme si elle ne pouvait jamais se reposer. Ses cheveux semblaient avoir été rassemblés et enroulés à la hâte au-dessus de sa tête, et les pointes avaient gardées des traces d'orange et de violet, que Jarod pensait être un choix étrange pour une infirmière. Calculant rapidement la vitesse de pousse des cheveux, il en déduit que la coloration avait dû être faite six mois auparavant, et que cela avait presque totalement disparu. Elle avait une petite marque bien cicatrisée le long de la lèvre inférieure qui provenait visiblement de l'enfance, et malgré plusieurs tentatives pour descendre ses manches trop courtes, elle arborait un petit ange tatoué sur l'avant-bras droit. Jarod aimait les anges ; il les aimait depuis une simulation qu'il avait oubliée depuis longtemps, et pour laquelle il avait dû faire des recherches. Le tatouage d'ange qu'elle portait lui donna une bonne impression d'elle.

Mais pas ce qu'elle fit ensuite.

L'infirmière regarda l'horloge accrochée au mur, puis foudroya Jarod du regard. Jarod comprit qu'elle se demandait ce qu'il faisait là, à traîner dans le couloir. Il tenta alors d'atténuer ses soupçons en lui lançant un sourire.

Un sourire qu'elle ne lui rendit pas.

Jarod savait qu'il ne lui restait plus beaucoup de temps pour terminer sa mission de reconnaissance, et qu'observer un tunnel vide ne l'aiderait pas à conserver l'anonymat. Il décida donc de gagner quelques secondes en prenant un stylo de sa poche, et en écrivant quelques notes dans les dossiers de ses patients.

Ensuite, la chance lui sourit.

Un agent hospitalier à l'aspect remarquable passa devant l'infirmière aux cheveux blond foncé, en marchant avec difficulté, avec un chariot rempli de plateaux-repas vides. L'homme avait une peau d'albâtre et de longs cheveux blancs qui dépassaient d'un Borsalino et descendaient le long de son visage. Il marchait avec un boitement prononcé, à cause de son pied gauche handicapé qui se pliait vers l'intérieur, l'obligeant à se tordre la cheville. Il était connu au Guardian sous le nom de Jude l'Albinos.

Jude boitilla … boitilla … boitilla … dans le tunnel de sécurité afin d'accéder au bâtiment principal de l'hôpital. Il s'arrêta au premier jeu de portes en Plexiglas et fit glisser son badge d'identification dans le lecteur. Les portes se déverrouillèrent, et il boitilla jusqu'au premier sas de sécurité qui mesurait un mètre de long, tirant le lourd chariot derrière lui. Puis, il se pencha avec difficulté afin de placer son visage devant le scanner rétinien se trouvant du côté de l'Annexe, qui passa sur ses yeux roses et déverrouilla les portes centrales.

Il y en a donc un, pensa Jarod.

Pendant que Jarod observait la scène, l'ascenseur derrière lui sonna et les portes s'ouvrirent, mais Jarod n'y prêta pas attention. Il était concentré sur les portes du tunnel que Jude l'Albinos était en train de franchir et sur celles desquelles il s'approchait. Jarod avait aussi besoin de savoir combien de temps exactement les portes du scanner rétinien restaient ouvertes après activation, et commença donc un compte à rebours dans sa tête. Mais en franchissant les portes centrales pour passer dans le second sas de sécurité, le chariot de Jude l'Albinos resta bloqué dans les portes du scanner rétinien qui se refermaient.

En voyant l'agent hospitalier passer maladroitement son badge d'identification dans la serrure électronique de la dernière barrière qui le séparait de la liberté, Jarod comprit qu'il n'aurait pas les informations précises dont il avait besoin ce soir.

Quelque chose d'inattendu se produisit alors, qui changea la donne; l'infirmière aux cheveux châtains se précipita hors de l'Annexe, arracha le badge d'identification attaché autour de son cou par un cordon, et le glissa rapidement dans le lecteur afin de déverrouiller les portes du premier sas. Le badge déverrouilla en même temps les portes du second sas, et Jude l'Albinos se mit à boitiller en direction de Jarod.

Pendant un moment, les trois portes menant à l'Annexe furent non seulement déverrouillées, mais également ouvertes.

A cet instant, un millier de pensées envahirent le cerveau de Jarod. Ce moment précis était peut être sa meilleure et unique chance d'entrer dans l'Annexe. *C'était maintenant ou jamais. Soit juste poli, va aider Jude avec son chariot bloqué, souhaite une "Bonne soirée" à l'infirmière et glisse-toi entre les portes avant qu'elles ne se referment.*

En faisant cela, il pourrait être dans l'Annexe, et dans la chambre E913 en moins d'une minute.

Mais aussi vite que cette pensée avait traversé l'esprit de Jarod, il décida de ne pas y donner suite. Il avait réalisé que s'il entrait dans l'Annexe de cette façon et n'atteignait pas son but, il n'aurait sans doute pas d'autre opportunité.

Alors que le chariot de l'agent hospitalier albinos se débloquait, relâchant les portes centrales, l'infirmière s'avança et, d'une manière très subtile, les empêcha de se refermer avec son pied. Elle le fit de telle façon qu'un observateur lambda n'y aurait pas prêté attention, mais Jarod n'était pas un observateur lambda. Alors que Jude faisait rouler son chariot vers l'autre bout du couloir, Jarod dirigea son regard vers le premier sas de sécurité, et vit l'infirmière baisser les yeux vers le scanner *sans réelle raison apparente*, avant de se redresser comme si ses rétines avaient été scannées. Elle actionna ensuite, avec son pied, l'ouverture des portes comme si elles avaient été déverrouillées. Alors qu'elle se précipitait hors du premier sas, elle regarda Jarod à travers les dernières portes de Plexiglas. Elle regarda, en fait, derrière lui, puis de nouveau dans ses yeux et lui cria quelque chose qu'il ne put entendre.

Jarod haussa les épaules, les mains levées, le signe universel signifiant "*hein*". Elle attrapa son badge, le passa une nouvelle fois dans le lecteur tout en criant et en pointant urgemment Jarod du doigt. Ce fut davantage en lisant ses lèvres qu'en entendant ses mots diffus que Jarod finit par réaliser ce qu'elle disait.

« Retenez cet ascenseur ! »

Immédiatement, Jarod pivota vers les portes de l'ascenseur mais celles-ci se refermèrent avant qu'il ne puisse les atteindre. La dernière porte de sécurité venait tout juste de se déverrouiller quand l'infirmière apparut dans le couloir de l'hôpital principal. Jarod se retourna vers elle et grimaça.

L'infirmière, elle, ne grimaça pas ; elle explosa. "Je jure devant Dieu, parfois, j'ai l'impression que cet hôpital est infecté d'idiots et que je suis la seule qui soit vaccinée."

Jarod fut abasourdi par ces propos. « Je suis désolé, je …

- Désolé ? A quoi ça me sert que vous soyez *désolé* ? »

Jarod pensa que c'était une façon bien étrange pour une infirmière de s'adresser à un médecin, et qu'il devrait être quelque peu offensé par son comportement. Mais il y avait quelque chose chez cette fille aux cheveux châtains en uniforme qui le dérangeait, son attitude insolente l'intriguait. En fait, intrigué n'était pas le mot juste ; ce qu'il ressentait pour la fille aux cheveux châtains qui appuya sur le bouton de l'ascenseur trois, quatre, cinq fois, coup sur coup, ressemblait plus à de la fascination. Et la fascination que Jarod avait pour elle était centrée sur une partie de son anatomie. Une partie qu'il pouvait maintenant voir très clairement. Ses yeux. Ils étaient différents de tous ceux qu'il avait vus jusqu'à présent.

Ils étaient violets.

« Vous êtes pressée ?

- Oui, je dois descendre récupérer quelque chose au labo. »

Jarod l'observa alors qu'elle jetait un œil à gauche, puis à droite, dans le long couloir. Elle leva ensuite les yeux vers le panneau d'affichage situé au-dessus de l'ascenseur, qui indiquait que la cabine était arrêtée trois étages plus haut, et allait descendre. Pour une personne qui semblait pleine d'assurance, la façon dont l'infirmière aux yeux violets se dandinait d'un pied sur l'autre, en regardant attentivement les étages défiler sur le panneau d'affichage, donnait plutôt l'impression d'être assez nerveuse.

« Je ne suis là que depuis trois jours, mais je sais pourtant que le labo est à l'étage, et une <u>véritable</u> infirmière le saurait » dit Jarod. La fille aux cheveux châtains se figea et regarda dans ses yeux, parfaitement immobile. Jarod lui sourit longuement ; un sourire qu'elle ne lui retourna pas.

« Si vous voulez sortir d'ici, vous avez intérêt à mettre de l'ordre dans vos mensonges. »

Jarod avait compris que la jeune femme aux yeux violets n'était pas vraiment infirmière, au moment où il l'avait vu bloquer la deuxième porte de sécurité avec son pied, et simuler le scan de la rétine. Il était clair pour lui qu'elle avait aussi menti sur sa profession, et qu'elle était très probablement une patiente psychiatrique essayant de fuir son internement. En tant qu'évadé lui-même, il trouvait son désir de liberté très attirant.

Avant qu'elle ne puisse lui répondre, une alarme rouge se mit à tournoyer et clignoter au-dessus du tunnel de l'Annexe, et une sirène d'alerte sourde à résonner. A l'autre bout du tunnel, plusieurs agents de sécurité, accompagnés d'une femme maigre à l'énorme tête, qui enfilait un uniforme bien trop grand pour elle, déboulèrent de l'Annexe. Jarod reconnut la femme comme étant l'infirmière Kropski. Ils se précipitèrent vers la première des trois portes, en indiquant la femme près de Jarod et en criant, puis avancèrent dans le couloir de sécurité.

La femme aux yeux violets examina les deux couloirs et vit des gardes arriver des deux côtés. Elle regarda ensuite le panneau de l'ascenseur qui était sur le point d'arriver. Ses yeux se posèrent à nouveau sur Jarod qui lui sourit et haussa les épaules. La prétendue infirmière lui sourit enfin. « Je suppose que vous m'avez eue. »

Elle assomma ensuite Jarod en lui infligeant une droite, juste au moment où *ding*, les portes de l'ascenseur s'ouvraient. Elle se précipita à l'intérieur, droit dans les bras du Dr Bilson et du Dr Su.

« Non, non, non ! »

Elle se débattit pour se libérer alors qu'ils la sortaient de l'ascenseur.

Jarod se releva en frottant sa mâchoire, juste à temps pour voir Infirmière Kropski dans son grand uniforme se précipiter hors du tunnel. Elle regarda Bilson, embarrassée, puis se tourna avec fureur vers l'évadée aux yeux violets.

« Cette salope m'a frappé avec un bassin hygiénique et m'a volé mon badge. »

Bilson et Su la remirent à deux gardes, avec qui elle continua de se débattre. Bilson lui demanda, « Vous ne prenez plus vos médicaments, Skylar ?

- Non. Parce que je ne suis pas folle et que je n'ai rien à faire ici.

- Vous êtes quelqu'un de persistant, je dois le reconnaître. »

Jarod regarda droit dans le fond violet de ses yeux uniques. « Skylar, hein ? Quel joli prénom. Ca signifie force, amour et beauté.

- Oui, et là tout de suite, ça signifie 'allez-vous faire foutre'. J'aurais dû savoir que vous étiez l'un d'entre eux! »

Alors que les gardes ramenaient Skylar dans le tunnel de sécurité qui menait à l'Annexe, Jarod réalisa que la fausse infirmière avait été le plus inattendu de tous les inattendus qu'il n'avait jamais rencontré.

Et pour une raison qu'il ignorait, il avait immédiatement apprécié la fille aux yeux violets.

Chapitre 22

« JE VOUS COUVRIRAI de richesses. » Voilà ce que Miss Parker lui avait dit, ses mots exacts, ceux qu'il avait notés. Il l'aidait à ramener Jarod et en échange, c'est ce qu'elle ferait pour lui, le couvrir de richesses. C'est à ce moment là qu'il avait réalisé que c'est ce qu'il lui manquait. Dieu savait qu'il avait le style, l'allure, une démarche prononcée, mais ces salopes ne pouvaient résister aux «Benjamin», et il en aurait bientôt plein les poches. Après cela, il aurait gagné la partie, il serait capable d'attirer n'importe quelle petite abeille sexy avec son miel. Tout ce qu'il devait faire c'était rivaliser d'intelligence avec le Caméléon, et il pourrait bientôt nager dans le jus salé des énormes huîtres qui composeraient bientôt son monde.

Cela allait être aussi facile que la première fois où il avait volé l'identité de Mlle LifeLock, et avait facturé une somme de $3.2 millions, sur ses différentes cartes de crédit, en sex-toys électroniques et waterproof.

Seul dans son petit coin du SL-27, à penser aux grandes choses que lui réservait le futur, Cornelius humidifia son auriculaire, le passa sur son sourcil pour le rendre brillant et sourit comme seuls les vainqueurs le faisaient. Il avait un plan et se sentait bouleversé de le voir se mettre en place aussi rapidement.

Chapitre 23

CE N'ÉTAIT PAS LA MUSIQUE flottant dans l'air (il apprendrait plus tard qu'il s'agissait de l'enregistrement d'un orgue à vapeur) qui rendait, ce jour-là, Jarod si heureux. Ce n'était pas non plus le temps magnifique qui égayait l'Americana Main Street de Tourne River, dans le New Jersey, où il se tenait. Ce n'était pas la peinture très colorée du gros bonhomme aux cheveux orange, et au nez rouge, qui recouvrait l'intégralité du panneau extérieur du camion, bien que Jarod le trouve amusant. Ce n'était pas non plus l'objet de plus de deux mètres de long, en forme d'entonnoir, qui semblait avoir été lâché sur le toit du camion par un énorme géant, et duquel une substance rosâtre et gluante semblait fondre et couler sur les côtés du camion.

Non, ce qui fascinait et émerveillait totalement Jarod ne se trouvait pas à l'extérieur du camion de crème glacée garé en face du Riverside Park. Jarod était complètement captivé par ce qu'il pouvait voir à travers la vitre du camion : une confiserie magique et glacée qui émanait de la machine à glace.

Tel un enfant sans voix devant une bulle de savon qui flottait dans les airs, Jarod était toujours autant émerveillé à chaque fois que l'homme bougon au chapeau en papier levait la poignée argenté de la machine, et qu'un ruban de dessert crémeux et glacé s'écoulait et glissait au fond d'un récipient de forme conique qui, Jarod venait de le découvrir, était fait en une sorte de pâte durcie. Alors que la glace s'écoulait, l'homme bougon faisait lentement tourner le récipient comestible dans sa main, remplissant l'intérieur de ce que l'homme appelait un cône.

Lorsqu'il le tendit à Jarod, le sourire du Caméléon illumina tout son visage et ses yeux brillèrent d'anticipation. Jarod le prit et observa attentivement les cristaux de glace et la multitude de couches qui, il le savait, débordaient de goûts. Il choisit ensuite l'emplacement parfait pour ce qu'il avait en tête.

Jarod lécha le cône, son quatrième de la journée. Il ferma les yeux dans un moment de plénitude totale, alors que les saveurs explosaient dans sa bouche. Jarod fut submergé par la délicieuse décadence du plaisir défendu.

Il était étonné que cela puisse être à la fois léger et dense, mais aussi simple et complexe. Il se délecta de l'exquise texture crémeuse, et du goût de la gousse de vanille dans laquelle il pouvait déceler un million d'autres saveurs, comme de la crème anglaise, ou des notes subtiles de caramel et d'érable.

Il savourait la confiserie comme un premier baiser. Il ouvrit ensuite les yeux et sourit au vendeur de glace sidéré, des millions de questions envahissant son esprit.

« Est-ce qu'ils incorporent de l'air pour la rendre aussi mousseuse ? »

Le vétéran de la crème glacée aux cheveux gris regarda Jarod comme s'il venait de la Lune. « Je ne la fais pas. Je ne fais que la vendre. »

Jarod goûta une nouvelle fois, pensant que chaque bouchée était meilleure que la première. « C'est *très* bon.

- Est-ce que votre mère sait où vous êtes, mon ami ? Ou est-ce que vous avez un sérieux train de retard ? »

Jarod ne s'offensa pas.

En fait, son esprit avait pris un autre tournant, soudain captivé par ce qu'il attendait là depuis une heure.

Un 4X4 vert entrait dans un parking de l'autre côté de la rue.

Jarod baissa lentement son cône de glace tout en regardant une femme fluette bien habillée en descendre. Son nom était Cassandra Hearns et depuis huit semaines, elle exécutait chaque jour le même rituel. La femme de 33 ans se garait tous les jours au même emplacement, à 16h18 précises, et regardait fixement la rivière laissant la tristesse envahir ses yeux.

Cassandra Hearns était la raison pour laquelle Jarod était venu à New York.

Et cette tristesse dans ses yeux était la raison pour laquelle il avait choisi pour cette Mission d'être docteur.

Jarod la regarda prendre un bouquet de marguerites sur le siège passager. Il ressentait en elle du désespoir vers lequel il semblait être attiré.

Il sortit un iPad rouge de son sac à dos et l'alluma. Un article qu'il avait téléchargé depuis Instapundit, l'un de ses sites d'information préférés, s'afficha alors. L'article était illustré par la photo d'une Cassandra Hearns affolée, qui serrait dans ses bras la photo encadrée d'un petit garçon de dix ans, avec la légende : *UNE VOITURE S'ENVOLE DU VIEUX PONT DE LA RIVIERE TOURNE. LE PÈRE EST BLESSÉ, LE FILS DISPARAÎT DANS LA RIVIERE.* A côté de l'article se trouvait une autre photo montrant un garde-fou brisé au milieu du pont à deux voies, alors que la BMW détruite qui avait foncé dedans était repêchée de la rivière.

Jarod regarda à nouveau vers Cassandra, qui marchait, les marguerites à la main, en direction de la sortie du parking et vers le chemin qui menait à la forêt.

Éteignant son iPad, Jarod la suivit jusqu'au bord de la rivière. Il conserva une distance respectable, en partie pour rester hors de sa vue, mais surtout parce qu'il avait découvert dans le court laps de temps qui s'était écoulé depuis son évasion que les gens montraient leur vrai visage en privé. Ses observations clandestines lui avaient toujours montré la réalité, que ce soit le courtier de Wall Street embrassant sa femme pour lui dire au revoir avant de retrouver sa petite amie quelques instants plus tard, ou le sans-abri qu'il avait suivi et vu donner l'argent qu'il avait mendié à une personne qui en avait plus besoin que lui. La véritable nature des gens était souvent une affaire privée, et Jarod avait rapidement fait le lien entre le fait d'entrer dans leur tête en utilisant une des centaines de simulations qu'il avait faites pour le Centre, et entrer dans leur tête, ici, dans la vraie vie.

Il s'arrêta derrière des bouleaux alors que Cassandra arrivait sur la berge, sous le pont à deux voies représenté sur la photo que Jarod avait contemplée ; un pont avec un garde-fou nouvellement réparé, duquel la BMW de son mari avait plongé quelques semaines auparavant.

Avec une prière silencieuse, elle déposa les marguerites sur l'eau. Elles flottèrent doucement dans le sens du courant, vraisemblablement comme son fils avait dû le faire, en flottant vers un destin qu'elle n'avait pas encore accepté. Jarod était lucide ; cette mère n'était pas prête à abandonner et elle ne le ferait pas tant qu'elle n'aurait pas vu son fils, mort ou vivant, de ses propres yeux.

Mais ce moment n'était pas que le sien.

C'était aussi celui de Jarod.

En regardant Cassandra faire un signe de croix et s'agenouiller sur la berge pour prier, il savait qu'il ne faisait pas qu'observer l'immense chagrin d'une mère pour son fils. Il voyait en elle toutes les mères qui avaient perdu un fils, y compris la sienne.

Une mère dont il pouvait à peine se souvenir.

En observant Cassandra, une question commença à tourner dans l'esprit de Jarod, il l'entendit, les yeux remplis de larmes.

La question était celle qu'il avait posée à son mentor lorsqu'il était enfant.

« Sydney, est-il possible pour une personne d'oublier ceux qu'elle aime ? »

Chapitre 24

RENDUE CAVERNEUSE par le temps, la voix du Jeune Jarod résonna dans son bureau de l'hôpital « Répondez-moi, Sydney. Est-il possible pour une personne d'oublier ceux qu'elle aime ? »

Jarod était assis à son bureau, plongé dans ses pensées, les yeux rivés sur l'écran ultra fin de son notebook, duquel un accent belge distinctif résonna, répondant à la question du Jeune Jarod : « Concentre-toi, Jarod, on est en train de travailler maintenant. »

Si sa nouvelle vie, et ce que lui réservait son futur, représentaient les nouvelles fenêtres par lesquelles Jarod regardait maintenant la vie, alors l'immense collection de DSA et le lecteur spécifique qu'il avait volés lors de son évasion du Centre, symbolisaient le miroir sombre le ramenant dans son passé cloîtré et unique. Véritable catalogue répertoriant chacun des jours qu'il avait vécu depuis l'âge de quatre ans, Jarod savait que le miroir sombre était un de ceux qui voyaient tout. Presque tous les moments de son passé étaient à portée de main. Mais si les vidéos familiales permettaient de faire ressortir de bons souvenirs chez la masse populaire, un DSA était pour Jarod plus susceptible de remuer des sentiments d'angoisse profonde ou, selon la simulation, de provoquer un profond mal-être. Mais maintenant, libre et adulte, Jarod savait qu'il ne pouvait plus reculer devant son passé, et que ces DSA représentaient un trésor, un journal d'archives vivantes.

Alternativement, cet outil puissant lui avait permis d'avoir un inestimable éclairage sur les intentions et les activités du Centre. Oui, il était souvent perturbant de voir Sydney lui demander de montrer ce dont il était capable au 'nom du Centre' ou 'pour le bien de l'humanité', mais il s'agissait aussi de renseignements solides qui, vus maintenant par les yeux d'un adulte, donnaient à Jarod des indices pour découvrir les secrets de ses ravisseurs.

Il espérait surtout extraire d'autres indices sur sa véritable identité et sur l'endroit d'où il venait. *Où sont mes parents ? Où sont mes parents ? Où sont mes parents ?*

Jarod se concentra à nouveau sur la simulation qu'il regardait sur le DSA faisant office de machine à remonter le temps. L'écran se reflétait dans ses yeux alors qu'il se voyait lui-même, à une autre époque. Une sphère en plastique transparent remplissait l'écran du DSA.

Entourée par l'obscurité et par un voile de vapeur croissant, la sphère de Plexiglas de plus de 2 mètres de diamètre était totalement close, montée sur une plateforme motorisée et éclairée d'en-haut. Enfermé hermétiquement dans ce cocon claustrophobe, un Jarod agité, alors âgé de huit ans, et portant une combinaison spatiale, un casque et des écouteurs, respirait fortement et transpirait à profusion.

Alors que la caméra de surveillance se rapprochait de son jeune homologue, les pupilles du Jarod adulte s'agrandirent lorsque ses yeux se posèrent sous l'image où étaient électroniquement surimposés les mots suivants : *JAROD 28/01/86, ETUDES PSYCHOGENIQUES, RESERVE A L'USAGE DU CENTRE UNIQUEMENT.*

La gorge de Jarod se serra.

Le Jeune Jarod parcourut craintivement l'intérieur de sa 'capsule' des yeux, prenant note d'une chose angoissante : des cristaux de glaces étaient en train de se former à plusieurs endroits, ici, ici, ici, une révélation qui l'alarma grandement. Il cria dans son micro : « Les températures extérieures sont trop basses pour le lancement. Je répète : trop basses ! Contrôle, est-ce que vous m'entendez ? »

Jarod changea d'angle de caméra pour en choisir une qui montrait un Jeune Sydney dans l'ombre, observant les informations reçues sur l'écran de l'ordinateur. Il restait prudemment derrière Jarod pour ne pas le déconcentrer.

Une voix crépita dans le casque du Jeune Jarod.

« Heure H moins dix secondes. »

Le décompte continua alors que la vapeur enveloppait la capsule. « Attendez, il y a un problème !

- *Huit ... sept ... six ... »*

Le Jeune Jarod se tortilla d'angoisse. « Attendez ! »

Jarod regardait son jeune homologue, implorant d'être entendu.

« Sydney, pourquoi ne m'ont-ils pas écouté ? Jarod s'accola contre le Plexiglas. N'ont-ils pas lu le rapport de Morton Thiokol ? A zéro degré, on était à la limite des paramètres, ils auraient dû abandonner.

- Décollage. » Soudain, *la sphère vacilla et roula en arrière, quittant les bras hydrauliques qui contrôlaient ses mouvements. La vapeur épaisse et la buée se dissipèrent alors que le Jeune Jarod était projeté contre son siège. La sphère commença à vibrer intensément, simulant la poussée et les secousses d'un engin de près de 2000 tonnes s'élevant dans le ciel. Sa force gravitationnelle correspondante pressa le jeune astronaute vers le bas. Même si les tensions physiques étaient énormes, le Jeune Jarod restait calme, mettant en œuvre les tâches d'un commandant de navette pour lesquelles il avait été entraîné.*

« Heure H plus dix-sept, tout va bien, Challenger. »

Le Jeune Jarod leva la tête et parcourut des yeux l'obscurité du labo de simulation, son comportement de commandant laissant doucement place à celui d'un petit garçon effrayé.

« Sydney ? Sydney ? Où êtes-vous ? »

Sydney resta tapis dans l'ombre. « Concentre-toi, Jarod.

- Je veux juste savoir si c'est possible, Sydney. »

Agacé, Sydney leva les yeux de son écran de contrôle. « Qu'est-ce qui est possible ?

- Est-ce que les gens peuvent oublier ceux qu'ils aiment ? »

Sydney se frotta les tempes. « Nous parlerons de ça plus tard, Jarod, on est au milieu de ... »

Mais Jarod refusa d'être découragé. « Une mère ou un père peuvent-ils oublier leur enfant ? ... Ou un enfant oublier ses parents ?»

Sydney lâcha un long soupir, frustré. « Nous avons déjà parlé de ça, Jarod, et je répondrai à tes questions dès que nous aurons terminé. Nous avons des délais à respecter, tu le sais. »

Le Jeune Jarod n'était pas satisfait de cette non-réponse, mais s'y résolut immédiatement, et reprit la personnalité simulée du commandant de Challenger ; les épaules carrées, chaque mouvement confiant, ses yeux de nouveau inflexibles et concentrés, il activa le séquençage sur son panneau de contrôle.

« Heure H plus vingt-quatre, Challenger à 9000 mètres. »

Soudain, une énorme secousse ébranla la sphère. Le Jeune Jarod regarda vers le bas à l'extérieur ; un panache de fumée soudain et inattendu pouvait maintenant être observé.

« Heure H plus soixante-huit. Accélérez à fond. »

Abandonné à son triste sort, le Jeune Commandant Jarod obéit en augmentant la puissance de charge. A l'Heure H plus soixante-douze, l'écartement commença mais secoua une nouvelle fois la capsule de l'équipe, la faisant vaciller latéralement sur les hydrauliques, alertant immédiatement le Jeune Jarod, « Oh oh. »

Le glas sonna de nulle part.

Des signaux d'alarme commencèrent à retentir, suivis par une explosion tonitruante. La chaleur était aussi intense que l'éclair de lumière dans ses yeux, mais ce fut l'énorme secousse qui envoya la tête de Jarod contre le Plexiglas. La capsule sphérique commença à tressauter violemment, envoyant la bulle et le Jeune Jarod dans une vrille folle qui ne semblait vouloir cesser. Au milieu de ce vacarme chaotique, le Jeune Jarod gardait son calme, vérifiant les jauges et les messages d'erreur jusqu'à ce que, soudain, le silence se fit et plus de puissance, la capsule tournoyait maintenant violemment, continuant à monter en flèche avec son élan ; le panneau de contrôle affichait 20000 mètres, quand soudain, la sphère atteint son apogée ascendante, et sembla flotter dans les airs quelques secondes, avant que la force gravitationnelle de la Terre ne la force doucement à redescendre, entraînant le Jeune Jarod et son équipage dans une spirale de la mort encore plus rapide.

Tel un commandant, résigné à son sort, le jeune Jarod continua à suivre les procédures vues durant son entraînement de façon méthodique. « Contrôle ? Contrôle ? Si vous pouvez nous entendre, nous n'avons plus de puissance. Pas de sauvetage d'urgence. Les circuits d'oxygène ont cessé de fonctionner. Nous sommes en chute libre. »

Entouré par le silence, la toile de fond du labo de simulation changea à nouveau, passant de l'obscurité à la lumière, et le Jeune Jarod commença à hyperventiler, son oxygène ayant cessé de fonctionner. La simulation était si intense qu'il commença littéralement à suffoquer alors que les bras hydrauliques faisaient tournoyer la sphère violemment, projetant et retournant le Jeune Jarod dans son cocon jusqu'à ce qu'un écrasement soudain se fasse entendre, simulant l'impact dans l'Atlantique. Et c'était terminé.

Les lumières du labo de simulation se rallumèrent. Sydney déverrouilla et ouvrit la sphère. « Tu as été magnifique, Jarod. Je suis fier de ton travail. »

Mais Jarod n'était pas fier, il était frustré. Il repoussa les mains de Sydney alors que les larmes montaient dans ses yeux. « Je leur ai dit qu'il ne fallait pas faire le

lancement ! Qu'il faisait trop froid et que les joints toriques n'étaient pas calibrés pour ça,
mais ils ne m'ont pas écouté, ils n'ont pas ... » La voix du Jeune Jarod s'évanouit. Le
Jeune Sydney regarda fixement l'enfant dont il avait la charge.

Jarod zooma sur les yeux du Jeune Sydney, essayant de déchiffrer
l'émotion qu'il y voyait.

Le Jeune Jarod resta silencieux. Sydney s'agenouilla et leva son menton. « A quoi
pensait-il, Jarod ? Le Commandant, alors qu'il plongeait vers la mort ? »

Des larmes coulaient le long des joues du Jeune Jarod alors qu'il regardait Sydney.
« Qu'il ne reverrait jamais sa famille, qu'il ne reverrait jamais ceux qu'il aimait. Ils
étaient la seule chose à laquelle il pensait quand il a quitté ce monde. » Les yeux du
Jeune Sydney s'emplirent de larmes à leur tour.

Jarod arrêta le DSA. Les bruits de son passé au Centre furent bientôt
remplacés par les bruits de son présent à l'hôpital, *« Le Dr Su est attendu en*
salle d'opération, le Dr Su », Jarod réfléchit un instant aux émotions qu'il avait
vues dans les yeux de Sydney. Il ressentait clairement le même sentiment de
perte dont Jarod avait parlé à travers sa question, mais pourquoi ? Était-ce
personnel, ou théorique ? De qui Sydney ressentait-il la douleur ?

Jarod se pencha vers le bas de son bureau et souleva son sac à dos. Il
l'ouvrit et regarda à l'intérieur où une douzaine de portables jetables se
trouvaient.

Avec un lourd soupir, il en prit un, se cala dans son fauteuil et se
demanda s'il pouvait vraiment passer le coup de fil qu'il s'apprêtait à passer.

Chapitre 25

LA DEMEURE COLONIALE française de Sydney était vieille de 200 ans et son style caverneux faisait résonner un silence assourdissant qui hurlait *le vide*. Les pièces étaient dépourvues de tout signe de vie. Les meubles étaient recouverts de draps blancs, les étagères étaient vides et les murs portaient encore les traces des tableaux autrefois accrochés.

C'était comme si personne n'habitait entre ces murs.

Dans la cuisine, où s'accumulaient autrefois toutes sortes d'objets en cristal, en verre, ainsi que des ustensiles de cuisine et de l'argenterie, ne se trouvait plus qu'une simple pièce de faïence. Une coupe qui servait à la fois de bol et de récipient pour boire du café, de l'eau ainsi qu'occasionnellement un verre de vin du terroir, *"le Vin de Pays des Jardins de Wallonie"*, le préféré de Sydney qui provenait de la campagne wallonne de sa jeunesse. Il se servait souvent un grand verre de ce vin avant d'aller se coucher.

Il dormait dans un fauteuil au milieu de la grande pièce—du moins les nuits où il arrivait à dormir. Ce siège était identique à celui dans lequel Jarod s'asseyait sous le champ électromagnétique de la centrale éolienne. Sydney se demandait comment Jarod avait découvert qu'il dormait dans ce fauteuil. Jarod était-il passé devant chez lui le soir où il s'était échappé? Avait-il regardé à travers la fenêtre et l'avait-il aperçu en train de ronfler? Il se demandait également si par la suite, Jarod s'en était acheté un afin de rester symboliquement proche de Sydney—d'être relié à lui. Cela ne pouvait être une coïncidence … si ? Le Belge réfléchit et se demanda s'il avait déjà expliqué à Jarod la raison pour laquelle il dormait dans ce siège. Depuis l'accident, il n'arrivait plus à dormir confortablement installé dans un lit.

Il repensa à toutes les choses qu'il n'avait jamais dites à Jarod, cherchant dans sa tête ce qu'il avait pu dire ou faire pour déclencher son départ. Sydney ne s'était pas senti aussi vide depuis l'accident, qui avait eu lieu il y a déjà bien longtemps.

Trois mois s'étaient écoulés avant qu'il ne trouve la force de simplement ouvrir le placard d'Amelia pour regarder les affaires qui lui avaient appartenues. Et il lui fallut trois mois de plus avant de pouvoir plier les vêtements que sa femme, d'origine espagnole, avaient portés sur sa peau douce, couleur cannelle.

Piel canela.

Sydney avait enveloppé les toiles qu'elle avait peintes dans du papier, puis les livres dont les mots avaient longtemps rempli son imagination ainsi que les services en cristal et en porcelaine qu'elle avait hérités de sa mère. Il avait placé tendrement ses effets personnels, ces parties d'elle ainsi que toutes ces petites choses qui lui rappelaient leur vie commune, à l'arrière de la vieille Volvo aux freins grinçants et peu fiables. Après une longue route, par un jour de grand froid, il s'était arrêté dans un grincement aigu sur le parking d'un magasin de charité près de Pilcher Point. Après trois minutes de déchargement, sa vie entière venait d'être donnée aux autres.

Mais Sydney ne pouvait se résoudre à faire don du berceau.

Il était toujours dans la chambre d'enfant où la poussière s'accumulait depuis plus de trente ans. Syd s'y aventurait rarement, mais durant les années suivant l'accident, il lui arrivait souvent de se placer dans l'embrasure de la porte regardant à l'intérieur de la pièce, se remémorant le temps révolu, durant lequel la joie et les rires de son Patrick bien-aimé remplissaient encore la maison devenue à présent silencieuse. Il pensait que le trou dans son âme, causé par la perte de son fils, ne pourrait plus jamais être comblé.

Ce trou était à présent de nouveau vide.

~~~

Il abandonna l'idée de fuir en essayant de dormir et conduisit la vieille Volvo jusqu'au Centre. Il retourna à son laboratoire de recherche, là où il trouvait satisfaction—là où était sa raison d'être.

Sur son bureau se trouvait le coffre à jouets que Jarod avait laissé à la centrale éolienne située en pleine mer. Le jeu d'aimants, le livre sur la chirurgie, et le poster des « FRUIT FLY NEURON CLUSTERS » dont il n'avait toujours pas réussi à déterminer le sens. Il savait que tout avait une signification pour Jarod—et si cela en avait une pour lui, cela en avait pour Sydney également ! Il était déterminé à trouver ce que c'était.

Syd se dirigea vers un mur où était accrochée une photo de Jarod, juste à côté d'une fenêtre d'observation qui donnait sur l'étage du dessous, et plus précisément, sur la chambre du dôme dans lequel son brillant protégé avait été élevé.

Il s'agissait d'un portrait datant du jour de l'arrivée de Jarod. Le jour où ce beau petit garçon aux yeux bruns et tendres avait époustouflé Sydney avec sa reproduction d'un immeuble de Manhattan.

Le jour où Sydney avait retrouvé espoir.

Depuis la nuit où Jarod s'était échappé, Sydney s'était souvent retrouvé ici après ses heures de travail. Une fois seul, il pénétrait alors dans l'espace où Jarod avait autrefois vécu et travaillé—où *ils* avaient travaillé—à cette époque où la vie de Sydney était à son apogée de joie et d'épanouissement. Il était là, à nouveau, errant à travers l'espace de vie de Jarod, le monde dans lequel il avait fait tant de découvertes, où son génie n'avait cessé d'ébahir quotidiennement Sydney.

Sydney ouvrit un petit meuble blanc rempli de carnets rouges contenant les rapports manuscrits des simulations de Jarod. Ces derniers exposaient les raisons pour lesquelles il réalisait ces simulations, et consignait les chroniques de ses découvertes, des découvertes que lui seul aurait pu faire. Sydney referma le petit placard contenant ces souvenirs et poursuivit vers d'autres affaires personnelles de Jarod. Ses doigts parcoururent les touches du clavier de l'ordinateur de son petit génie ainsi que la couverture qui l'avait gardé au chaud la nuit et le coussin qui avait soutenu sa tête durant son sommeil.

Syd était perdu dans ses souvenirs lorsque son téléphone sonna. Il le sortit de la poche de sa veste en tweed et fut surpris de voir le nom « Slate » inscrit sur l'écran. Syd s'assit sur le lit et répondit.

« *Slate* est un anagramme de Tesla. Très astucieux, Jarod. »

« C'est vous qui m'avez enseigné à l'être. » Répondit Jarod de manière solennelle.

~~~

Jarod était encore seul dans son bureau à l'hôpital, fixant son ordinateur portable qui se trouvait ouvert, face à lui, sur son secrétaire. Ses yeux pensifs et clairvoyants reflétaient les images affichées sur l'écran lumineux, des images figées de lui, enfant, dans une sphère de plexiglas, regardant en direction d'une version plus jeune de Sydney.

A l'autre bout du fil, Sydney sentit le poids de leur court silence. Il reprit une inspiration pleine d'espoir. « J'ai dû te manquer de très peu au cimetière, les fleurs étaient encore fraîches. »

Jarod ne laissa transparaître aucune émotion dans sa voix. « Mes parents sont morts il y a trente ans. Il était temps qu'on m'autorise à leur dire au revoir, vous ne pensez pas ? »

Syd se frotta les yeux par culpabilité et frustration, puis répondit calmement « C'était une erreur de ne pas t'y avoir emmené par le passé. »

Jarod arrêta le DSA, ôtant l'image du jeune Sydney de sa vue. Puis, il commença à ouvrir d'autres fichiers dans plusieurs fenêtres.

Sydney ne supportait plus le silence. Il ne réussissait plus et ne désirait plus contenir ses émotions. Tout ce qu'il voulait c'était que son Caméléon, son fils, revienne et c'est ainsi qu'il se trouva soudainement à le supplier : « Jarod, je veux que tu rentres à la maison. »

Un regard sardonique traversa le visage de Jarod : « Voilà une façon intéressante de dire les choses, *« maison »*. »

Sydney était sincèrement désorienté émotionnellement : « Jarod, je … je ne comprends pas ce qu'il se passe. S'il te plaît, dis-moi … pourquoi … pourquoi t'es-tu enfui ? »

Jarod n'arrivait pas à croire la naïveté absolue dont Sydney faisait preuve : « C'est vous le psy, Sydney, mais si vous voulez connaître toute la vérité, c'est à cause des mensonges ... *de vos mensonges.* »

« Mes mensonges ? » Sydney se leva brusquement, déconcerté par la tournure que prenait la conversation : « Jarod, de quoi parles-tu ? »

« J'ai découvert le véritable but de mes simulations, Sydney ! » Les yeux de Jarod restèrent rivés sur l'écran de son ordinateur portable, où diverses fenêtres étaient ouvertes. Ces dernières passaient des enregistrements des Disques de Surveillance Analogique provenant des caméras qui entouraient le dôme dans lequel il avait vécu—chaque version le montrant à un âge différent de sa jeune vie. Sur un des DSA, le jeune Caméléon était debout face à une maquette du Muir Federal Building, et expliquait où se trouvaient les points faibles de la structure si quelqu'un venait à disposer d'explosifs assez larges ... et de quelle façon exactement le bâtiment s'écroulerait.

« Simulation d'anti-terrorisme numéro 32. Ils ont utilisé mes recherches et ont transformé un immeuble de bureaux en un tas de décombres. Cent soixante-huit personnes ne sont pas rentrées chez elles ce jour-là. »

Sydney passa sa main à travers ses cheveux gris et épais et commença à arpenter la pièce anxieusement. « Jarod, écoute-moi ... »

« Non, Sydney, vous, écoutez-moi ! »

Jarod se reporta à une autre fenêtre de son écran, où le jeune Jarod, âgé de 7 ans, portait une combinaison isolante et travaillait sur des tubes à essai remplis de sang.

« Simulation d'épidémie numéro 14, 87 personnes sont décédées du virus Ebola au Zaïre. »

Ses yeux se portèrent sur un troisième DSA, datant d'une époque différente, qui montrait le Caméléon marcher à travers les plans virtuels d'un complexe industriel, tout en énumérant les défauts de conception du réacteur nucléaire de Tchernobyl. Il expliquait qu'il fallait prévenir les Soviétiques, qu'ils pourraient être victimes de sabotage et que cela pourrait être perçu comme un accident dû à la fusion du cœur du réacteur. Jarod fixa une dernière fenêtre : un reportage d'actualité concernant un attentat terroriste sur l'USS Cole.

« Simulation Numéro 142, 89, 268 … » Une vague d'émotion se fit ressentir dans la voix de Jarod alors qu'il repensait à toutes les atrocités auxquelles il avait participé à son insu.

Syd, agité et terrifié à l'idée de perdre Jarod dans cette mer d'horribles vérités, s'arrêta de faire les cents pas et le supplia de nouveau au téléphone : « Il s'agissait de contrats militaires Jarod. Je n'avais aucun moyen de savoir quelles seraient leurs applications ultimes. »

Jarod sentit les larmes lui monter aux yeux, des larmes qui brûlaient de culpabilité.

« Combien de personnes sont déjà mortes à cause de moi ? »

« Il faut que tu rentres à la maison, Jarod ! Je me fais du souci pour toi. Quand je vais faire un tour dans ta chambre, elle me paraît vide … » Syd aurait voulu dire que la sensation de vide s'appliquait également à lui-même mais c'est tout ce qu'il parvint à avouer.

« Elle ne me manque pas beaucoup à moi ! » Il fit une pause tandis qu'un côté de sa bouche formait un léger sourire. « A vrai dire, la crème glacée, c'est délicieux ! »

Soudain, les lumières s'allumèrent dans le laboratoire extérieur, surprenant Sydney. Il se retourna et vit Miss Parker et Cornelius se déplacer dans le dôme. Miss P, qui écoutait attentivement un de ses deux écouteurs, son téléphone portable à la main, regarda par-dessus l'épaule du troll chauve qui s'assit dans la chaise de bureau de Jarod et alluma l'ordinateur portable qu'il avait ramené avec lui. Elle se dirigea ensuite rapidement vers Sydney et murmura à son oreille :

« Continuez à le faire parler, mon vieux. » Elle plaça le deuxième écouteur dans son autre oreille et regarda Sydney en attendant qu'il s'exécute.

Syd, confus mais suivant ses directives, reprit la conversation mal à l'aise. L'hésitation se fit sentir dans sa voix : « Jarod, c'est très sérieux tu sais. Ils ont fait venir Miss Parker. »

Le sens aigu de l'intuition de Jarod se mit en marche. Il sentit qu'ils étaient en train d'écouter. « Bien sûr qu'ils l'ont fait, Sydney. Rien ne passe à côté d'elle—à part le bonheur. »

Si Miss Parker eut une réaction en entendant cela, elle ne le montra pas—pourtant Sydney supposa que ce fut le cas. Mais à cet instant, son attention se portait sur autre chose. De plus en plus tendu, il s'éloigna, ne prêtant aucune attention aux deux intrus qui le fixaient du regard.

« Je me fais du souci pour toi, Jarod. »

La voix de Jarod était calme et plate « Si vous êtes tellement inquiet, pourquoi n'allez-vous pas voir les autorités ? »

La voix de Sydney était à peine audible « Tu sais que je ne peux pas faire ça. »

« Pourquoi ? Parce que vous m'aimez, ou … » Jarod jeta un coup d'œil aux DSA qui défilaient encore sur l'écran de son ordinateur, « … avez-vous peur de ce que je sais ? »

Sydney regarda par-dessus son épaule en direction de Miss Parker, qui hocha de la tête et lui fit signe de poursuivre.

Durant tout ce temps, Corn était concentré sur son écran de traçage, qui affichait la grille en forme d'alvéoles du réseau de téléphonie mobile qui couvrait les Etats-Unis. Plus Jarod restait en ligne, plus Corn disposait de temps pour tracer la localisation exacte de l'appel.

Jarod poursuivit, gardant le contrôle : « Je sais que vous ne pouvez pas répondre à ça, Sydney. Nom d'un chien, je peux entendre Miss Parker tirer sur votre laisse d'ici. Vous avez raison, vous savez … c'est une sacrée salope. »

Miss Parker leva un sourcil de manière féroce en direction de Sydney jusqu'à ce que Corn s'en mêle : « Il est à l'est du Mississipi. »

Sachant qu'il ne lui restait plus que quelques instants, Syd se sentit décontenancé et incapable de déterminer quelles étaient ses priorités dans ce qu'il avait besoin de dire : « Jarod, je ne sais pas pourquoi tu fais ce que tu es en train de faire, mais … » Il marqua une pause. « Un homme ne peut pas réparer toutes les injustices du monde. »

« Vous m'avez élevé me persuadant que rien n'était impossible. Je dois y aller maintenant, Sydney. »

Miss Parker secoua la tête de façon véhémente, mesurant du regard l'écran de traçage de Corn, qui commençait à s'illuminer partout, dans le Sud, l'Ouest et finalement … dans le « Couloir Nord-est. »

Sydney était à présent dans tous ses états. « Jarod, je ne sais pas ce que tu prépares, mais je sais que tu *n'es pas* médecin ! »

« Bien sûr que je le suis, Sydney, à vrai dire, je dois partir en chirurgie maintenant. » Jarod raccrocha.

Miss Parker était furieuse. « Ce petit enfoiré avait tout prévu à la seconde près. Quel ingénieux, ingénieux garçon. » Elle jeta un regard à Cornelius.

« Mais pas aussi ingénieux que moi, Miss Parker. » Le grand C fit pivoter l'ordinateur vers sa supérieure. « Il a brouillé l'origine de son appel, mais j'ai réussi à la déchiffrer. Il est quelque part entre la Caroline du Nord et le Maine. » Il sourit diaboliquement. « L'attraper sera une vraie partie de plaisir ! »

Sydney jeta un regard austère à Cornelius : « L'attraper n'est pas un jeu. » Incrédule, il se tint alors en face de Miss Parker. « Vous avez mis mon téléphone sur <u>écoute</u> ?!

- Ne faites pas dans votre froc, Syd, je savais que votre nounours finirait par vous appeler.

- Si vous pensez qu'un simple traçage téléphonique vous mènera à Jarod, vous faites fausse route. » Il y avait une once de fierté dans la voix de Sydney. « Il l'aura sûrement anticipé.

- Bien sûr qu'il l'aura anticipé, mais cette simple écoute téléphonique n'est pas la façon avec laquelle Jack au Mono sourcil et moi allons le trouver. » Miss Parker se tourna vers lui. « N'est-ce pas, Jack ? »

Cornelius gloussa bêtement.

Chapitre 26

PSHHHHHSSSS ! En plein cœur de Harlem, la porte du bus s'ouvrit et Jarod, portant un sac de courses, descendit les trois marches jusqu'au bord du trottoir délabré. Puis il se retourna avec un sourire vers la conductrice du bus, une dame d'âge moyen d'origine afro-américaine : « J'adore cette nouvelle couleur, Coleesha. » La conductrice détacha une main du volant et agita ses ongles roses fluo qui pour Jarod faisaient penser à des serpents fuchsia sortant de la pointe de ses doigts. Puis elle le regarda d'un œil sérieux, comme une mère inquiète de déposer un enfant un peu simplet à l'école : « Sois prudent là-dehors, sucre d'orge ! »

Jarod mit la main dans son sac en papier brun et en ressortit une gaufrette à la vanille provenant d'une boîte qu'il venait d'acheter à l'instant, au Marché de Pathway. Il avait découvert cet endroit juste au milieu de l'allée où Chaz lui avait raconté toutes ces choses divertissantes de la vie.

Jarod prit une bouchée tout en traversant la rue où des prostituées en courtes tenues se réchauffaient les mains autour d'un feu de poubelle. Le délicieux et croustillant biscuit fit instantanément apparaître un sourire sur son visage et il sut tout de suite que son colocataire le rat l'adorerait également. Le sourire sur son visage s'effaça cependant rapidement, laissant place à de la déception lorsqu'il s'aperçut qu'il n'y avait que deux demoiselles de la nuit. Son ami transgenre, avec son énorme perruque blonde et flottante à la Beyoncé et son fard à paupières pailleté couleur argent appliqué à outrance, était introuvable.

Jarod continua jusqu'au bâtiment où se trouvait *son loft qui ressemblait plus à un entrepôt*. Alors qu'il prenait à gauche au coin de rue, la bruyante basse de Gangsta rap retentit à ses oreilles et changea juste au moment où la Cherry Red 640i de Thrill Cru le dépassait lentement—c'était encore T-Dope, assis à la place du mort et mimant un pistolet avec ses doigts. Lorsque leurs regards se croisèrent, il visa Jarod et prononça le mot « *Bang* ».

« Ne laisse pas ces enfoirés te niquer, 'Nilla boy. Ces salopes ont juste besoin d'une bonne leçon. » Jarod se retourna vers la voix mais ne réalisa pas immédiatement à qui elle appartenait. Il put cependant dire qu'elle provenait de la personne qui tenait une pancarte avec l'inscription « *VÉTÉRAN—ÉCHANGE TRAVAIL CONTRE NOURRITURE* ». Mais voyant que cette personne était habillée comme une femme ayant fait partie du corps d'armée de la seconde Guerre Mondiale—jupe kaki, manteau assorti, blouse et cravate, complétés par un bonnet d'officier, sur une coupe retro des années 1940 comparable à la coiffure 'Victory Rolls' des Andrew Sisters—il resta confus quant à la raison. Après une inspection plus poussée, il remarqua que cette Andrew Sister mesurait 1m80, pesait 104 kg et avait un accent portoricain créole.

« Chaz ?

- Hey, 'Nilla man, ça gaze ?

- Bien »

Jarod leva le biscuit en l'air : « J'ai suivi votre conseil et vous aviez raison, mais ils ne sont pas aussi bons que la crème glacée. La crème glacée c'est bon, très bon.

- Content de voir qu'au moins un de nous vit un rêve. »

Chaz montra sa pancarte à une voiture qui passait. Le chauffeur cria quelque chose de grossier et de déplacé. Jarod assimila tout cela : « Vous ne vendez plus de services sexuels ?

- On m'a obligé à me réorienter. Demetrius, mon mac, m'a jeté pour une pute plus jeune - il dit que le meilleur terrain appartient à la viande de premier choix. Tu vois c'que j'veux dire ?

- Oui, je vois, et j'en suis désolé.

- T'inquiète surtout pas. Chaz se portera bien. D'ailleurs, ces jambières kaki et ces chaussures WAC qui vont jusqu'aux chevilles, avec leurs huit œillets et leurs talons de cinq centimètres, sont bien plus agréables pour mes pattes. »

Jarod regarda sur sa pancarte. « C'est inscrit que vous êtes prête à travailler pour de la nourriture, mais seriez-vous prête à travailler pour de l'argent ?

- Pourquoi ? T'as un boulot à m'faire faire ?

- Oui, demain à midi. » Jarod sortit une grosse liasse de billets de cent.

Les yeux de Chaz s'écarquillèrent comme des soucoupes : « Qu'est-c' t'as fait gamin, t'as braqué une banque?

- Pas encore. » Jarod lui tendit l'argent : « Cela suffira-t-il ? »

Chaz approcha les billets de ses yeux, stupéfait par le montant qu'il tenait entre ses mains : « Cela couvrira quasi n'importe quoi, gamin. »

Chaz accepta le cash et commença à le compter, tout en demandant « Qu'est-ce' tu veux que j'te fasse ?

- Je veux que tu m'assassines. »

Chapitre 27

« UN SQUELETTE … », La jeune fille chétive aux yeux enfoncés fit une courte pause afin de réfléchir un peu plus longuement à la question, puis poursuivit, « … avec un crâne brisé ».

A l'ombre du laboratoire de Sydney, Dara, âgée de 5 ans, plus connue comme la fillette au tricycle, était assise dans une cellule d'isolement. Derrière elle, sur un écran qu'elle ne pouvait voir, étaient projetées des images variées. Avec sa robe en coton noir et ses cheveux lisses de la même couleur, Dara ressemblait à l'orpheline d'une sorcière de Salem. D'ailleurs, de nombreuses personnes au Centre étaient persuadées que c'est ce qu'elle était.

Se tenant debout à côté d'elle, Sydney regarda l'écran où la photographie d'un squelette humain à la boîte crânienne brisée, et couché dans une tombe peu profonde, était effectivement projetée.

« Trrrrrrrès bien, Dara. »

Sydney passa de l'image du squelette à l'image d'un petit tamia crépu. Ressentant intuitivement quelque chose de joyeux, un sourire commença à s'élargir sur le visage de Dara. Mais lorsque la porte du laboratoire derrière elle s'ouvrit—ce qui était également hors de son champ de vision—le sourire de Dara s'effaça, remplacé par une noirceur dérangeante. Elle pointa son doigt au-dessus de son épaule en regardant Sydney : « Je ne l'aime pas. »

Miss Parker passa sa tête dans l'embrasure de la porte, et fit un claquement de doigt à l'intention de Sydney afin de lui faire comprendre qu'il devait la rejoindre rapidement.

~~~

Quelques instants plus tard, Miss Parker tirait sur une Pall Mall, tout en remontant le corridor en flèche, flanquée de près par Sydney. « Nous avons un mouvement d'argent sur le compte de Jarod. Il est en train d'y accéder en ce moment-même. » Elle tourna ensuite au coin du couloir d'une manière brusque à l'image de son intensité : « Il panique, Syd, il commet des erreurs … il veut être attrapé. »

Sydney n'était pas du même avis : « En fait, c'est plutôt l'opposé. Il montre qu'il n'a pas peur et n'est pas angoissé à l'idée d'être attrapé. Il veut nous garder près de lui, il s'agit d'un jeu émotionnel.

- Eh bien ce sera un jeu auquel il perdra ! » Toujours suivie de près par Sydney, Miss Parker entra dans une salle informatisée, remplie de techniciens et de douzaines d'ordinateurs. Cette pièce faisait penser à la tour de contrôle du JPL lors de l'atterrissage sur Mars.

Debout, au milieu de tout cela, elle aperçut son homme : « Cornman, illuminez ma journée ! »

Miss Parker avança vers le maestro qui dirigeait son orchestre technologique. Cornelius ne tenait peut-être pas de baguette blanche, mais il avait en effet une expression d'enthousiasme et d'impatience sur le visage : le point d'exclamation poivre et sel qui lui servait de sourcil remuait au-dessus de son œil gauche.

« Les données satellites seront prêtes dans quinze tics après le tac. »

Dans une réflexion après coup planifiée, Cornelius prêta enfin attention au psy belge qu'il jugeait inférieur à lui : « Un excellent matin à vous, Doc-corico. »

Sydney échangea un regard désobligeant mutuel avec cet homme physiquement peu attirant et qui dès le premier jour avait déclenché un malaise en lui—et pas seulement à cause de son apparence. Syd avait analysé Cornelius et avait informé les Puissances au Pouvoir du profil psychologique de cet étrange narcissique, et ce, bien avant qu'il ne soit engagé.

Le rapport de Syd déclarait—entre autres—que Cornelius était un homme à l'égo fragile, en quête de sens afin de remplir le vide qu'il ressentait en lui. Enfant, il se serait déconnecté de lui-même et ne disposerait par conséquent d'aucun sens intérieur de "lui-même". Ceci aurait résulté dans le fait d'éprouver un besoin constant d'être approuvé par les autres afin d'être rappelé de sa propre existence. A cause de ce vide émotionnel énorme qu'il ressentait intérieurement, s'il était engagé, le Centre deviendrait alors un substitut.

Évidemment, avec ses qualités de hacker, il avait réussi à lire le rapport avant même que les Puissances au Pouvoir ne le lisent. Après quoi il décida que Syd était quelqu'un de qui il voudrait se venger—au moment venu.

Pour Cornelius, ce moment approchait rapidement, mais maintenant, il était temps de le caresser dans le sens du poil : « Jarod est ingénieux, mais pas à ce point. J'aimerais avoir les statistiques Mensa pour l'année de sa naissance. Je parie qu'il était dans le top 500. »

Cornelius fit un demi-tour sur lui-même et frôla du dos de sa main la haute queue de cheval blonde miel ainsi que les épaules exposées d'une petite technicienne à la fois mignonne et geek. Miss Parker et lui se référaient à elle avec condescendance en l'appelant par sa couleur de cheveux : *Blondie*. Elle blêmit à son toucher, à sa mauvaise haleine habituelle ainsi qu'à sa voix agaçante qui lui donna les instructions suivantes : « Blondie, donnez une aide visuelle à Syd afin qu'il comprenne où je veux en venir. »

Blondie, dont le véritable prénom était Daphné, remonta ses lunettes à strass en forme d'œil de chat à la Wicked Wendy, et ravala le vomi qui remontait dans sa gorge à chaque fois qu'il la touchait.

Sur le large écran plat qui dominait la pièce, elle fit apparaître un visuel du globe terrestre. Pendant ce temps, Cornelius s'empara du projecteur et commença ses explications : « Jay-rod est allé de banque en banque pour retirer de l'argent en utilisant des chevaux de Troie, des portes dérobées, des fantômes et quelque chose que j'appelle « échange d'identité de la vieille école », ce qui semble être approprié, compte tenu de ses talents de Caméléon. C'était cependant sans compter que moi aussi je peux faire des sim', alors je me suis mis dans son esprit et j'ai anticipé chacun de ses mouvements. »

Daphné pointa le visuel du doigt et dirigea l'attention de tout le monde vers un coin de l'écran plat où une fenêtre était apparue, montrant des images en temps réel de Jarod devant le distributeur d'une banque dans une ville paumée et poussiéreuse. « Il est à Santa Fe, Nouveau Mexique. »

Le sourire de Miss Parker était délicieux. « Qu'est-ce que j'vous avais dit Syd ? Ce sont toujours les plus intelligents qui font quelque chose de stupide. »

Elle regarda Daphné : « Appelez le hangar, dites à Vania de préparer le jet. »

Mais aussi vite que Miss Parker avait tourné les talons, Daphné intervint : « Attendez une minute, Miss Parker ... il est ... il n'est pas à Santa Fe. Il est à Rome. »

Miss Parker se retourna brusquement et regarda l'écran : « Rome ? »

Une autre fenêtre d'ordinateur apparut sur le grand écran. Elle montrait Jarod à un distributeur, la fontaine de Trevi en arrière-plan. Puis, une autre fenêtre s'ouvrit, et encore une autre. Une à Rio montrant le Mont du Pain de Sucre au-dessus de son épaule et l'autre à Bruxelles.

Sydney sourit fièrement tandis qu'il expliquait que la maison que l'on pouvait apercevoir de l'autre côté de la rue du distributeur était celle de son enfance, dans laquelle il avait grandi.

« Chicago, Manille, Barcelone ! » Impressionnée par son brio, Daphné ne put contenir les pensées qui lui traversèrent l'esprit : « Wow, il a brouillé le système de distribution du monde entier. Il pourrait être n'importe où ! ». Miss Parker tua l'enthousiasme de Daphné d'un seul regard noir qui effaça rapidement le sourire sur son visage.

Puis subitement, quelque chose prit le contrôle de toutes les fenêtres ouvertes sur l'écran ... quelque chose qui laissa tout le monde confus et déconcerté dans la pièce. Sur chacune des caméras des distributeurs, provenant du monde entier, une femme masquée portant un habit de religieuse entra dans le cadre et braqua une arme sur Jarod.

La peur dans les yeux, Jarod leva les mains et PAN ! PAN ! PAN !—il fut abattu, assassiné devant leurs yeux. La pièce devint silencieuse. Sydney devint blanc comme un linge. Jusqu'à ce que sur chaque image, Jarod se redresse, sorte deux panneaux manuscrits et les montre rapidement à la caméra : *« NE DÉTÉSTEZ-VOUS PAS LES VOLEURS QUI VOUS DÉROBENT VOTRE ARGENT ? »* La religieuse armée retira alors son masque, révélant ainsi qu'il s'agissait de Chaz, qui sourit et salua. Puis, Jarod montra une deuxième pancarte : *« ÇA VOUS DONNE ENVIE DE VOLER LE LEUR. »*

Miss Parker regarda l'écran, totalement irritée et pas du tout amusée. « Qu'est-ce que c'est censé signifier ? »

Soudain, une alarme retentit sur le moniteur d'un des ordinateurs. Ceci démarra une réaction en chaine incompréhensible : une alarme commença à sonner sur un autre moniteur d'une section différente de la pièce de contrôle, puis sur un autre et encore un autre, jusqu'à ce que chaque moniteur dans la pièce se joigne à cette chorale chaotique.

Tandis que les techniciens se précipitaient pour trouver un sens à tout cela, l'écran principal en face de la pièce vira au rouge.

Un rouge vif.

Les sourcils de Cornelius commencèrent à trembler de façon hystérique.

« Blondie, c'est quoi ce bordel, qu'est-ce qui se passe ? »

Daphné sonda son écran et haussa les épaules : « Je n'en ai pas la moindre idée ».

Sydney commença à faire le rapprochement : « Le rouge est la couleur préférée de Jarod. Il est en train de nous dire quelque chose ».

Les mots *« PROJET Z-17 SIMULATION DES MARCHANDISES SÉRIE 2522 »* ainsi que les symboles boursiers de chaque marché de transaction au monde apparurent soudainement sur tous les écrans d'ordinateur de la salle. L'ambiance se refroidit subitement. Quelque chose n'allait pas—n'allait pas du tout même. Daphné tapa frénétiquement sur le clavier, puis se tourna vers Miss Parker et Cornelius, la peur dans les yeux : « Mon accès a été bloqué. Nous avons été bloqué. »

Tandis que les cours mondiaux des matières premières commençaient à chuter passant abruptement du positif au négatif, la chenille qui servait de sourcil à Cornelius s'arrêta brusquement. « Oh … mon … Dieu. »

Miss Parker était à présent la seule personne, dans la pièce où la panique régnait, qui ne semblait pas savoir ce qui était en train de se produire—mais elle allait très certainement le découvrir. Elle frappa l'arrière de la tête moite de l'homme nerveux qui transpirait à travers son costume Tom Ford : « Nom de Dieu, Cornman, qu'est-ce qui se passe ?! »

Cornelius tira brusquement Daphné de sa chaise et prit les commandes du clavier.

« Parlez-moi ! » s'écria Miss Parker

« Un client particulier de votre père nous a engagés pour sécuriser le marché des matières premières de toute manipulation », bredouilla Cornelius en sautant de clavier en clavier, essayant désespérément d'arrêter l'avalanche imminente avant qu'elle ne les ensevelisse.

La suite vint alors de Sydney : « Jarod a passé quatre mois sur cette simulation et a trouvé le moyen de la mettre en œuvre », annonça-t-il fièrement. Puis il regarda l'homme imberbe qui était sur le point de chier dans son pantalon. « Ça c'était après avoir assuré aux PAP qu'il ne pouvait pas être manipulé, n'est-ce pas Cornelius ? »

C'était à présent au tour de Corn de blêmir. Face à une guerre perdue d'avance, son esprit faisait furieusement la course pour trouver un moyen de sauver la face. Le sentiment d'arriver à nouveau en troisième place le submergea—*à quel point ce Caméléon était-il intelligent ?!!!*

Tandis qu'il tapait, tapait et tapait inutilement sur le clavier essayant d'éviter l'inévitable, il grommela plus pour lui-même que pour quelqu'un d'autre : « Il doit y avoir une erreur … quelque part. »

« Oui. » confirma Sydney, « Et vous venez de la faire. »

Sydney se tourna vers une Miss Parker perplexe et lui expliqua : « Le Centre a décidé d'utiliser la technique de manipulation de Jarod pour doubler un investissement d'une journée. Nous parlons de cent millions de dollars. Jarod savait qu'aujourd'hui était le jour de la manipulation. C'est en train de se produire en ce moment-même. »

Cornelius se leva abasourdi, son sourcil couché horizontalement vers le bas, au-dessus de son œil confus : « Tout se passait comme prévu jusqu'à ce que nous soyons bloqués par « quelqu'un de la salle des marchés » qui a alors commencé à altérer la manipulation. » Corn abandonna sa bataille de clavier et se retrouva à essayer de ravaler un peu de vomi qui avait subitement trouvé le chemin vers le fond de sa gorge.

Alors qu'elle avait les yeux rivés sur l'écran principal, sur lequel le marché des matières premières était en train de s'écrouler, elle eut l'impression que le sol se dérobait sous ses pieds. Elle commença à se mettre dans un état de pré-colère : « Êtes-vous en train de me dire que ce *quelqu'un de la salle des marchés* a le contrôle des cent millions de dollars du Centre ? »

Daphné se rassit dans sa chaise, dégoûtée par la chaleur humide laissée par Cornelius, mais émerveillée par ce qu'elle voyait à présent sur son écran : « Oui, Miss Parker et peu importe qui est ce *quelqu'un,* » dit-elle d'un air complice, « il vient d'en voler chaque centime. »

« J'imagine que vous aviez raison, Miss Parker. », dit Syd, alors qu'il affichait un sourire en coin à l'égard de Corn. « Ce sont *bien* les personnes intelligentes qui commettent des erreurs stupides. »

« Mais regardez le bon côté des choses », intervint Daphné, « au moins nous savons dans quelle ville il est. »

Daphné accéda au réseau de caméras de surveillance « yeux dans le ciel » qui avait été secrètement installé partout dans NYC après le 11 Septembre. Elle se focalisa sur la bourse de New York, juste à temps pour voir Jarod en sortir. En temps réel, Jarod leva les yeux vers la caméra et fit un clin d'œil à Miss Parker, sûr qu'elle regardait.

Si Miss Parker savait réellement ce que Jarod était en train de préparer, elle serait la prochaine à pâlir.

Chapitre 28

LE RAT DE HARLEM de Jarod avait à présent un pseudonyme :
Oscar. Du moins, c'était de cette façon que son colocataire à deux pieds
avait pris l'habitude de l'appeler. A dire vrai, Oscar se fichait du nom que
Jarod lui donnait, tant qu'il continuait à lui donner des sucreries. Ces
derniers jours, les friandises s'étaient considérablement améliorées, passant
du céleri et chou frisé des débuts, aux actuelles gaufrettes Nilla et chocolat
au lait—avec occasionnellement une pointe de crème glacée. Aujourd'hui
avait été une des meilleures journées pour Oscar, qui émergeait d'une boîte
vide de gaufrettes Nilla qui traînait, sur la table près du fauteuil inclinable. Si
les rats pouvaient prétendre à un Thanksgiving, celui d'Oscar venait tout
juste de se passer en Octobre.

Ces dernières heures, avant qu'il ne monte à l'étage, Jarod s'était assis
dans le fauteuil, fixant la plaque plate et rectangulaire qui luisait—celle à la
peau rouge—juste en réfléchissant. Quand Jarod cogitait, cela rendait Oscar
heureux. Le rat avait appris au début de leur relation que son nouveau
colocataire était une créature d'habitudes et que lorsqu'il était assis dans le
fauteuil inclinable pour réfléchir, il y mangeait aussi. Et quand Jarod
mangeait, *il partageait*.

Oscar appréciait d'être le bénéficiaire de la largesse de Jarod, mais en
même temps, il avait aussi le sentiment d'être responsable de sa générosité
épicurienne. Dans son petit esprit, Oscar était convaincu que Jarod était
capable de lire les pensées gastronomiques qu'Oscar lui envoyait—comme
si son ami humain comprenait les mots qu'il prononçait par télépathie—en

langage-rat. Que l'humain le comprenne réellement importait peu au rongeur heureux, ce qui importait étaient les résultats : des résultats absolument rassasiants.

C'est ainsi que cela se produisit la première fois.

Jarod était en train de fixer la plaque plate et rectangulaire en « réfléchissant », lorsqu'il plongea distraitement la main dans la boîte de gaufrettes Nilla et en lança une dans sa bouche. Tandis que l'humain était en train de savourer le goût de cette gâterie délectable, le rat, qui s'était autoproclamé « rat le plus intelligent de Harlem », lui envoya un message par transmission de pensée : *« donne un biscuit à Oscar »*. A dire vrai, le rat ne savait pas ce qu'il pouvait attendre de sa tentative de communication entre espèces, mais voilà que juste après avoir envoyé le message, Jarod plongeait de nouveau la main dans la boîte pour lui tendre une gaufrette.

« Hallucinant ! » pensa Oscar.

Au début, Oscar avait effectivement des doutes quant au fait que ses pensées de rat soient entendues, et ses prières exaucées, et cela, par un humain ! Pendant que Jarod se versait un verre de chocolat au lait, Oscar décida donc de tester sa théorie une nouvelle fois et envoya une *suggestion* additionnelle à son colocataire.

Et son expérience fut très concluante. Son coloc' avait clairement été influencé par ce deuxième message télépathique parce que dès que son verre fut plein de lait au chocolat, il versa également un peu de ce délicieux liquide brun et velouté dans un plat pour le rat.

Oscar ne croyait pas aux coïncidences et certainement pas deux fois de suite. Quelques instants plus tard, sa théorie de rongeur venant d'être démontrée une nouvelle fois, Oscar courut trois fois en cercle vers la gauche comme il avait l'habitude de le faire quand il célébrait.

Oscar étira son corps de rat et laissa échapper un soupir. La vie du rongeur malin avait pris une tournure positive depuis que Jarod avait emménagé. Zut, si seulement il pouvait trouver un moyen d'implanter un message hypnotique pour que son animal domestique humain lui fasse découvrir les oursons en gélatine, le beurre de cacahuètes et le fromage, il serait le plus gros rat de Harlem. Et qui sait, peut-être même qu'il pourrait obtenir un peu d'attention féminine.

Oscar renifla l'air et regarda vers l'espace surélevé au-dessus de la cuisine, où Jarod s'était rendu après avoir fini sa réflexion et sa boîte de biscuits. Bien qu'Oscar aimât son nouveau colocataire à deux pattes, il restait toujours perplexe quant à l'espace caché derrière ces draps suspendus où l'homme aux biscuits se rendait pour faire tous *ces trucs bizarres.*

Et c'était à ce même endroit que Jarod était actuellement en train de refaire *ces trucs bizarres.*

Le rat de Harlem leva les yeux vers l'endroit où la lueur filtrait à travers l'énorme rideau de soie que Jarod avait monté dans le loft. Oscar descendit de la table, détala sur le plancher rugueux et ciré, puis monta les escaliers à grandes enjambées pour voir ce que ce fou d'homo sapiens était en train de fabriquer cette fois-ci. Mais lorsqu'il arriva au palier du loft, le petit rongeur s'arrêta. Sa queue se leva instinctivement au-dessus de son corps et fit deux mouvements rapides vers la droite tandis qu'il inclinait sa tête vers la gauche ; ce n'était pas uniquement à cause du drap luisant sur lequel étaient projetées des images d'humain depuis l'intérieur, mais également à cause du *son* qu'il entendait.

C'était un son dont Oscar se souvenait du temps où il était encore un bébé rat—sur la 125e rue : le *cliquetis-claque* des roues sur le métal, sur la ligne ferroviaire de Harlem.

Oscar se déplaça furtivement jusqu'au rideau de soie, puis passa en-dessous et entra finalement dans le laboratoire de sim' improvisé de son colocataire.

Là, il trouva Jarod en train de vivre son premier matin de Noël.

Chapitre 29

LE CAMÉLÉON était assis près d'un feu de cheminée à côté d'un noble sapin décoré d'ornements, de lumières scintillantes et de guirlandes de Noël brillantes. Il profitait du genre d'aurore que la plupart des gens vivent le 25 décembre. Non, Jarod ne venait pas de recréer une scène de *« La vie est belle »*, il n'aurait pas pu même s'il l'avait voulu, puisqu'il ignorait l'existence même de ce film. Jarod s'était plongé dans un genre de film différent—un genre que Cassandra Hearns avait filmé et publié sur Facebook il y a moins d'un an. Une vidéo que Jarod avait téléchargée sur son iPad rouge et projetée sur un des murs en plexiglas de sa pièce de sim' improvisée—un enclos que Jarod avait conçu pour reproduire, aussi bien que possible, l'espace d'apprentissage du dôme qu'il avait au Centre.

Le Caméléon s'était placé au centre de la famille Hearns, à une époque heureuse et innocente. Il voulait *ressentir* ce que cela faisait de faire partie d'une famille—de faire partie de n'importe quelle famille d'ailleurs.

Cassandra avait placé leur caméscope sur un trépied pour enregistrer ce moment avec ses deux hommes. Elle était assise sur le canapé, dans sa robe de chambre, en train de les regarder partager un moment très complice. Luke portait un pyjama sur lequel se trouvait un grand bonhomme vert musclé, mi-homme, mi-monstre, et dont Jarod apprendrait plus tard qu'il s'agissait d'un super-héros. Cependant, dans l'esprit de Luke, il n'y avait qu'un super-héros dans cette pièce et c'était son père.

Jarod s'émerveilla en voyant la joie sur le visage du petit Luke tandis que son père et lui étaient assis sous le sapin et jouaient avec son nouveau cadeau—un petit train qui roulait à toute vitesse sur les voies métalliques—*Cliquetis-Clac—Cliquetis-Clac.*

Ce n'était pas n'importe quel petit train, comme l'expliquait Roger Hearns à son fils, mais une réplique exacte d'un train à sustentation magnétique, le train du futur. Luke sourit à son père avec une fervente vénération. Il était allongé sur le ventre et regardait l'engin lisse et brillant—qui, de côté, ressemblait davantage à une fusée spatiale ou à un avion de chasse sans aile qu'à un train—tirer rapidement la longue suite de voitures autour du circuit. Roger plaça son pouce et son index sur la manette de contrôle d'accélération, puis regarda son fils avec un large sourire malicieux.

« A présent, place à la magie. » Roger poussa le bouton sur puissance maximale. Luke regarda attentivement le train aller de plus en plus vite, jusqu'à ce que le *Cliquetis-Clac* devienne silencieux et que les roues se soulèvent très légèrement des voies—de façon à ce que le Maglev *flotte au-dessus d'elles.*

Luke se tourna vers son père et le regarda avec un grand étonnement. « Il vole ! » Roger ébouriffa les cheveux de son fils tendrement. « Tout comme ton projet de science, petit. Un jour, tu feras aussi de la magie comme ça. » L'enthousiaste Luke sauta sur les genoux de son père et alors que le garçon prenait le contrôle de la manette du train, Roger se pencha en arrière contre le canapé, vers l'étreinte aimante de Cassandra.

Jarod fixa les yeux de ce couple, les yeux d'un mari et de son épouse partageant un moment de communion dans leur vie—dans leur vie de famille—d'une incroyable simplicité, mais également d'une grande intensité amoureuse.

Cependant, dans la vie, Jarod le savait trop bien, la joie était contrebalancée par la peine.

Oscar regarda le Caméléon se lever et se déplacer jusque de l'autre côté du cube afin d'être face à la paroi en plexiglas placée en parallèle, et sur laquelle était projetée une autre histoire.

Une présentatrice de journal local avec un peu trop de laque dans les cheveux traversait doucement le vieux pont de Tourne River. Avec la plus sincère des fausses sincérités que Jane O'Donnell avait pu rassembler elle dit alors : « Me voici en direct de la scène où une terrible tragédie a eu lieu. Où, en un battement de cils, la vie d'une famille a changé à jamais. » Elle soupira et marqua une pause aux bons endroits afin d'accentuer le côté dramatique : « Un père. Un fils. Une après-midi pluvieuse. ». La journaliste s'arrêta sur le pont, à l'endroit même où la voiture de Roger Hearns avait traversé la route vers la voie opposée pour finir sa course dans une rampe. « Une perte de contrôle … ». Elle fixa les eaux juste en-dessous et ajouta mélodramatiquement « qui se termine dans les eaux sombres et agitées en contrebas. »

Jarod n'était pas concentré sur la tête gonflée de la blonde peroxydée. Son attention était plutôt portée sur la rampe et sur les marques sérieusement incurvées que les pneus avaient laissées dans le béton, là où se tenait la journaliste. « Le conducteur de la voiture, Roger Hearns, 35 ans, a été repêché de la rivière par un passant avec seulement quelques blessures mineures. Cependant, toujours aucune trace de son fils âgé de 7 ans, qu'il était passé récupérer à l'école moins de 20 minutes plus tôt. »

Un porte-parole de la police extenué apparut à l'écran.

« Toutes les ceintures de sécurité de la voiture retrouvée étaient détachées. Par conséquent, père et fils ont tous deux pu s'extirper de la voiture. Nous avons des équipes de plongée qui sondent la rivière en ce moment. Vingt-cinq kilomètres de forts courants avant que la rivière ne se jette dans l'Hudson, et puis ce sera dans l'océan. Mais nous n'abandonnerons pas tant que nous n'avons pas retrouvé l'enfant. »

Jane O' réapparut face à la caméra : « Cependant, ce qui est arrivé au jeune Luke n'est pas le seul mystère dans cette affaire. »

Dans un autre extrait, un enquêteur de police indiquait « Les marques de dérapage, laissées par la voiture de M. Hearns lorsqu'il a perdu le contrôle, montrent qu'il conduisait à plus de cent quarante kilomètres par heure, soit bien au-dessus de la limitation de vitesse autorisée. »

Oscar détala sur le sol et sauta sur la table à côté de l'iPad rouge lorsque le reportage revint à Jane sur le pont. Elle était agenouillée au bord d'un trottoir en béton, près de la balustrade endommagée, le regard sombre, comme si elle avait compris quelque chose qu'aucun de ses téléspectateurs n'était assez intelligent pour résoudre par lui-même. « Bien au-dessus de la limitation de vitesse … sous la pluie. Pourquoi ? »

Le reportage se déplaça sur une prise de vue du père, légèrement bandé, terriblement bouleversé, sortant de l'hôpital avec sa femme

Cassandra, affligée, cramponnée à une photographie encadrée de son fils disparu. La confusion émotionnelle avec laquelle les deux parents se battaient était d'autant plus exacerbée par l'intrusion d'une large foule de personnes avec des caméras et des microphones qui les attendaient dehors. Durant cette scène, Jane raconta à son audience que « Roger Hearns, ce père qui a perdu le contrôle de la voiture familiale est un ingénieur qui, dans une ironie tragique, travaille actuellement dans le milieu de la sécurité des transports. »

Jarod resta immobile et fixa les yeux des parents de Luke lorsqu'ils firent face aux caméras et à la question idiote d'un des reporters de génie : « Comment vous sentez-vous actuellement ? »

Roger était trop angoissé pour parler, mais Cassandra répondit de la seule façon qui lui était possible : « Je veux juste savoir ce qui est arrivé à mon fils. »

Jarod attrapa son iPad et appuya sur le bouton « replay ». Il ramassa Oscar et le caressa pendant qu'il regardait la dernière partie de l'interview en boucle. *« Je veux juste savoir ce qui est arrivé à mon fils … ce qui est arrivé à mon fils … ce qui est arrivé à mon fils … »*

Avec la chaleur d'une autre vie entre ses mains douces et attentionnées … Jarod imagina l'épreuve douloureuse que la mère et le père de Luke étaient en train de traverser, sachant que leur fils leur avait été arraché. Cela résonnait en lui de multiples façons qu'il avait du mal à saisir.

Dès le moment où Jarod croisa pour la première fois la photo du petit garçon qui avait été enlevé à ses parents, et la peine qui en découlait dans leurs yeux, quelque chose avait commencé à bouillonner dans l'âme de Jarod. Dès cet instant, Jarod s'était instinctivement senti obligé de se plonger dans cette tragédie.

Jarod était résolu à trouver la vérité sur la peine que l'on pouvait lire dans les yeux des parents de Luke et à la soulager s'il le pouvait.

Mais cela allait s'avérer plus difficile que ce qu'il avait prévu. L'ironie du sort semblait s'acharner dans cette histoire. Un élément en particulier trottait dans sa tête, une question à laquelle il ne pouvait répondre dans cette pièce. Il savait que c'était quelque chose qu'il aurait besoin de simuler différemment.

Chapitre 30

VINGT-SEPT MINUTES PLUS TARD, Jarod était au coin de la 124e rue Est et de la FDR Drive à côté des Wagner Houses où il avait découvert que le repère des Thrill Cru Boyz était situé. Jarod jeta un coup d'œil à travers la fenêtre du rez-de-chaussée du projet de logement et put apercevoir les membres du gang ainsi que plusieurs jeunes femmes—en train d'enfreindre la loi.

Ils étaient en train de travailler avec de larges quantités d'une poudre blanche qu'il supposa être de la cocaïne, la mélangeant avec du bicarbonate de soude et faisant cuire le tout pour le transformer en petits cristaux de crack. Jarod se réjouissait de voir ça. Pas parce qu'ils étaient en train de fabriquer de la drogue, mais parce qu'ils étaient occupés avec une activité qui leur demanderait de rester concentrer … pendant que lui serait dehors de son côté, à enfreindre la loi.

Jarod s'éloigna furtivement de la fenêtre et fit dix pas en direction de la rue. Là, passant inaperçu auprès des quelques personnes qui étaient dehors à 3 heures du matin, il se glissa sur le siège d'une voiture stationnée. Il surveillait ce véhicule depuis plusieurs jours maintenant : c'était une BMW rouge cerise, de la même marque et du même modèle que la voiture dans laquelle Roger Hearns avait quitté le Tourne Bridge.

Jarod mit en contact les fils du démarreur et en quelques secondes le moteur gronda et s'anima dans un grognement rauque.

Jarod n'eut pas l'occasion de voir le regard abasourdi des membres du gang lorsqu'ils sortirent en courant du projet de lotissement, laissant toutes les preuves derrière eux, il n'avait pas de temps pour ça. Il avait besoin de la voiture pour faire quelque chose de spécial : une sim dans la vie réelle.

~~~

Dix-neuf minutes plus tard, alors qu'il quittait l'autoroute 3 en direction de l'ouest et s'engageait sur la New Jersey State Route 1947 en direction du nord, Jarod réfléchit à deux choses. Tout d'abord, même si c'était seulement la deuxième fois qu'il était au volant d'une voiture, il était content de voir à quel point il apprenait vite et avait le sentiment d'être devenu un bon conducteur. Il aimait la sensation de liberté que lui procurait la conduite, ainsi que le contrôle et le pouvoir d'autonomie. De manière générale, il s'agissait d'une sensation nouvelle, intensifiée par l'acte même de conduire. Lorsque Jarod rejoignit la 118 Est en direction de Tourne River, il décida à ce moment-là qu'un jour il se procurerait sa propre voiture et prendrait la route comme Johnny Boy Creed.

Mais en attendant, il avait quelque chose à faire—ce qui le mena à sa deuxième pensée, Jane O'Donnell, et à ce que la journaliste à la tête enflée avait dit en traversant le Tourne River Bridge—ce même pont qu'il venait de traverser en moins d'une minute—celui sur lequel Roger Hearns conduisait lorsqu'il perdit le contrôle de son véhicule. *« Bien au-dessus de la limitation de vitesse ... sous la pluie. Pourquoi ? »*

Jarod était d'avis que cette déclaration était précisément la seule chose, que la journaliste trop théâtrale avait présentée, qui valait la peine d'y consacrer une deuxième réflexion. Si Roger Hearns avait respecté la limitation de vitesse lorsqu'il avait perdu le contrôle, sa voiture n'aurait pas pu sauter le bord du trottoir en béton et percuter la glissière, les propulsant, lui et son enfant, dans l'eau un peu plus bas. Pourquoi, en effet, un père roulerait-il aussi vite dans des conditions pareilles avec son enfant dans la voiture ? Surtout un père dont le métier était en rapport avec la sécurité des transports.

Un demi-kilomètre plus loin, Jarod put voir le long virage à gauche que prenait la voie à deux files, à l'approche du vieux Tourne River Bridge. Ce long virage était en fait la raison pour laquelle il y existait un vieux pont, et un pont plus récent en aval. Le virage obstruait légèrement la vue du conducteur sur ce qui venait de la voie en sens inverse. Lorsque Jarod dépassa le panneau de limitation de vitesse de 70 km/h, il sentit instinctivement qu'il devait ralentir … *pour des raisons de sécurité*. Mais Roger Hearns n'avait pas ralenti, il avait dépassé les 140 km/h alors qu'il traversait le pont.

Jarod appuya sur l'accélérateur, propulsant la Beemer en conséquence. Lorsque le compteur de vitesse atteignit 130 km/h, Jarod remarqua le premier souci d'un problème en deux parties. Plus la vitesse de la voiture augmentait dans le virage à gauche, moins Jarod semblait avoir de contrôle sur la voiture. Alors qu'il s'approchait du pont, Jarod se battit vigoureusement pour garder la fusée rouge cerise « entre deux fossés », comme l'avait dit Johnny Boy Creed un jour—mais pendant que la voiture tournait à gauche, la force centrifuge poussait la BMW vers la droite.

Lorsqu'il atteignit 135 km/h, se rapprochant ainsi de l'endroit du pont où Roger Hearns avait déraillé, le deuxième souci de son problème en deux parties fut soudain mis en lumière dans l'esprit de Jarod.

Le Caméléon réalisa qu'avec la force centrifuge qui le poussait vers la droite il aurait fallu tourner le volant aussi violemment que possible vers la gauche et ce à un moment très précis pour qu'un accident pareil se produise avec une voiture d'un tel gabarit. En effet, elle s'était retrouvée sur la voie opposée juste avant de sauter par-dessus le trottoir en béton haut de 15 cm et d'exploser la rambarde.

Et c'est exactement ce que Jarod fit.

De toutes ses forces, il tira sur le volant d'un coup sec vers la gauche et la puissance partit vers la droite. Dans un crissement les pneus en caoutchouc essayèrent désespérément de se cramponner au sol pour une meilleure adhérence. La BMW *gronda* alors à travers la chaussée jusqu'à ce que *Bam !* Son châssis *explose*, laissant échapper des étincelles. La voiture se *fracassa* contre le bord du trottoir, l'avant se soulevant, envoyant ainsi le coupé percuter la toute nouvelle glissière avant de s'envoler dans la nuit.

En sachant que la gravité attire les objets vers le sol à une vitesse de 9,8 m/s2 et malgré la résistance de l'air, Jarod s'accrocha fermement au volant tout en calculant que cela lui prendrait 1.5811 secondes pour atteindre l'eau. Il eut raison sur le chronométrage de la chute à la milliseconde près. Néanmoins, la violence de l'impact dans la rivière fut beaucoup plus intense que ce qu'il avait anticipé. La température basse de l'eau fut également un choc pour son système ce qui ne fit qu'ajouter de la confusion et une peur immédiate que n'importe qui aurait éprouvé dans cette situation de collision. Une peur qui sans aucun doute avait été ressentie par les passagers de la voiture de Roger Hearns lors de cette après-midi fatidique.

Jarod avait estimé le temps qu'il avait fallu aux victimes pour se remettre du choc et défaire leurs ceintures. Arrivé à ce point, le Beemer était complètement submergé par les eaux troubles. Afin de revivre ce que les passagers avaient ressenti, Jarod resta assis dans son siège jusqu'à ce que la voiture touche le sol et tournoie sur elle-même. Ce n'est qu'à ce moment-là qu'il se libéra de sa ceinture et s'extirpa de la voiture.

Alors que Jarod nageait vers la surface, il eut l'impression que ses poumons étaient en feu et qu'ils allaient exploser, jusqu'à ce qu'il parvienne finalement à prendre une bouffée d'air frais.

Mais il n'était pas au bout de ses peines.

Le courant à la surface était plus rapide qu'il n'y paraissait et Jarod fut rapidement emporté. Incapable de nager vers le rivage, il se trouva à la merci de la rivière. Mais Jarod découvrit rapidement à quel point la Tourne était impitoyable lorsqu'en cours de route il heurta la première des trente-cinq obstructions immergées qu'il n'avait pu voir ni anticiper. *Des souches d'arbre ? Des blocs de roche ? Des voitures immergées ?* Il n'en était pas sûr. Cependant, les obstacles massifs contre lesquels il se cognait n'avaient fait que surprendre le Caméléon. Il savait qu'ils auraient facilement assommé un petit garçon de dix ans … ou bien, bien pire.

Pendant que Jarod était aspiré en aval, il pensa à la peur et à la terreur que Roger Hearns avait dû ressentir. La peur de ne pas savoir où se trouvait son garçon … et la terreur de se demander s'il le reverrait vivant un jour.

Il pensa également à autre chose.

Il y avait quelque chose au sujet de cet « accident » qui n'avait aucun sens pour Jarod. Quelque chose qu'il avait ressenti pendant qu'il conduisait la 640i et qui défiait toute logique : pendant le long virage à gauche, alors qu'il s'approchait du pont et que sa voiture partait vers la droite, il avait dû faire un geste peu naturel pour recréer cet « accident ». Il avait dû user de toute sa force pour tirer le volant d'un coup sec vers la gauche, pour que la voiture percute la balustrade, et qu'elle s'envole ainsi dans la rivière.

Dans sa tête, personne n'aurait pu se référer à cette action comme à « un accident », tel que Roger Hearns l'avait présenté. Mais c'est ce qu'il avait dit à la police lorsqu'il avait été retrouvé abattu et abasourdi sur la berge en bas de la rivière. Pourquoi mentirait-il ? Avait-il bu ? Aucune trace d'alcool n'avait été retrouvée dans son organisme, mais son sang avait été testé plusieurs heures plus tard, alors les traces auraient pu avoir disparu. Avait-il tout simplement perdu le contrôle ? Avait-il perdu connaissance ?

Alors qu'il flottait avec le courant, Jarod savait que peu importait la cause, la conséquence de l'accident était qu'une famille avait été brisée, un jeune garçon avait disparu et une mère restait avec une question sans réponse. *« Je veux juste savoir ce qui est arrivé à mon fils. »*

Jarod était déterminé à trouver une réponse à cette question.

Chapitre 31

« JAROD, JE NE SAIS PAS ce que tu prépares, mais je sais que tu n'es pas médecin ! »

« Bien sûr que je le suis, Sydney, à vrai dire, je dois partir en chirurgie maintenant. » La voix de Jarod faisait écho dans la pièce.

M. Candycorn était à présent seul dans la salle technique à l'exception de Daphné. Il avait besoin de quelqu'un à qui donner des ordres, de quelqu'un sur qui mettre la faute pour son échec monumental. Un de ces idiots ratés de techniciens, un des singes qui travaillait au service de traitement des données avait foiré quelque chose. Cet imbécile avait ruiné *ses* débuts et il n'allait laisser personne d'autre bousiller davantage son rêve parfaitement planifié. La nana coincée, à la garde-robe guindée remplie de vêtements de magasins d'usine et à la haute queue de cheval blond miel, était assise assidûment à son poste d'ordinateur. Elle était le parfait défouloir pour sa colère.

« Encore, Blondie. »

Alors qu'elle repositionnait l'enregistrement digital d'un appel tracé entre Jarod et Sydney et le repassait, Cornelius pensa qu'il ne s'était senti aussi humilié qu'une seule fois auparavant—bien qu'il ne l'ait pas ouvertement montré à l'époque et refusait de le montrer à présent. Personne ne devait savoir qu'il doutait de lui-même, surtout pas la voix à l'arrière de sa tête qui l'avait tourmenté toute sa vie.

La dernière fois qu'il s'était senti aussi humilié était lorsque celui qui était arrivé second au « Mensa Derby QI '87 » l'avait vaincu à un jeu d'aventure virtuelle en ligne immersif de 6 mois, appelé *Snap Dragon*, qu'il avait lui-même créé. Cornelius, qui surveillait les filles canons de manière excessive, s'habillait avec des costumes en peau de requin. L'avatar de son alter-ego, « héros de film d'action », s'était fait ridiculiser en devenant le numéro deux derrière l'ennuyeux avatar du « gamin détective » qui avait résolu un mystère digne du Dahlia Noir, en sauvant la nymphe tatouée. L'angoisse de tout cela n'en finissait pas de l'agacer.

Mais le jour où le jeu prit fin, *Can'o'Corn* ne se sentit pas très bien—le gonflement sous son aisselle droite avait recommencé, et cela avait toujours eu le don de le distraire. Ouais—voilà ce qu'il avait été ce jour-là—*distrait*—distrait par quelque chose qu'il ne pouvait contrôler—il s'était convaincu lui-même que c'était ce qui s'était passé dans la salle technique un peu plus tôt. Quelqu'un avait foiré—un des incapables qui s'occupaient d'un des moniteurs avait commis une erreur. Il finirait par découvrir qui et ordonnerait sommairement qu'il soit exterminé ... Enfin ... Pas en l'exécutant—il n'avait pas cette autorisation au Centre ... pas encore. Mais viré, mis à la porte, sur le cul, pour avoir failli à ses engagements envers lui. Mais la vérité peut être agaçante, surtout pour une personne qui se ment à elle-même comme Corn. En effet, ce dernier allait bientôt découvrir que ce n'était la faute de personne si ce n'était la sienne et celle de Jarod.

Il essaierait d'expliquer aux PAP ce que Jarod avait fait, mais la probabilité qu'il réussisse à condenser dans des termes assez simplistes, afin que les personnes aux minuscules intellects qui géraient cet endroit le comprennent, était mince. En gros, Jarod l'avait entubé au niveau de la manipulation en utilisant un simple mais ingénieux programme logarithmique type « nouvelle école », lui permettant ainsi d'avoir une longueur d'avance dans ce qui était de toute façon un jeu truqué.

Touché, Jarod. Astucieux, mon gars. Je te tire mon chapeau et fais frétiller mon sourcil en ton honneur.

Mais *Alpha-Corn* était également ingénieux. Il décida alors d'utiliser la méthode « vieille école » dans le but de gagner une longueur d'avance sur le Caméléon humain. C'est la raison pour laquelle il était en train de se repasser minutieusement l'enregistrement digital de l'appel entre Jarod et cet imbécile de Sydney.

Cornucopia utilisait un améliorateur audio infrarouge de type médico-légal qu'il avait perfectionné lui-même. Un système qui changeait le son en ondes légères, ce qui lui permettait d'éplucher chaque bourdonnement, écho, vibration et fréquence, une couche à la fois. C'était la même méthode qu'il comptait utiliser sur toutes les beautés qu'il allait bientôt séduire dans les bars de Blue Cove, et ce dans l'espoir d'accéder à l'essence pure qui se trouve en dessous de ces filles.

Des détails que d'autres ne prendraient pas en compte.

Des détails qui lui assureraient la capture de Jarod et le retour des cent mil'—moins une part pour lui-même—et qui le mettraient sur la liste pour remporter un prix bien plus grand que la séductrice tatouée de Snap Dragon. Le prix auquel il pensait était l'attention de la princesse de ce nouveau jeu dans lequel il était un Avatar humain. La femme qui hantait ses rêves. Et il n'était pas en train de penser à la salope blonde à queue de cheval dans la chaise en face de lui, qui n'était même pas capable de lui donner l'heure, aussi gentil qu'il eut été avec elle … mais à la femme ultime. La sensuelle Maîtresse, homonyme de l'endroit où le jeu lui-même était joué. Un endroit appelé Le Centre et un prix appelé Miss P.

« Encore, Blondie. »

Avec un dégoût dissimulé, Daphné regarda par-dessus ses lunettes le maniaque fou qui lui aboyait des ordres, puis exécuta la lecture de l'audio … ce qui relança également ses reflux gastriques …

Dire que Cornelius lui foutait les jetons était le plus grand euphémisme de tous les temps. Ses coups d'œil lascifs avec ses yeux aux cils inexistants qui la déshabillaient et peignaient mentalement son corps nu, la révoltaient. La façon dont sa narine droite s'évasait et sifflait lorsqu'il était excité lui donnait littéralement la nausée. Mais la chose qu'elle détestait le plus était sa tendance à toujours trouver sa peau exposée et à la toucher du bout de ses doigts moites.

Même les jours où elle mettait des cols roulés, une longue jupe et des bottes hautes en guise d'armure protectrice, il trouvait le moyen d'effleurer l'arrière de son genou avec sa main recouverte de psoriasis. Puis, il lâchait ce petit grognement bien à lui lorsque la connexion sexuelle se faisait dans son cerveau, et elle sentait alors son estomac se retourner.

Une fois, après une rencontre condescendante avec son harceleur, lors de laquelle il parcourut de ses doigts ses omoplates pleines de taches de rousseur (un jour où elle avait par mégarde mis une robe d'été) et lui ordonna de retourner au mixeur pour refaire son smoothie spécial « qu'elle avait foiré les trois premières fois de façon magistrale », Daphné rajouta un ingrédient secret à la préparation de couleur ocre par lequel il jurait : une énorme poignée de laxatifs qui l'avait gardé collé à la porcelaine, hors du Centre et plus important encore, loin de tout bout de peau exposé, et cela durant plus d'une semaine. Cela la faisait encore sourire lorsqu'elle repensait à l'instant où ses yeux étaient passés de « con dictatorial » à—littéralement « oh merde » … comme si quelque chose de mal allait arriver dans son pantalon en lin Caraceni.

Elle était en train de penser à le refaire lorsque sa voix glaireuse répéta pour la énième fois, « Encore, Blondie. »

Pendant qu'elle rêvait de lui verser de l'acide borique dans la gorge, elle repassa l'enregistrement de l'appel téléphonique pour la énième fois.

Tout le monde pensait qu'elle était plutôt ennuyeuse. Une personne faible. Au travail, elle était la gentille fille, fana d'informatique, vers qui tout le monde pouvait se tourner pour que le travail soit fait. Tout comme cela avait été le cas à la maison, où elle avait grandi avec quatre frères, faisant leurs devoirs et leurs corvées. Née et élevée avec une piètre estime de soi, elle avait toujours fait n'importe quoi pour rendre les choses les plus paisibles possibles au sein du foyer traditionnel de la famille nucléaire qui était la sienne.

Ils ne se doutaient pas qu'après le travail, la sage petite geek ressentait le besoin de fréquenter des clubs et de draguer des mecs qui ne savaient pas qui elle était, d'où elle venait ou ce qu'elle faisait. Des amants avec qui elle pouvait être elle-même, ou une version d'elle-même dans laquelle elle pouvait se glisser et en sortir aussi facilement qu'elle se glissait dans leurs lits et hors de leurs lits.

Personne ne soupçonnait cette face de sa personnalité, encore moins ce fou génétique qui gérait son département.

Oui, Corn lui foutait les jetons, non seulement parce qu'il était répugnant, mais également parce qu'elle était amoureuse de quelqu'un d'autre au Centre—quelqu'un qui ne connaissait même pas son nom—la seule autre personne qui l'appelait Blondie.

Daphné fut tirée de ses pensées lorsque finalement elle entendit Cornelius hurler : « J'ai dit stop ! »

Elle arrêta l'enregistrement audio.

Le troll lui ordonna plus calmement : « Maintenant, revenez trois secondes en arrière. »

Elle revint exactement trois secondes en arrière et pendant qu'elle le faisait, elle demanda : « A part le fait que ce soit vraiment bizarre, que cela signifie quand Jarod dit « Les crèmes glacées c'est délicieux » ? »

« Ce n'est pas ce *qu'il* dit, mais ce que *quelqu'un d'autre* dit juste après », la corrigea-t-il.

Elle rejoua l'audio de Jarod et écouta.

« A vrai dire, les crèmes glacées c'est délicieux ! »

Daphné s'efforça d'entendre ce que Corn avait entendu et finalement comprit. Faiblement, en fond sonore, il y avait un type de son que Corn présentait comme étant « Un système de sonorisation d'un certain genre. Enlevez le superflu et améliorez-en la qualité. Cela nous dira où est le Caméléon. »

Et ça, se dit-il l'eau à la bouche, *c'est ce qui fera que mes rêves deviendront réalité.*

Chapitre 32

LORSQUE LA SONNETTE retentit, la femme dans le bâtiment colonial à deux étages voulut ignorer l'intrusion. Mais elle ne le fit pas. Elle ne le pouvait pas. Chaque coup de sonnette était un rappel de la prière que Cassandra Hearns avait faite : que son fils revienne un jour sur ce même perron. Elle ouvrirait la porte, et il serait là, en train de sourire, et l'étreindrait comme s'il ne voulait plus la lâcher. Malgré l'anxiété qu'elle représentait, la sonnette ne pouvait jamais être ignorée—elle amenait avec son carillon la plus grande peine possible, mais également la plus grande joie possible.

Ces deux émotions pouvaient se lire sur son visage lorsqu'elle ouvrit la porte et trouva un homme au style conservateur, portant un manteau de sport en laine grise tout droit sorti de la penderie de Sears. Cette veste lui donnait un look de cadre moyen, dans ce cas précis, celui d'un enquêteur de police. Il montra son insigne. « Cassandra Hearns ? »

Ses lèvres se mirent à trembler lorsqu'elle demanda : « Avez-vous ... trouvé mon bébé ? »

« Madame, mon nom est Jarod Coto, je suis enquêteur au sein du département de Police du Comté de Boone, à environ cinquante kilomètres plus au sud, et je tiens à ce que vous sachiez que je ne viens pas avec des nouvelles de votre fils ... qu'elles soient bonnes ou mauvaises. » Jarod leva une copie de l'avis de recherche qui montrait une photo de Luke avec au-dessus les mots *AVEZ-VOUS VU CET ENFANT*, imprimé en gras.

« Mais ceci est arrivé sur mon bureau et j'aurais aimé vous venir en aide si je le peux. »

Cassandra Hearns avait envoyé cet avis de recherche à tous les hôpitaux, commissariats de police, brigades de sapeurs-pompiers, bureaux de services sociaux, églises, foyers pour sans-abris, organes de presse et toute autre institution à l'est de Seaboard auxquelles elle avait pu penser ; à toute personne vers qui un enfant disparu pourrait se tourner, s'il avait survécu.

Jarod sentit qu'elle commençait à se détendre, lui permettant de prêter attention au visage de Jarod pour la première fois. Ses yeux émanaient la confiance et son sourire la faisait se sentir en sécurité.

« Voir des inconnus qui se présentent à votre porte ces derniers jours doit être perturbant.

- Insupportable. » Elle prit l'avis de Jarod et fit un pas en arrière. « Je vous en prie, entrez. »

Alors que Cassandra menait Jarod au salon, il réalisa qu'il avait déjà été dans cette pièce auparavant … du moins virtuellement. C'était la même pièce que celle dans laquelle la vidéo de Noël—celle que Jarod avait étudiée—avait été tournée.

Cassandra se tenait près de la cheminée, où les flammes rugissantes d'antan avaient laissé place à des cendres froides. Elle regarda le portrait au-dessus de la tablette de la cheminée : son fils était assis sur ses genoux, son mari se tenait debout derrière eux … une famille souriante, typiquement américaine. « Nous avons quitté la ville afin d'élever Luke dans un endroit où il serait en sécurité. » Cassandra leva les yeux de l'avis de recherche et regarda Jarod. « Je sais qu'envoyer ceci n'était qu'une bouteille à la mer … enfin, asseyez-vous. »

Elle s'assit sur le canapé et commença à parcourir un classeur posé sur la table basse contenant des coupures de presse. « En 2004, lorsqu'un tsunami dévasta Sumatra, une petite Indonésienne de huit ans fut emportée par les eaux déchaînées. Ses parents ne cessèrent de la chercher, mais finirent par accepter sa mort. » Elle posa doucement ses doigts sur le visage délicat de la fillette ; ses yeux se remplirent de larmes. Pas de larmes de tristesse, mais de joie.

« Mais elle n'était pas morte. La petite fille avait été emportée à plusieurs kilomètres. Désorientée et affamée, elle ne se souvenait ni de son prénom, ni de celui de ses parents. Recueillie par des étrangers, elle a vécu la vie d'un autre enfant durant les sept années suivantes … tout en continuant à se demander qui elle était *réellement*. A l'âge de quinze ans, elle se souvint du nom de son village et y retourna à la recherche de sa famille. »

Cassandra croisa le regard de Jarod. « Luke a besoin de savoir que nous n'avons pas abandonné. »

Jarod toucha sa main de manière réconfortante : « Nous ne devons jamais perdre espoir en ce qui concerne les personnes que nous aimons … jamais. S'il est toujours là-dehors, je sais qu'il n'a pas abandonné non plus. »

Au son abrupt de l'ouverture de la porte arrière, Jarod sentit Cassandra tressaillir. Ses émotions passèrent de tristesse optimiste à anxiété nerveuse.

« Il y a un problème ?

- Non … c'est … mon mari. » Inquiète, Cassandra se leva et regarda à travers l'embrasure de la porte dans la cuisine. Jarod ne mit pas longtemps à comprendre pourquoi.

En moins de quatre secondes, Jarod entendit Roger Hearns ouvrir la porte de l'armoire à spiritueux, prendre une bouteille, ouvrir le congélateur et crier : « Où sont ces fichus glaçons ?! »

Cassandra eut un mouvement de recul : « Je suis désolée, chéri, la machine à glaçons est cassée. Le réparateur passera demain à la première heure. »

« Putain, et je suis supposé faire quoi ce soir, nom de dieu ? » Roger Hearns claqua la porte du congélateur et explosa de colère tout en se dirigeant vers le salon. Choqué de voir Jarod, il s'arrêta net. Le Caméléon était tout aussi choqué. Roger n'était pas rasé, son corps émacié, ses sourcils profondément froncés et le blanc de ses yeux n'était qu'une sanglante carte routière de désespoir. Le père de Luke n'était plus l'homme débordant de vie que Jarod avait vu dans la vidéo de Noël, mais un homme dévasté par la perte. Roger lança un regard à Jarod puis à sa femme et aboya : « Je t'avais dit de ne pas laisser rentrer un autre de ces foutus journalistes dans notre maison ! Espèces de vautours, pourquoi ne nous laissez-vous pas en paix, nom de dieu ?! »

Cassandra eut un mouvement de recul.

« Je ne suis pas journaliste. » Jarod montra calmement son insigne. « Je suis en train d'essayer de vous aider à retrouver votre fils. »

Huit semaines d'auto-torture remontèrent à l'intérieur de Roger Hearns. C'était un homme qui faisait tout pour ne pas voler en éclats. Puis, il regarda vers le sol et dit doucement à Jarod :

« La police ne peut rien pour nous non plus. »

Avant que Jarod ne puisse répondre, le téléphone portable dans la poche de Roger se mit à sonner. Il jeta un coup d'œil rapide à sa montre et déglutit péniblement. Il sortit le téléphone et fixa l'écran. « Je dois prendre cet appel. » Jetant un regard honteux à sa femme, Roger retourna vers la cuisine, le téléphone continuant de sonner dans la main. Debout, Cassandra resta figée alors qu'elle regardait Roger empoigner la bouteille de Scotch et se diriger vers les abords de la piscine. Elle dit, plus pour elle-même qu'à Jarod : « Chaque jour à la même heure, il fait la même chose. Mais je peux parler … »

Jarod savait ce que Cassandra faisait chaque jour à la même heure. Néanmoins, il ne pouvait expliquer le comportement autodestructeur de son mari mais se jura à cet instant qu'il essayerait. Jarod formula calmement « Si ce n'est pas le bon moment … »

Émotionnellement exténuée, Cassie essaya de forcer un sourire, mais en vain. « Inspecteur, il n'y a plus de bons moments. »

Jarod saisit sa peine … dont la profondeur semblait sans fond. Il savait qu'il y avait des moments où la chose à faire était de dire quelque chose de réconfortant et d'autres où la meilleure façon d'exprimer son empathie était par le silence. C'était l'un de ces moments.

Cassandra regarda dehors à travers les portes-fenêtres, observant son mari, assis sur la chaise longue au bord de la piscine. Il se disputait au téléphone jusqu'à ce qu'on lui raccroche au nez, du moins c'est ce qui avait eu l'air de se passer. Il regarda dans le vide et commença à soigner sa propre souffrance avec l'alcool. « Depuis l'accident, il vit pratiquement comme un reclus. Le seul endroit où il se rend, c'est à son travail, puis il revient. Je n'arrive que difficilement à lui soutirer plus de cinq mots. De plusieurs façons, il est tout aussi perdu à mes yeux que Luke. »

« Aujourd'hui, je suis venu pour en apprendre davantage sur Luke. Y'a-t-il quoique ce soit que vous pouvez me dire à son sujet, sur ce qu'il aime et ce qu'il n'aime pas ? Même les choses les plus simples pourraient aider, dans le cas où comme la petite Indonésienne, votre fils serait retrouvé et ne se souviendrait plus de qui il est. »

La mention du prénom de Luke dans un contexte optimiste fit revenir une étincelle dans les yeux de Cassandra. « Souhaiteriez-vous voir sa chambre ? »

Jarod sourit … intérieurement.

La chambre de Luke était exactement ce qu'il voulait voir.

C'était exactement là où il voulait aller.

C'était la raison pour laquelle il était venu.

Il y avait des choses dans la chambre de Luke auxquelles Jarod s'attendait, mais il recherchait également quelque chose de *spécial*.

Chapitre 33

AU MOMENT OÙ JAROD ENTRA dans la chambre de Luke, il fut submergé par des émotions qu'il n'avait pas anticipées. C'était principalement de la joie, mais teintée de tristesse. Le Caméléon avait passé sa vie à imaginer ce à quoi la chambre d'un petit garçon ressemblait en vrai et celle-ci avait tout ce dont un petit garçon pouvait rêver ... tout ce qu'on lui avait refusé lorsqu'il était lui-même enfant.

C'était un trésor renfermant tous les souvenirs d'enfance d'un garçonnet et partout où il regardait se trouvait quelque chose de ... *merveilleux.*

Sur le dessus-de-lit, il y avait le dessin d'un robot volant au corps bordeaux et au visage d'or. D'apparence humaine, il avait un triangle lumineux sur son armure au niveau de sa poitrine, juste au-dessus du cœur ... *merveilleux.*

Deux autres adorables personnages pendaient des pales tournoyantes du ventilateur de plafond. Le premier était un astronaute (il découvrirait plus tard qu'il s'appelait Buzz L'Éclair), qui faisait un large sourire sous son casque en demi-dôme tout en poursuivant inlassablement le second, son ami, une poupée longiligne au chapeau de cow-boy et au gilet en cuir de vachette. *Merveilleux.*

Au pied du lit, il y avait un meuble de télévision à usage multiple, rempli de jeux vidéo et d'accessoires : trois consoles, quatre manettes, deux guitares de jeu et des douzaines de jeux vidéo, DVD/Blu-ray. *Merveilleux.*

Jarod dut faire un tour sur lui-même pour tout assimiler. Il ne pouvait qu'imaginer la joie sans fin que le jeune garçon qui avait grandi dans cette chambre avait dû ressentir. Il y avait des battes et des balles. Il y avait des monstres et des masques, des sabres lasers, des posters de films, des trophées et des livres, des jeux et des bandes dessinées—et des jouets, des jouets, des jouets et encore des jouets !

Partout où il regardait … il y avait quelque chose de … *merveilleux !*

Mais il y avait un objet très spécial qui attira davantage l'attention de Jarod, un objet qui entourait la pièce entière, qui tournait et s'enroulait sur lui-même à l'infini. Il s'agissait du train électrique miniature que Luke avait reçu dans la vidéo de Noël.

A la grande surprise de Cassandra, le Détective Coto, pris d'une joie soudaine, se mit à quatre pattes pour un face à face intime et exubérant avec le train. Ayant construit un modèle réduit de tout Manhattan, Jarod était impressionné par le réalisme de ce panorama campagnard. Il imaginait l'excitation que Luke avait dû ressentir lorsqu'il l'avait construit et l'incroyable plaisir qu'il avait dû prendre à jouer avec. Jarod se retourna et leva les yeux, pour croiser ceux de Cassandra. Il pointa le doigt en direction des manettes de contrôle : « Puis-je ? »

C'était la première fois depuis longtemps que quelque chose de joyeux arrivait dans cette pièce. Voilà comment Cassandra sentit un sourire émerger à travers sa peine. Elle acquiesça : « Ce serait bien de l'entendre à nouveau. » Jarod s'empara des manettes et était sur le point d'allumer le train, mais s'arrêta pour observer Cassandra s'avancer vers le mur un peu plus loin, où deux bibliothèques encastrées étaient séparées par une fenêtre avec une banquette.

Sur l'étagère de droite, celle qui débordait de trophées de sport, elle prit un vieux nounours en loques qui, il fut un temps, avait été le préféré de son fils. Pendant qu'elle le contemplait de façon méditative, Jarod eut le sentiment qu'elle venait probablement ici et le tenait de cette façon lorsqu'elle ressentait le besoin d'avoir quelque chose qui avait appartenu à son fils entre les mains.

Lorsqu'elle s'assit sur la banquette près de la fenêtre, Jarod appuya sur le bouton *marche* de l'interrupteur électrique—puis poussa la manette vers l'avant. L'engin Maglev luisant démarra doucement, *cliquetis-clac, cliquetis-clac,* puis commença à prendre de la vitesse alors que son bruit soufflait autour du circuit. Jarod le suivit des yeux pendant qu'il serpentait au milieu des grosses pierres, une zone de conifères, puis à travers un pont suspendu. Lorsqu'il tourna, Jarod se mit sur le ventre, comme il s'imaginait que Luke avait dû le faire, afin d'observer le train disparaître sous le lit pour réapparaître de l'autre côté à travers un champ de maïs et une ferme avec une grande étable rouge et des animaux.

Jarod se remit debout, radieux. « Luke doit adorer ce truc. »

Pour la deuxième fois en quelques minutes, Cassandra fut prise de court par cet homme. « Son père et lui avaient l'habitude de passer des heures ici avec ça, juste entre hommes. » Cassandra fixa Roger du regard à travers la fenêtre. « Mon mari adorait son fils et Luke adorait son père. J'imagine que cela doit être comme ça pour tous les pères et fils. »

Cassandra regarda vers Jarod, comme pour mesurer le degré d'adoration qu'il avait pour son père. Son regard pinça le cœur du Caméléon.

Il ne se souvenait pas de grand-chose de son enfance avant le Centre … ses souvenirs s'éloignaient et s'évanouissaient. Quelque part dans les recoins de son esprit, il se rappelait que les cheveux de sa mère étaient roux et qu'elle et son père avaient l'habitude de lui chanter une comptine absurde sur une oie aux pieds nus, mais pas grand-chose de plus. Même s'il n'avait pas d'autres souvenirs, il y avait une chose dont Jarod était certain « Nous aimons tous nos pères … et nos mères. »

Alors que le train continuait de faire le tour de la chambre de Luke, Jarod se tenait debout et cherchait des yeux ce quelque chose de spécial qu'il était venu chercher. Sur le côté gauche de la chambre de Luke, Jarod remarqua le bureau du garçon et posa une question à laquelle il détenait déjà la réponse : « Est-ce que Luke était bon élève ? »

Cassandra sourit pendant qu'elle frottait son doigt doucement sur l'ours, se souvenant à quel point Luke était brillant : « Que des A … surtout en sciences et en mathématiques, tout comme son père ». Cassandra regarda par la fenêtre, en bas vers la piscine où Roger était en train de se servir un autre verre de Scotch.

Jarod traversa la pièce afin de jeter un coup d'œil aux objets sur les étagères entre lesquelles elle était assise. Jarod s'était déjà familiarisé avec les objets de la bibliothèque de gauche. Ils étaient la raison pour laquelle il avait su à quel point Luke était intelligent avant même de poser la question. Les étagères étaient pleines d'appareils électriques rudimentaires et de projets scientifiques que Luke avait faits avec son père. Jarod les avait reconnus immédiatement. Ils ressemblaient aux objets qu'il avait recréés dans ses quartiers de la centrale éolienne au large de la côte.

Les appareils électriques de Nikola Tesla.

Sur l'étagère du dessus, il y avait la crème de la crème … un petit orbe métallique brillant qui, injecté avec de l'électricité, jette des éclairs vers une colonne métallique qui se situe à côté … une version miniature du transmetteur amplificateur. A côté, il y avait une coupure de presse encadrée, ainsi qu'une photo de Luke, souriant fièrement devant cet objet fait-maison, et tenant un ruban lui décernant le premier prix à la foire scientifique de l'école primaire Bissonet Plaza.

Près de cela, se trouvait un jeu de magnets pour enfant, identique à celui que Jarod avait laissé derrière lui pour Sydney dans le coffre à jouets.

Jarod avait toujours été fasciné par les projets scientifiques de Tesla ainsi que par les aimants et cela depuis la première fois où il était tombé sur l'histoire de la disparition tragique de Luke sur Internet.

Une histoire avec laquelle Jarod pouvait s'identifier à bien des niveaux.

Un mystère qui poussait Jarod à vouloir le résoudre.

« Votre fils semble avoir une sacrée imagination.

- Luke n'est pas un enfant comme les autres. Comme tous les autres garçons, il aime ses jouets et ses jeux, mais ce qu'il aime par-dessus tout ce sont son train et ses expériences. Parce que c'étaient les choses qu'il avait en commun avec son père … les choses qu'ils faisaient ensemble.

Dès le premier jour où Roger a emmené Luke avec lui au travail et qu'il a vu ce que son père faisait, rien ne rendait Luke plus heureux que les trains et la science. Luke disait que c'était le jour où il était devenu un grand garçon. »

Cassandra regarda l'ours en peluche : « Mon petit homme n'avait que six ans quand il a dit ça … et il le pensait. Depuis ce jour, ce petit bonhomme collecte la poussière. »

Jarod lui rendit son sourire et lui posa une deuxième question dont il connaissait déjà la réponse. « Que fait votre mari ? »

- Roger est un ingénieur des transports, spécialisé dans la sécurité ferroviaire. Il a des projets partout dans le monde. Il est très demandé pour ce qu'il fait … ou du moins il l'était. Lorsqu'il arrivait à se concentrer. Mais maintenant … »

Cassandra regarda à nouveau en bas vers son mari qui avait la tête entre les mains. « Mon mari se sent coupable de tout ce qui est arrivé. Ça le tue … ça nous tue. » Puis, elle reposa l'ours sur l'étagère … et c'est là que Jarod trouva ce qu'il cherchait.

C'était un tout petit jouet.

Une colonne en plastique rectangulaire rouge, un centimètre sur deux et demi de large et dix de haut avec, au bout, la tête d'un bonhomme vert, mi-homme, mi-monstre que Jarod avait vu sur le pyjama de Luke dans la vidéo de Noël.

Il fut surpris qu'elle ait trôné devant lui tout ce temps et qu'il ne l'eût remarquée que maintenant. Il fut d'autant plus surpris lorsqu'un bonbon, une petite pièce de forme rectangulaire, émergea sous ce qui aurait été son cou—s'il en avait eu un—au moment où il s'en empara et tira accidentellement la tête du monstre vert en arrière. En relief sur le côté on pouvait lire trois lettres P-E-Z.

« Votre fils est un fan de M. PEZ ? »

Cassandra gloussa pour la première fois depuis longtemps.

« Merci, inspecteur. Il n'y a pas eu beaucoup d'humour par ici ces derniers temps. Hulk est le préféré de Luke.

- Hulk ?

- Vous savez … le génie qui a un super-héros qui sommeille en lui ? Le PEZ Hulk est le porte-bonheur de Luke. Il l'emmenait partout avec lui … il a dû l'oublier ce jour-là. » , et sa chance a tourné, pensa-t-elle.

Cassandra consulta sa montre … il était presque 16 heures. Dans dix-huit minutes, elle devait s'adonner à son rituel près de la rivière. Elle se leva « Est-ce que cela vous dérangerait de trouver la sortie par vous-même lorsque vous aurez terminé, Inspecteur ?

- Non madame. Et je vous ferai savoir si je trouve quoi que ce soit au sujet de Luke. »

A part le train, la pièce resta très silencieuse après son départ. Jarod prit les commandes et enclencha la manette sur puissance maximale. Le train accéléra, allant de plus en plus vite, jusqu'à ce que le *cliquetis-clac* devienne silencieux et que les roues s'élèvent des rails … le Maglev était *en train de les survoler* à présent.

Jarod se souvint de l'émerveillement sur le visage de Luke dans la vidéo de Noël et de son regard allant du train flottant au regard brillant de son père qui souriait … « Il vole ! »

Lorsque le Caméléon regarda en bas près de la piscine vers l'homme détruit, il prit le PEZ Hulk dans les mains et le fit disparaître dans sa poche. Même s'il savait que Roger Hearns mentait à sa femme et lui cachait quelque chose, Jarod sentit que ce n'était pas le moment de confronter cet homme et que l'heure de le faire viendrait bien assez tôt.

Pour l'instant, Jarod avait tout ce qu'il était venu chercher.

Chapitre 34

AVEC SES DEUX PUISSANTS MOTEURS Rolls-Royce BR725, le Gulfstream G650 flambant neuf de couleur noire du Centre pouvait atteindre une vitesse Mach 0.925. C'était l'avion d'affaires le plus avancé du ciel. Il était doté de caractéristiques standardisées, telles que des dispositifs de sécurité avancés mais également de toute la technologie nouvelle génération. Conçu pour améliorer la sécurité du pilote et lui fournir une meilleure détection quant à la présence d'autres aéronefs autour de lui, il disposait d'un EVS II (système de vision améliorée), HUD (viseur tête haute), le pack SV-PFD (système de vision artificielle améliorée de premier vol), un Triplex FMS (système de gestion de vol), un mode de descente d'urgence automatique, un radar météo 3D et des commandes de vol avancées—autant d'options dont Miss Parker se foutait complètement.

Par contre, ce dont elle ne se foutait pas était que Jarod s'était échappé du Centre, avait volé cent millions de dollars et la faisait passer pour une incompétente un peu plus chaque minute. Sydney, une équipe de six Nettoyeurs et elle-même—tous membres d'un groupe d'opérations spéciales d'une unité mercenaire du Centre—descendaient vers l'aéroport JFK. Au moment où le train d'atterrissage du G650 heurta durement le sol et qu'une odeur de caoutchouc brûlé commença à se faire sentir, Miss Parker n'avait qu'une chose en tête : attraper le Caméléon.

~~~

Son apparition à Wall Street prouvait que Jarod avait été à New York, et l'appel qu'elle venait de clore avec Cornelius au moment où elle et son équipe passaient la porte de son hôtel préféré de Manhattan, la laissait penser que Jarod était encore dans les parages. Pendant qu'elle conduisait son équipe à travers le vaste hall d'entrée, elle mit Sydney au courant de l'appel.

« Au milieu de ses jérémiades liées au fait que je ne l'ai pas laissé se joindre à nous pour cette sortie sur le terrain, ce taré de Cornelius avait tout de même une chose intéressante à dire. Il a réussi à isoler des bruits de fond environnants de l'appel que Jarod vous a passé et a confirmé qu'il provenait de l'intérieur d'un hôpital de New York, et plus précisément de Jersey dans le Connecticut. Il est en train de réduire le nombre de possibilités. Nous surprendrons Jarod quand il s'y attendra le moins. »

Sydney pencha la tête sur le côté et regarda vers elle, perplexe quant à la raison pour laquelle elle n'avait toujours pas compris. « Miss Parker, Jarod n'avait pas à se montrer sortant de la bourse, et s'il y avait des bruits durant l'appel, faites-moi confiance, c'est qu'il voulait que nous les entendions. Cela l'amuse de voir ses adversaires tourner en rond. »

Elle ignora sa remarque alors qu'ils approchaient de la réception de l'hôtel.

« Eh bien si ce n'est pas l'adorable Miss Parker. » Hornstein, le manager flagorneur de l'hôtel, lécha les bottes de Miss Parker et plaça les clés électroniques de sa chambre sur le comptoir. « Quel bonheur de vous accueillir à nouveau au Fountain Grove. Vos chambres sont prêtes. Trois pour votre équipe, une pour M. Sydney et bien sûr, votre suite en angle habituelle.

- Merci, Horny, il est appréciable de ne pas être oubliée. » Miss Parker lui lança sa carte de crédit Platinum avec indifférence.

Hornstein détestait ce surnom par lequel elle avait l'habitude de l'appeler, mais sourit tout de même en repoussant la carte vers elle. « Ce ne sera pas nécessaire Miss Parker, les chambres ont toutes été prépayées … même les extras.

- Prépayées ?

- Oui. » Horn plissa les yeux devant son écran d'enregistrement. « Par un certain Isaac Le Maire. J'ai supposé qu'il s'agissait de votre assistant quand il a appelé ce matin. »

Miss Parker regarda Sydney d'un œil interrogateur, tandis que celui-ci tentait de réprimer un sourire : « Isaac Le Maire a fondé la bourse de New York. Jarod a toujours eu un bon sens de l'humour et c'est sa façon de dire … »

Elle savait très bien ce que Jarod disait … haut et fort, nom de dieu !

« M. Le Maire a également demandé à vous faire livrer ceci en mains propres, quelque chose de spécial pour vous, Miss Parker. »

Horny récupéra quelque chose sous le comptoir. En apercevant le paquet, Miss Parker expira brusquement. Il s'agissait d'un cadeau enveloppé dans du papier lavande, avec un ruban pourpre royal foncé, exactement comme celui qui lui avait été offert par sa mère il y a si longtemps.

Miss Parker arracha le papier et trouva un jouet pour enfant à l'intérieur.

Sydney nota l'angoisse sur le visage de Miss Parker lorsqu'il lui demanda « Une ardoise magique ? Je n'avais aucune idée que Jarod savait ce que c'était. »

Miss Parker ne put répondre à voix haute à Sydney. Oui, c'était une ardoise magique et Jarod savait très bien ce que cela signifiait … surtout pour elle. Mais ce n'était pas uniquement l'ardoise magique qui avait autant d'importance pour elle, c'était ce que Jarod avait laissé dessus : un dessin incroyable de Miss Parker enfant, plus vrai que nature, à l'âge où elle était encore la « Petite Miss » … le dernier âge où elle avait été heureuse.

Mais la Petite Miss dessinée sur l'ardoise magique n'était pas heureuse. Elle était triste, ses yeux débordaient de larmes.

Méprisante, Miss Parker lança à Sydney : « Votre génie ne m'amuse plus. »

Chapitre 35

LE RONFLEMENT D'OSCAR le Rat, amassé en boule dans une brique de chocolat au lait vide que Jarod avait façonnée en lit pour rats, n'avait pas du tout l'air de déranger l'homme en colère au visage de plastique vert.

Ce qui était surprenant, étant donné que la plupart de ceux qui le connaissait, le considérait comme hyper-agressif et brutal. D'autres estimaient qu'il était rusé, brillant et sournois. Tous comprenaient qu'à un moment, avant l'accident, il avait été un physicien réservé émotionnellement, un homme sensé avec un certain niveau de savoir et de science. Mais désormais, son impulsivité émotionnelle, l'oblige, lorsqu'il est en colère ou en danger, à se transformer physiquement en un mutant humanoïde à la force incroyable dans l'incapacité de contrôler sa rage.

Un Hulk.

Jarod ne connaissait aucune de ces particularités de l'homme à la peau verte. Tout ce qu'il savait de lui, c'était qu'en tirant en arrière la tête en plastique de cet exemplaire du super-héros incompris, on était récompensé par un délicieux bonbon.

Jarod adorait les PEZ et, depuis qu'il avait subtilisé le distributeur Hulk dans la chambre à coucher de Luke, il l'emmenait partout avec lui.

Le monstre vert était au sommet de la coiffeuse avec miroir, observant des douzaines de demoiselles en détresse. Ces demoiselles étaient le type qu'Hulk avait l'habitude de sauver dans les romans graphiques dans lesquels il était la vedette. Ces demoiselles n'étaient cependant pas réelles. Elles n'étaient que des images en noir et blanc enfermées derrière du Plexiglas transparent encadré par du plastique rouge.

Il s'agissait d'images de Miss Parker à différents âges, dessinées sur l'ardoise magique. Toutes ces Miss Parker faisaient face à Jarod, qui changeait de personnage pour la seconde fois de la journée. Venant tout juste de retirer la bouffante veste en tweed, *tout droit sortie de Sears*, Jarod s'arrêta devant le miroir, jetant un coup d'œil à son corps nu.

Sa carrure d'un mètre quatre-vingt était tonique, musclée et paraissait plus jeune qu'en réalité. Aussi longtemps qu'il s'en souvenait, il avait suivi un régime nutritionnel et un programme d'entraînement qui gardait son taux de graisse corporelle aux alentours de 11% et ses niveaux sanguins constants. Il pratiquait également religieusement le yoga et une forme ancienne de Taekwondo pour conserver son harmonie et son apparence physique.

Et bien sûr il y avait les cicatrices.

Il y en avait quatre sur sa silhouette—mais uniquement trois dont il se souvenait des circonstances. Jarod se retourna pour voir la large cicatrice qu'il avait au milieu du dos. Vers l'âge de neuf ans, d'après ses souvenirs, il s'était entaillé lors d'une chute où il avait frôlé la mort, au cours d'une sim' sabotée.

Puis, Jarod se concentra sur la brûlure sur son épaule droite, se rappelant de la sensation de cautérisation qu'il avait ressentie durant l'explosion au labo pendant son 19e anniversaire.

Puis ses yeux tombèrent sur son mollet droit, de chaque côté duquel, il y avait des blessures de ponction, laissées par les crocs d'un Rottweiler. Des blessures qu'on lui avait infligées lors d'une longue nuit fatidique qui avait prolongé sa captivité.

La quatrième cicatrice était un mystère pour lui … petite et en forme de crochet, sur la partie gauche de son buste, au niveau des pectoraux. C'était la cicatrice qui lui faisait encore mal … une douleur qui était davantage d'ordre mental que physique. Alors qu'il la touchait en se demandant comment elle avait pu atterrir au-dessus de son cœur, son attention fut soudainement attirée par la voix d'une fille demandant : *« Que fais-tu là-dedans ? »*

Jarod était en train de mettre une chemise cintrée élégante quand il regarda du miroir vers l'écran de son ordinateur portable où un autre DSA de lui, enfant, était en train de se jouer.

Un jeune Jarod préadolescent était seul dans sa cabine d'isolement—une version antérieure de son dôme—et travaillait à son bureau. En entendant la voix de la jeune fille, il leva la tête et regarda vers la droite. Là, le jeune Jarod vit quelque chose qu'il n'avait encore jamais vu auparavant. Il s'agissait d'une jeune Miss Parker âgée de dix ans dans son uniforme scolaire, une blouse blanche et une jupe en tartan. Elle s'était glissée dans le labo et était en train de refermer la porte derrière elle.

Le jeune Jarod était assis ébahi à son bureau, la dévisageant à travers le mur en plexiglas tandis que la petite Miss s'approchait doucement de lui.

Bien qu'encore préadolescente, la jeune Miss Parker était mature et précoce pour son âge. Elle se déplaça doucement vers lui d'une manière provocatrice délibérée et instinctive qui était de nature sexuelle. Sans jamais rompre le contact visuel avec le garçon derrière le mur de verre, elle regarda vers le jeune Jarod comme si elle était en train de le disséquer avec ses yeux. « J'ai dit « que fais-tu là-dedans ? »

- Rien. Je … je vis ici. »

Le jeune Jarod remarqua que sa respiration était devenue haletante et que son cœur battait plus vite. Il regarda nerveusement autour de lui. Rien de tout ça n'échappa à Miss Parker. Malgré son jeune âge, elle aimait savoir que le garçon derrière la vitre était mal à l'aise … que sa simple présence déclenchait chez lui une réaction physique. Elle aimait savoir qu'elle avait le contrôle.

« Le Dr Sydney et les autres sont partis pour la journée. Personne ne m'a vue entrer. Ils ne savent pas que nous sommes ensemble. Alors tu n'as rien à craindre. »

Jarod n'était pas inquiet. Il était anxieux, mais également intrigué. Il inspira profondément, puis regarda la petite Miss Parker et s'exclama avec fascination « Tu es … une fille. N'est-ce pas ? »

La petite Miss le regarda avec un sourire sardonique. « Et ils disent que tu es un génie. »

Sans lever les yeux du DSA, Jarod mit son pantalon slim pendant qu'il continuait à contempler sa forme juvénile qui regardait la petite Miss dans les yeux.

« Comment tu t'appelles ? »

La petite MP sourit au jeune Jarod « Mon père m'a dit de dire aux gens de m'appeler « Miss » … car c'est plus distingué.

- Mon nom est Jarod. »

La petite Miss commença à jouer avec ses cheveux pendant qu'elle le regardait avec coquetterie. « Je sais qui tu es. J'ai entendu ma mère parler de toi. »

Jarod s'était perdu dans cette créature séduisante. Il n'avait jamais vu une jeune fille avant—du moins pas qu'il s'en souvienne—il ne savait pas non plus quand il aurait l'occasion d'en revoir. Donc depuis ses mocassins jusqu'à ses yeux pénétrants, il s'assura de s'imprégner de chaque détail. Il remarqua un défaut—son seul défaut—il s'agissait d'une éraflure sur son genou.

« Comment t'es-tu blessée?»

Miss Parker sourit. « J'ai trébuché sur mon coffre à jouets. »

Le jeune visage de Jarod se plissa avec curiosité. « Jouet ? »

« Ouais … c'est quelque chose avec lequel tu joues. » La petite Miss s'approcha de la vitre. « Tu sais comment jouer, n'est-ce pas ?

- Je n'en ai pas le droit. »

La petite Miss leva sa main délicate de façon attirante et l'étendit vers le visage du jeune Caméléon … la seule chose qui l'empêchait de le toucher était la vitre qui les séparait. Son petit sourcil se fronça. « Pourquoi t'ont-ils enfermé là-dedans ? »

Le jeune Jarod leva doucement sa main et la plaça, doigt après doigt, sur la vitre pour les placer contre les siens.

Jarod se souvenait clairement de ce moment dans son esprit. Il se souvenait de la chaleur qu'il avait ressentie à travers la vitre … de sa chaleur. Il se perdit légèrement dans ce souvenir, mais se reconcentra finalement sur l'écran de l'ordinateur.

Le jeune Jarod regarda dans les yeux de la petite Miss. « Je ne sais pas. »

« Que veulent-ils que tu fasses ? » Demanda-t-elle, pressant son visage plus près de la vitre.

« Que je devienne d'autres personnes. »

Jarod enfila un blazer en cashmere afin que sa transformation de l'inspecteur local au docteur de grande ville soit complète. Il éteignit le DSA, prit un PEZ de Hulk et le laissa derrière lui pour qu'il surveille le rat ronflant ainsi que l'ardoise magique de Miss Parker.

Chapitre 36

LES GLAÇONS ÉTAIENT le diluant préféré de Miss Parker. Comme son père, son remontant préféré était le bourbon. Enfant, elle avait l'habitude « d'écouter » son père boire, alors qu'elle était couchée dans son lit.

Oui, écouter.

Tard le soir, bien après qu'elle eut dîné seule et bien après être soi-disant allée se coucher, elle restait éveillée secrètement à attendre. Les nuits où il rentrait à la maison après une journée incroyablement longue au travail, son père arrivait généralement autour de minuit. Elle connaissait le bruit de la voiture de son chauffeur aussi bien qu'elle connaissait le bruit de ses propres battements de cœur … son cœur qui tressaillait dès qu'elle entendait sa Jaguar arriver au loin et qui se mettait à battre la chamade dès qu'il s'engageait dans l'entrée circulaire devant la maison.

Fillette, elle souriait tout en comptant dans sa tête les six pas sur le gravier crissant, les trois essuyages de ses chaussures taille 47 sur le paillasson de l'entrée et les deux secondes jusqu'à ce que la porte s'ouvre avec un léger grincement. Sa voix profonde suivait alors … une voix qui marmonnait des mots d'adieu à une des nombreuses gouvernantes que Miss Parker avait consumées comme du petit bois en grandissant … ces gouvernantes qui prenaient soin d'elle toute la journée et avaient hâte de partir la nuit venue. Elle était contente lorsqu'elles étaient parties. Cela signifiait qu'il n'y avait plus qu'elle et lui dans *leur* maison.

Puis, elle écoutait les seize pas qu'il faisait en traversant le carrelage de porcelaine de la grande demeure, puis neuf de plus le long du couloir principal, le dernier étant accompagné d'un petit grincement pendant qu'il tournait sur le seuil de la porte vers son bureau. Sept pas de plus sur le vieux plancher en pin jaune et il avait atteint le bar.

Identique à celui qui était dans son bureau au Centre, il avait été fait sur mesure à partir de chêne blanc du Kentucky et ne servait qu'une et une seule chose : du Maker's Mark. Il se passait quelques secondes de silence avant qu'elle entende le meuble de rangement le plus proche de l'évier et du congélateur s'ouvrir. *Clank*, un verre était placé sur le comptoir en marbre, suivi rapidement par l'ouverture de la porte du congélateur et le *clink, clink, clink* de trois cubes de glace qui tombaient dans le verre … toujours trois … pas un de plus, pas un de moins. La routine se terminait par le *glou, glou, glou* du bourbon et le craquement des cubes de glace qui se recouvraient du velouteux liquide de couleur brun-miel.

Les glaçons étaient le diluant préféré de son père et c'est aussi de cette manière qu'elle buvait le sien. Du moins d'habitude. Mais pas ce soir.

Son concierge personnel (un de ses avantages préférés de l'hôtel) étant injoignable, Miss Parker fut forcée de trouver des glaçons par elle-même. Cependant, lorsqu'elle arriva au distributeur de glaçons du quatorzième étage, il s'avéra être hors-service. Tout ce qu'il cracha fut de l'eau qui ricocha du fond du bac vide sur son mini-kimono noir en soie qui portait justement la mention *« nettoyage à sec uniquement »*. Trop frustrée pour aller à un autre étage et trop impatiente pour envoyer un de ses nettoyeurs, Miss Parker but son Maker's Mark sec.

Elle était assise sur son lit, et buvait en fixant le chef d'œuvre fait sur l'ardoise magique, ce portrait qui avait dû prendre des heures à Jarod, des jours, peut-être même des semaines à accomplir. L'image détaillée était davantage une photographie en noir et blanc qu'un dessin mécanique. C'était une véritable œuvre d'art.

Et elle la détestait profondément.

Elle se versa trois doigts de plus et examina attentivement l'esquisse. Elle était particulièrement attirée par les yeux de la plus jeune version d'elle-même, des yeux remplis de larmes qui fixaient les siens en retour, créant ainsi un cercle vicieux de douleur et d'angoisse. Il s'agissait d'une petite fille que Miss Parker ne reconnaissait plus, mais dont elle pouvait encore ressentir la souffrance, profondément en elle, dans des endroits où elle laissait rarement son âme s'aventurer.

Pourquoi ? Pourquoi Jarod s'était donné tout ce mal pour capturer cet instant de sa vie ? Il savait ce que ce moment signifiait pour elle. Ce que ce cadeau signifiait pour elle. Ce fils de pute connaissait jusqu'à la couleur du papier et du ruban dans lesquels il avait été emballé.

Le brillant petit salopard la faisait le regarder intentionnellement. Regarder dans un miroir dessiné. Mais pourquoi ? Cherchait-il à l'influencer ? Cherchait-il à la désorienter ? Etait-ce une miette de pain émotionnelle qu'il voulait qu'elle suive afin de la dévier de sa piste ?

Pendant que son esprit tournoyait, elle prit une grande gorgée de Maker's Mark de son verre et fit tourbillonner le nectar brûlant dans sa bouche. Elle aimait l'essence enfumée et sucrée de la *libation* comme son père l'avait appelée lorsqu'il lui versa son premier verre le jour de ses quinze ans. Elle se souvenait de lui, lui expliquant que pour avoir ce goût, le Maker's Mark était vieilli dans des barils en chêne blanc carbonisés qui, durant la durée du processus de vieillissement du bourbon, étaient pivotés du sol au plafond dans des granges. Là, les changements de température saisonnière obligeaient l'alcool à entrer et sortir du chêne lui-même, duquel il extrayait sa teinte brunâtre et le dosage parfait de sucre caramélisé, pour lui conférer ce goût unique. C'est uniquement grâce à cette combinaison de temps, de chaleur et de pression qu'il se transformait en ce qu'il était destiné à être.

Pendant que Miss Parker fixait l'ardoise magique, elle avait le sentiment qu'elle avait également vieilli dans un baril durant la majorité de sa vie. Certainement depuis le jour où cette image d'elle avait été prise. Alors qu'elle réfléchissait à cela, les paroles de Jarod durant sa conversation téléphonique avec Sydney, lui revinrent à l'esprit : « Rien ne passe à côté d'elle … à part le bonheur. » *Et puis merde, qu'est-ce qu'il connaissait au bonheur, surtout au sien ?*

La petite fille sur cette esquisse pensait qu'elle savait tout sur le monde, sur la sécurité et l'amour et toutes les choses qui donnaient un sens de certitude aux enfants. Mais ce jour fut celui où elle grandit. Où elle fut forcée à grandir. Ce fut le jour où la pression et la chaleur commencèrent à s'intensifier dans le baril. Et elle ne s'en porta que mieux. Le monde n'était pas ce qu'elle pensait qu'il était. C'était un endroit cruel et elle ne le laisserait jamais—ni lui, ni Jarod—lui faire du mal à nouveau.

Et c'est là qu'elle le vit, quelque chose qu'elle n'avait pas remarqué dans le dessin avant … une larme, figée dans le temps, sur le point de couler de son œil. A l'intérieur de cette larme, il y avait le reflet du jeune Jarod. Il avait à peu près le même âge que la Miss Parker du dessin et la fixait avec empathie.

Cela fit penser Miss Parker à deux choses. La première, est-ce que Jarod ne s'était jamais soucié d'elle ? Et la deuxième, nom de Dieu, comment avait-il fait pour dessiner cela ? Et avec une ardoise magique qui plus est.

Cependant, au bout du compte, ce que cela lui faisait plus que toute autre chose, c'était la faire chier.

Dans sa colère, elle secoua l'ardoise magique pour effacer l'image. Rira bien qui rira le dernier.

Cependant, lorsqu'elle avala cul sec le reste de son bourbon, puis retourna l'ardoise magique, elle fut stupéfiée, mais pas réellement surprise : comme par magie, le dessin effacé était réapparu … la magie de Jarod.

« Qu'est-ce que tu prépares, espèce de salopard ? »

Chapitre 37

LE CLUB « l'Endroit de l'Homme » au Grand Central était le noyau élitiste des professionnels égocentriques du corps médical, qui buvaient avidement du gin tout en se félicitant les uns les autres ainsi qu'eux-mêmes pour leur dévotion. L'ambiance de cette société exclusive était finement fixée par une grandeur du vieux monde qui transpirait l'arrogance, la suffisance et l'extravagance. On se vantait de Martinis à 80$, de cigares à 1000$, et d'hors-d'œuvre au caviar de béluga, le tout servi par un personnel exclusivement féminin, chacune d'entre elles arborant un corps façonné à hauteur d'un million de dollars ... certains corps étaient naturels, d'autres achetés et d'autres encore vendus. « L'Endroit de l'Homme » n'était pas seulement un nirvana hédoniste et misogyne de tous les excès, mais comme tout le reste à New York, c'était une question de pouvoir, de domination et de contrôle sur l'argent, le statut, les femmes, les uns et les autres et finalement, sur la vie et la mort elle-même.

Un Jarod décontracté était assis dans le carré VIP de Bilson, juste à côté de l'administrateur en chef lui-même. Ce dernier dirigeait fièrement son domaine conjointement avec le bourru Dr Su qui avait toujours l'air soucieux et qui s'agrippait à son verre de Martini comme si quelqu'un s'apprêtait à le lui prendre. Les trois gentlemen fumaient le Cohiba Behikes, un cigare cubain d'une valeur de 750$ qui était difficile à acquérir et que Bilson avait jovialement commandé avec leurs verres.

Au milieu du nuage de fumée de cigare se baladait une magnifique serveuse - son plateau débordait de verres autant que sa blouse ouverte montrait de décolleté. Elle fit un classique « Bunny dip » bien entraîné, donnant aux hommes un spectacle élégant pendant qu'elle leur servait une autre tournée.

Jarod, ou plutôt, *le Dr Russell*, eut un regard appréciatif de sa féminité séductrice lorsqu'elle posa un Martini frais devant lui, soufflant un « Merci » avec douceur à la charmante créature pour son service. Pendant qu'elle tournait autour de la table, Jarod échangea un regard lourd de sens avec Bilson. Le chef savourait la réaction du jeune docteur face à cet environnement, ce qui était précisément la raison pour laquelle il l'avait amené ici. Dr B fit un signe à la serveuse pour qu'elle lui apporte la facture. Éduquée à maintenir la conversation à un minimum et le degré de sexualité à un maximum, elle hocha sagement la tête. « Oui, Dr Bilson. »

Pendant qu'elle évoluait d'un pas léger, Jarod la suivit des yeux aussi longtemps qu'il le put, puis observa attentivement le reste du club avec un sourire satisfait. « Comme l'a dit un jour un homme sage « Si les femmes n'existaient pas, tout l'argent du monde n'aurait aucun sens. » »

Bilson prit une bouffée luxuriante de son cigare pendant qu'il s'imprégnait également de l'opulence du club, ajoutant « Et comme la publicité avait l'habitude de dire : « une carte de membre a ses privilèges. » »

Su sirota les dernières gouttes de son Martini, puis mit maladroitement ses doigts d'homme manquant de raffinement dans son verre, essayant d'attraper l'olive restée coincée au fond. « Et vous pensiez qu'ils auraient des olives de meilleure qualité », grommela-t-il. Il réussit finalement à l'attraper et la fourra dans sa bouche, mastiquant bruyamment.

Bilson était consterné par la grossièreté de Su. « Su adore se plaindre. Maintenant qu'il peut se permettre le meilleur, il aime tout prendre de haut. »

Su haussa les épaules sans éprouver le moindre remord. « J'aime ceux avec les petits oignons—pas les piments—alors poursuivez-moi en justice. »

Quand Su commença à siroter son deuxième Martini, Bilson fit une comparaison visuelle entre le savoir-faire de Jarod et la nature du docteur asiatique qui ressemblait davantage à celle d'un babouin, et secoua la tête. « La classe c'est comme la légionellose, soit vous l'avez, soit vous ne l'avez pas. »

La serveuse revint, déposant un portfolio de cuir sur la nappe en lin. « Je peux prendre cela dès que vous serez prêt. » Alors qu'elle s'éloignait,

Bilson jeta un regard à Su, pointant vers l'addition. « Savez-vous combien cela pèse ? » C'est alors que Su tomba dans le piège :

« Aucune idée.

- Essayez d'en régler une de temps à autre et vous le saurez. »

Bilson tendit le bras vers l'addition, mais Jarod fut plus rapide. Il regarda son nouveau chef : « C'est pour moi. »

Bilson fut agréablement surpris par la bravade de son jeune chirurgien. « Attention à ce que vous proposez … la seule chose que cet établissement n'est pas, c'est bon marché.

- Moi non plus. »

Jarod jeta un coup d'œil vers Su, qui était encore dans son monde. Il se retourna vers Bilson, le regard impassible : « Par ailleurs, je suis un homme au revenu diversifié. »

« Dans ce cas, je vous en prie. » Bilson retira sa main. Jarod ouvrit le dossier. L'addition était de plus de 3000 dollars. Bilson et Su se regardèrent l'un l'autre … tous deux se demandant quelle serait la réaction de Jarod à ce montant exorbitant. Mais il n'en eut pas. Sans hésiter, Jarod sortit son portefeuille. Lorsqu'il l'ouvrit, c'était à leur tour de réagir. A l'intérieur, Jarod avait une liasse de billets de cent tous neufs d'au moins deux centimètres et demi d'épaisseur, tout comme plusieurs cartes de crédit aux couleurs de métaux rares. Cependant, la carte que Jarod sortit n'était pas en platine ou en or … elle était noire … une American Express Noire … la carte de crédit la plus exclusive au monde, réservée aux plus riches et aux plus élitistes.

Du coin de l'œil, Jarod put apercevoir l'attention de Bilson et se focalisa dessus. Bilson savait tout de l'AMEX Noire. Que ce n'était pas une carte à laquelle vous postuliez, en effet vous deviez être invité à la recevoir. Une carte prestigieuse pour laquelle Dr B avait lui-même essayé d'obtenir une invitation durant de nombreuses années … sans y parvenir.

Ce que Dr B ignorait était que Jarod le savait aussi.

Jarod plaça la carte dans le dossier en cuir, le referma et le remit avec un sourire à leur serveuse qui passait. Puis, il se retourna vers les médecins.

Bilson fit un signe de tête vers le portefeuille de Jarod : « Aisé pour un jeune chirurgien. En sachant ce que je vous paye, j'en viens à me demander, comment avez-vous obtenu une Carte Centurion ? »

Jarod fit le timide : « Eh bien, dans ce climat économique stimulant, je suis sûr que vous savez tous deux que l'on doit être plein de ressources et envisager toutes les opportunités pour gagner de l'argent. »

Bilson lui lança un regard inquisiteur : « Vous jouez en bourse à Wall Street ?

- Je joue pour gagner. En fait, j'ai récemment manipulé la bourse en ma faveur et j'ai ramassé cent millions. »

Jarod resta complètement impassible dans sa réponse. Bilson était perplexe et Su de mauvaise humeur. Après une seconde de stupéfaction d'un silence stupide, Bilson commença à sourire à Jarod comme s'ils étaient de vieux copains d'école et qu'il avait saisi sa blague. Bilson donna un coup de coude à Su : « Je te l'avais bien dit que j'aimais ce gars. »

L'expression de Su ne bougea pas d'un iota. Son estime de Jarod n'allait pas plus loin que de la tolérance à contrecœur, par affection pour Bilson.

Jarod referma son porte-billets, prit une taffe et la souffla d'un air malicieux. « Disons juste qu'il y a mille et une façons de transformer quinze centimes en un dollar dans cette ville et j'ai l'intention de toutes les essayer. Si elles ont au moins la chance de réussir à moitié, je peux généralement assurer l'autre moitié. »

Su secoua d'une chiquenaude la cendre de cigare dans le verre de Martini nouvellement vide. « Comme le Triexapan ? » Comme l'avait prévu Su, ceci attira l'attention de Jarod. Su prit une autre bouffée et se concentra sur le Caméléon. « Pour utiliser un médicament aussi coûteux, sans parler qu'il est hautement expérimental, j'imagine qu'un docteur « aussi enclin » que vous ... surtout un médecin ayant aidé les personnes des pharmaceutiques Dharma à développer le médicament ... doit recevoir une forme de « commission » pour le prescrire ? »

« Une petite. » Jarod fit un clin d'œil à Bilson. « Et si vous êtes intéressé par le rapport des bénéfices de l'utilisation du Triexapan, je peux parler avec le Dr Dharma lui-même pour qu'il donne une *prime* additionnelle à l'hôpital afin que nous l'utilisions plus souvent. Il est très généreux lorsqu'il s'agit de prendre soin de ceux qui prennent soin de lui. »

Bilson était ravi. « Oui. Votre employeur précédent est un homme généreux. Dr Dharma nous a également offert cette réciprocité. »

Su, baissant la voix pour accentuer ses propos, ajouta
« Personnellement. »

Jarod leva son sourcil. « Personnellement ? Je pensais que le Dr
Dharma était à Mumbai en congé sabbatique. »

« Il est revenu. » Su poursuivit, « Il ne supportait pas la puanteur. » Su
fourra ensuite son dernier Cohiba d'une valeur de 385$ dans les restes
liquides de son gin. Puis, il cracha un bout de tabac du bout de sa langue et
fixa Jarod directement dans les yeux. « Et d'après ce que le Dr Dharma
nous a raconté, il semble que le « Dr Russell » qui a travaillé avec lui et le
« Dr Russell » qui travaille avec nous ne puissent pas être le même
homme. »

Chapitre 38

SU REMARQUA alors les yeux écarquillés de Jarod.

« Il n'y a aucune raison d'être surpris. Je suis asiatique, nous faisons toujours nos devoirs. »

La serveuse revint avec le reçu de carte bleue. Elle n'avait pas remarqué qu'elle était en train d'interrompre une conversation clandestine mais sentit la tension dans l'air.

« Excusez-moi. Je peux revenir plus tard. »

Alors qu'elle tournait les talons, Jarod la stoppa « Ne partez pas. »

Il tendit alors sa main en direction du porte-addition de cuir.

« Quel est votre nom ?

- Angela, Dr Russell. » répondit-elle en lui remettant le porte-addition.

Jarod ouvrit ce dernier et commença à faire le calcul nécessaire pour son pourboire.

« Dites-moi, Angela, comment faites-vous pour travailler dans un endroit comme celui-ci, qui vous amène à côtoyer des hommes distingués tels que ces deux médecins ? »

Angela commença à se dandiner, ne sachant que répondre, elle finit par lâcher « C'est très … instructif. »

Jarod signa le reçu. « Ainsi est faite la vie. Vous ne savez jamais ce que vous allez découvrir. » Jarod récupéra sa Black Card, la replaça dans son portefeuille, puis reprit sa conversation avec les deux docteurs. « Bien, dites-moi maintenant ce que Dharma avait à dire au sujet de *son* Dr Russell. Je suis certain que c'était également très instructif. »

Su répliqua immédiatement : « Il a dit ignorer que *son* Dr Russell avait des compétences extraordinaires en chirurgie. »

« Je pourrais opérer durant mon sommeil, à tel point que j'ai parfois l'impression de faire la sieste en pratiquant la chirurgie. Mais lorsque je dois le faire pour payer mes factures, je le fais. Quand je travaillais pour le Dr Dharma je pratiquais un autre genre de médecine. La chirurgie n'était pas une priorité. »

Jarod rendit le porte-addition à la serveuse. « Merci Angela. Vous avez été exceptionnelle. »

Elle faillit s'évanouir à la vue du généreux pourboire qu'il lui avait laissé. « Wow. Merci *infiniment.* »

Alors qu'elle s'éloignait joyeusement, Jarod recentra son attention sur son petit public et lui sourit. « Donc, qu'est-ce que Dharma avait à dire ? »

Jarod souriait pour trois raisons. Premièrement, il savait déjà ce que Dharma avait à dire à son sujet. Vu que deuxièmement, il contrôlait les lignes téléphoniques de Su et Bilson aussi bien à leurs domiciles qu'à l'hôpital et également sur leurs téléphones portables, s'assurant qu'à chaque fois qu'une de ces lignes tentaient de joindre les Médicaments Dharma, l'appel soit redirigé automatiquement vers un numéro que le Caméléon avait programmé.

Donc, troisièmement ni le Dr Dharma ni quiconque appartenant à l'entreprise pharmaceutique ne répondait à leurs questions. Cela dit quelqu'un d'autre le faisait, et *cette personne* n'était autre que Johnny Boy Creed qui, suivant un scénario établi par Jarod, chantait sans réserve les louanges du Dr Russell.

Ce fut Su qui répondit. « Le Dr Dharma a dit que son Dr Russell était doué quand il s'agissait d'obtenir l'aval de la FDA. Et qu'il avait conçu un système pour raccourcir de six mois les tests pharmaceutiques. C'est pour cette raison qu'il le trouvait un peu trop ambitieux. »

Jarod passa à l'offensive. « Est-ce que Bill Gates était trop ambitieux quand il a quitté Harvard pour fonder Microsoft ? Non. Il a vu une opportunité et il l'a saisie. C'est ce que j'ai fait. Donc oui, appelez ça de l'ambition. Mais le fait d'en avoir trop n'a visiblement pas été un problème quand Dharma s'est aperçu que j'avais suffisamment élargi sa marge de profit pour le garder au top. »

Su le piqua au vif : « C'est pour cette raison que vous avez démissionné ?

- Disons juste que mon goût prononcé pour les plaisirs de la vie ainsi que ma motivation pour pouvoir me les permettre dépassaient de loin ce que le Dr Dharma était prêt à payer. Il voulait tout garder dans ses coffres. Mais son avidité a causé sa perte. Il s'en rendra compte bien assez tôt. »

Jarod étudiait Su, cherchant son angle d'attaque. « Si le Dr Dharma vous a dit que je ne suis pas celui que vous pensez, alors pourquoi êtes-vous là ? »

Bilson prit une gorgée de martini avant de se rapprocher de Jarod. « Parce que ce qu'il nous a dit nous a fait nous demander si vous n'étiez pas *plus* que ce que nous avions espéré. »

Jarod regarda les hommes sans dire un mot.

Su poursuivit : « Comme vous *manipuliez le marché* nous nous sommes demandés s'il y avait autre chose que vous seriez prêt à faire ? »

Jarod posa ses deux bras sur la table et se pencha en avant. « Vous avez autre chose à me proposer ? »

Bilson prit le contrôle de la conversation. « D'abord, faisons une hypothèse. Si vous aviez l'opportunité de travailler pour un petit groupe d'investisseurs et « pour le plus grand bien de tous », seriez-vous prêt à tester un médicament expérimental tout en sachant que le donner à certains patients peut causer des « effets secondaires » qui seraient, disons, malvenus ?

- Est-ce que vous faites référence à ce que vous, gentlemen, pratiquez dans l'Annexe ? » Les deux médecins échangèrent un regard incertain. Jarod poursuivit, « Il s'agit de la manière dont vous, les gars, diversifiez vos revenus, c'est exact ? »

Su tomba le masque : « Je vois que vous avez également fait vos devoirs

- Je n'ai peut-être pas d'ancêtres asiatiques mais j'apprécie leur manière de se dépasser. »

Bilson jaugea Jarod avant de se fendre d'un sourire. « L'attention aux petits détails est la marque d'un homme prospère. »

Jarod se joignit à la ronde des sourires : « *Prospère*, c'est ce que je souhaite être. Avec et *pour* vous. »

Jarod s'approcha plus près et baissa le ton « Donc pour répondre à votre hypothèse … On doit parfois faire des sacrifices, pour « le plus grand bien de tous ». Dharma était trop prudent. Il n'était pas assez intelligent pour réaliser que les tests de médicaments sur des humains pouvaient rapporter gros. J'ai l'intuition que vos « investisseurs » et vous n'êtes pas aussi frileux. »

Bilson émit un petit rire et sortit le cigare de sa bouche : « Absolument pas. » Il jeta un œil vers Su et haussa les sourcils. Après un moment, Su hocha la tête à contrecœur.

Bilson se tourna à nouveau vers Jarod « C'est pourquoi nous aimerions vous inviter à vous diversifier avec nous. »

Jarod se cala sur la banquette, tout en disant « Seulement si le prix en vaut la peine. »

Bilson répliqua « Trois parts égales. »

Jarod s'enquit prudemment « Pourquoi feriez-vous baisser vos pourcentages de 50% à 33% ? »

Bilson se figea « Pour la bonne raison que nous avons calculé qu'en employant votre système, nous pourrons tripler nos revenus. Une part moins grande mais d'un plus grand gâteau. Gagnant-gagnant.

- Qu'est-ce qu'on pourrait tester ? »

Su intervint « Je réalise actuellement un test sur un nouveau psychotrope destiné à contrôler les épisodes schizophréniques. »

Bilson reprit la main « Mais pour être sûrs que personne ne nous devance sur ce secteur, il devient urgent que nous *accélérions* nos tests. »

Jarod termina son martini et repoussa le verre ostensiblement. « La clé de ma méthode est le rendement à travers les paramètres d'études. C'est en grande partie possible par un choix varié de cobayes et en s'assurant de leur collaboration. S'il y a trop de dissidents l'étude sera prolongée. »

Bilson jeta un bref coup d'œil à Su tout en disant « En vérité, le rendement est notre point faible—par contre nous n'avons aucun problème à trouver des cobayes. »

Jarod fixait les deux hommes : « Dites ça à quelqu'un qui n'a pas vu s'échapper une « infirmière » bidon de votre, hum, système de sécurité infaillible. »

Bilson éclaircit sa gorge « Oui, hum, c'était inhabituel, mais je vous assure que, si elle s'était échappée, elle ne serait pas allée bien loin. »

Son visage s'illumina brièvement alors qu'il ajoutait : « Et c'est ce qui nous donne une longueur d'avance sur la concurrence. Nos rats de laboratoire nous appartiennent. On les recrute d'une manière très particulière. »

Su vit les sourcils de Jarod se froncer et anticipa sa question : « La ville court à sa perte avec ses foyers de sans-abris pleins à craquer, dont beaucoup souffrent de déviances mentales. Dans le cadre du « service public », le Dr Bilson établit des évaluations psychologiques sur les pauvres. Les plus mal en point sont envoyés en traitement dans l'Annexe. Ce qui fait que 100% d'entre eux sont des cobayes *volontaires* pour tester des médicaments qui pourront aider les autres d'une façon ou d'une autre. »

L'expression de Jarod passa enfin d'interrogatrice à impressionnée. Bilson reprit la main « Les rues de la ville sont débarrassées des cinglés et nous obtenons des cobayes qui ne s'échappent jamais.

- C'est très … »

- Jarod avait envie de hurler *« contraire à l'éthique »*, *« illégal »*, *« inhumain »*, mais ce qui sortit de ses lèvres fut « lucratif ».

Bilson sourit fièrement, réellement emballé par son idée : « Exactement. Et tout le monde y gagne ! »

« Tout le monde », pensa Jarod, « sauf les patients. »

« Alors, Dr Russell, qu'est-ce que vous en pensez ? », demanda Bilson tout en exhibant un large sourire.

Chapitre 39

TROIS MINUTES PLUS TARD, Jarod sortait de « L'endroit de l'Homme », tirant une dernière bouffée sur son Cohiba. Il n'était pas très friand de l'arrière-goût que laissait le cigare dans sa bouche. En revanche, il appréciait beaucoup la tournure qu'avait prise sa réunion avec Bilson et Su.

Il se dirigea vers la station de taxi, pensant que la première chose qu'il recevrait le lendemain matin serait tous les accès de sécurité permettant d'entrer et sortir de l'Annexe. Il allait enfin pouvoir accéder à la Chambre E913 et cela le rendait heureux.

Pour la première fois depuis plusieurs jours, Jarod n'avait rien à faire et pouvait souffler un peu.

C'est alors que quelqu'un lui tapa sur l'épaule. Il se retourna et se trouva nez à nez avec sa blouse rose préférée, Tami. Elle arborait un grand sourire sur son visage adorable, et portait une robe de cocktail qui moulait son petit corps. L'infirmière tentait de garder l'équilibre, non sans difficulté, sur ses talons hauts flambant neufs. « Hey, Dr J.

- Tami ? Qu'est-ce que vous faites ici ?

- Je viens de sortir du travail, je faisais un petit tour, et … vous voyez … »

Jarod contempla sa tenue et ne put s'empêcher de remarquer les frissons parcourant ses bras nus. « Tenue intéressante pour se promener par une fraîche soirée. »

Tami réfléchit à ses paroles, puis souffla nerveusement : « Hum, oui— je suppose. Je veux dire, en fait je suis sortie il y a un bon moment, je suis rentrée à la maison et me suis changée et ce n'est pas vraiment mon truc de marcher pour marcher—je veux dire, j'ai marché, j'ai surtout fait des va-et-vient pour me réchauffer, mais en réalité je marche lorsque j'attends. »

Jarod s'aperçut de sa nervosité et la trouva à la fois mignonne et étrange. « Et vous avez choisi d'attendre en marchant devant « l'Endroit de l'homme » ? »

« Oui. Je veux dire, non. Je veux dire … j'attendais un homme. Je veux dire … vous. Je veux dire … je sais que vous êtes un homme mais … » Elle prit une profonde inspiration en espérant que cela l'aiderait à éclaircir ses pensées, mais elle se trouvait sur une pente savonneuse et il n'y avait aucun moyen de revenir en arrière. « Ce que j'essaye de dire, c'est que j'ai entendu dire que le Dr Bilson vous avait invité ici ce soir—non pas que je veuille me mêler des affaires des autres, ça s'est juste fait comme ça et du coup je savais où vous seriez. C'est pour cette raison que je suis là. »

Jarod demanda : « Pour … ? »

« Oh. » Tami leva les yeux au ciel, se disant *« mais quelle idiote ! »* Elle fouilla son petit sac de soirée et en sortit un dossier médical. « J'ai les résultats de vos tests ADN. » Elle commença alors à frotter ses bras nus.

« C'est très gentil à vous de vous êtes déplacée ainsi pour me les apporter. »

Jarod enleva sa veste et la plaça sur ses épaules, faisant presque fléchir ses genoux.   « Vous devez avoir froid. » Il sonda amicalement ses yeux et elle plongea dans les siens. « Plus maintenant. »

Jarod tendit la main vers elle.

« Tami.

- Hein ?

- Le rapport ? »

Tami revint à la réalité. « Oh, ouais ». Elle lui tendit le dossier plié. Il l'ouvrit, alors que les yeux de Tami scintillaient toujours.

Jarod parcourut rapidement le dossier, ses yeux remplis d'une curiosité optimiste et concentrés sur les informations présentes entre ses mains. Les résultats de son test ADN détenaient la vérité sur le sang qui circulait dans ses veines. Ces résultats détenaient sa véritable identité.

Mais quand il arriva à la dernière page, il réalisa que la vérité n'était pas celle qu'il avait espérée, et pour laquelle il avait prié.

Loin de là.

L'optimisme s'échappa de ses yeux au profit d'une rage sourde et froide, le genre de rage que Jarod ne pouvait imaginer possible.

Tami ne vit pas seulement sa colère ; elle la sentit émaner de lui. « Dr Russell, vous allez bien ? »

Jarod referma le dossier. Il était très, très loin d'aller *bien*.

Chapitre 40

IL ÉTAIT TRÈS EXACTEMENT trois heures du matin lorsque Miss Parker attrapa instinctivement son Smith and Wesson et balaya le plafond de sa lumière laser. Elle avait l'intention de tirer une balle de neuf millimètres dans le haut-parleur beuglant dissimulé quelque part dans sa chambre. Mais elle ne parvenait pas à le trouver. En réalité, elle avait été soudainement réveillée, quelques instants plus tôt, par une alarme tonitruante accompagnée d'une voix déplaisante. Ceci lui avait causé un bourdonnement terrible dans les oreilles d'où sa détermination à la réduire au silence.

Au lieu de cela, bien à l'abri dans son royaume caché, elle ne cessait de répéter : « *Système d'alarme incendie d'urgence de l'hôtel. Veuillez s'il vous plaît quitter votre chambre calmement et accéder à l'escalier le plus proche. Système d'alarme incendie d'urgence de l'hôtel. Veuillez s'il vous plaît quitter votre chambre … »*

Calmement … Oui, OK. Voilà bien une chose qui ne caractérisait que très rarement, voire jamais, Miss P.

Elle sauta du lit, regarda par la fenêtre de sa chambre *non-fumeur* située au 14e étage « *Merci beaucoup, Jarod* », et y aperçut des nacelles étincelantes surmontant une douzaine de véhicules de pompiers. Une simple pensée traversa l'esprit de Miss Parker : « *Eh bien, il ne manquait plus que ça.* »

~~~

Les gens quittaient leurs chambres désorientés, la plupart d'entre eux avaient la même idée en tête. Celle d'un scénario catastrophe qui se joue en boucle dans l'esprit de chaque New-Yorkais depuis le 11 septembre. Les questions qu'ils se posaient étaient simples mais terrifiantes … S'ils s'étaient trouvés dans l'une des tours du World Trade Centre en ce jour maudit, qu'auraient-ils fait ? Comment auraient-ils réagi, seraient-ils descendus par l'un des escaliers alors que les premiers secouristes et pompiers s'y engageaient ? Le fait de partager cette pensée rendait en réalité les clients de l'hôtel curieusement calmes et coopératifs, à l'exception de Miss Parker.

Elle sortit de sa suite complètement habillée avec un air troublé et son nécessaire à la main : sa mallette en fibre carbone de marque Polyvore, son téléphone portable ainsi que son étui de revolver. Elle vit alors son équipe de nettoyeurs qui l'attendait dans le hall. Ils étaient les seules personnes complètement habillées. Elle les payait pour « nettoyer » pas pour dormir, et ils savaient tous qu'il valait mieux être prêt à agir.

Son regard se posa sur Aires, le nettoyeur qu'elle avait presque vu mourir lors de sa première mission et qu'elle se sentait obligée de garder depuis ce jour.

« Que se passe-t-il ? »

Aires pointa son pouce au-dessus de son épaule tout en disant: « Les problèmes semblent venir de la zone de service. »

Alors qu'elle regardait dans la direction indiquée, son regard troublé se mua en un air renfrogné. La fumée provenait de la même pièce que celle dans laquelle le distributeur de glaçons avait abîmé son kimono.

En rogne, Miss Parker commença à bloquer la foule, jusqu'à ce qu'un pompier qui dirigeait les clients vers la sortie de secours, et dont la voix était assourdie par un masque à oxygène, lui ordonna : « Continuez à avancer, M'dame ! »

« M'dame ? » Elle ne portait peut-être pas de maquillage, mais quel âge ce clown pensait-il qu'elle avait ?

« Vous mettez en danger les autres clients. » Miss Parker se dit que cet abruti n'avait pas idée à quel point elle était dangereuse. L'ignorant, elle scruta la foule pour y apercevoir un Sydney ébouriffé sortir de sa chambre dans un sweat-shirt aux couleurs de Yale qui, sans surprise pour elle, était le dernier à rejoindre les rangs. Elle claqua des doigts en secouant la tête avec dégoût et indiqua au psy de la retrouver en bas. Menant ses nettoyeurs, Miss Parker rejoignit la file de clients évacuant les lieux par une fenêtre qui donnait sur un escalier de secours. Alors qu'ils passaient par la fenêtre, le pompier continua à rabâcher : « Restez calme et continuez d'avancer. Restez calme et continuez d'avancer. Tout est sous contrôle. »

Sydney était sur le point de sortir quand le pompier le retint : « Juste un instant, monsieur. »

Le pompier ôta son masque et les yeux de Sydney rencontrèrent ceux de Jarod. Le soulagement de Sydney et sa joie transparaissaient dans sa voix.

« Mon Dieu. Jarod.

- Je voulais vous donner quelque chose en main propre. »

Jarod lui lança une clé USB : « Les instructions pour récupérer les cent millions du Centre, moins ma commission, bien entendu. » Jarod nota de la confusion sur le visage de Sydney : « L'argent ne signifie rien pour moi.

- Alors, qu'est-ce qui compte ? »

Jarod regarda Sydney dans les yeux : « La vérité. »

Le regard sombre de Jarod glaça Sydney : « A propos de quoi ?

- A propos de qui je suis réellement. Est-ce que le Centre m'a adopté ? Est-ce que j'ai été acheté ? Est-ce que j'ai été enlevé ? Et où sont mon père et ma mère ? »

Noyé dans l'angoisse des yeux de Jarod, Sydney ressentit un pincement au cœur : « Jarod, je te l'ai dit un millier de fois : tes parents sont morts dans un accident d'avion à Cincinnati. »

« Je sais ce que *vous* m'avez dit, explosa Jarod, que le Centre m'a recueilli parce que je n'avais plus aucune famille. Vous m'avez laissé croire que cette histoire était la mienne pendant des années Sydney, mais la première chose que j'ai faite après mon évasion a été d'en vérifier chaque détail. Joe et Evelyn étaient effectivement des fermiers qui vivaient dans la banlieue de Cincinnati, exactement comme vous le disiez. Ils sont enterrés près de la rivière Ohio, exactement comme vous le disiez. Tout, dans le moindre petit détail, est exactement comme vous le disiez. A l'exception d'une chose, moi. »

Ce fut au tour de Sydney d'être confus : « Toi ? »

Jarod empoigna un bout du sweat-shirt de Sydney : « J'ai effectué une comparaison de mon profil ADN et de celui de mes soi-disant parents.

C'est l'un des avantages d'être docteur. Et devinez quoi ? Je *n'ai aucun* facteur ADN en commun avec Evelyn et Joe. Il est impossible que je sois leur fils. »

Cette révélation laissa Sydney abasourdi. Sous le choc, il bredouilla : « Je ne comprends pas, il doit y avoir une erreur. »

« La seule erreur a été de vous faire confiance », dit Jarod en lâchant le sweat-shirt de Syd.

Ces mots portèrent un coup au cœur du Belge : « Si ce que tu dis est vrai, sache que je ne t'aurais jamais menti délibérément, Jarod, tu peux me croire. »

Il lui avait fait une confiance aveugle quand il était enfant mais désormais, Jarod ne savait plus s'il devait le croire ou non. Il n'était à présent plus sûr de grand-chose, mais lorsqu'il regarda par la fenêtre et vit le premier des nettoyeurs de Miss Parker descendre les escaliers de secours pour atteindre la rue, il su immédiatement qu'il lui restait peu de temps.

Jarod se retourna vers son mentor : « Je peux être un docteur, un avocat, un ingénieur …

- Et tellement plus, Jarod.

- Oui, vous m'avez appris comment devenir qui je veux, à l'exception de *MOI-MEME*. Je ne sais pas qui je suis. »

Jarod regarda au fond des yeux de Sydney, alors que les larmes commençaient à perler dans les siens : « Dites-moi qui je suis.

- Je suis désolé, Jarod. Mais je … je ne sais pas. »

~~~

Miss Parker atteignit le bas de l'escalier de secours et alluma une cigarette de laquelle elle tira une longue bouffée. Aires lui jeta alors un regard désapprobateur.

« Vous savez Miss Parker, fumer peut vous enlever plusieurs années de votre vie.

- Les dernières années sont les plus merdiques, je ne compte pas vivre aussi longtemps. »

Alors qu'elle recrachait le nuage mortel, quelque chose commença à la tracasser. Elle fixa l'hôtel, et remarqua à quel point la quantité de fumée qui s'en échappait était insignifiante. Son instinct en éveil, elle regarda autour d'elle cherchant des réponses. C'est à ce moment qu'elle vit Hornstein, le manager de l'hôtel, qui ne put dissimuler sa détresse tout en tentant d'anticiper sa réaction.

« Je suis vraiment désolé pour ce désagrément, Miss Parker. Je peux vous assurer que vous serez de retour dans votre suite dès que cela sera possible.

- Ne vous faites pas dessus, Horny. Dites-moi juste comment cela a commencé ?

- Nos détecteurs de fumée ont indiqué que des câbles électriques étaient défectueux au niveau de la machine à glaçons du 14e étage, ce qui est incompréhensible. Le nouveau technicien était justement là cette après-midi pour sa révision. »

Miss Parker serra les dents : « Bien sûr. » Elle venait de comprendre la supercherie et se tourna donc vers Aires et ses nettoyeurs : « Vous quatre, bloquez les sorties. »

Miss Parker jeta un regard en direction de la fenêtre adjacente à la sortie de secours du 14e étage, et aperçut Jarod qui la fixait.

Pointant du doigt les autres nettoyeurs présents, elle gronda : « Les autres, avec moi. »

~~~

Jarod regardait Miss Parker et ses nettoyeurs qui tentaient de se frayer un chemin à travers la marée humaine qui descendait l'escalier de secours. L'étau se resserrait. Sydney pouvait voir l'urgence dans ses yeux.

« Viens avec moi, Jarod, je peux arranger les choses. »

Jarod tira Sydney d'un coup sec vers le couloir menant aux ascenseurs.

« Je ne reviendrai jamais », déclara t'il en appuyant sur le bouton de l'ascenseur avec son pouce.

« Sois raisonnable, Jarod, il n'y a aucun moyen de sortir d'ici !

- C'est ce qu'ils disaient à propos du Centre. »

Jarod fit virevolter son ancien ami et le plaqua contre le mur : « Vous ne connaissez peut-être pas la vérité, mais le secret sur mon identité est forcément dans les archives du Centre. Je ne peux peut-être pas y avoir accès, mais vous, vous le pouvez.

- Jarod, seules les personnes du rang de Miss Parker y ont accès. Et même si je le faisais … si le Centre l'apprenait, ils me tueraient. »

Jarod pressa Sydney contre le mur : « J'ai fait <u>tout</u> ce que vous m'avez demandé pendant les trente dernières années, maintenant je vous demande de faire juste <u>une</u> chose pour moi. »

Le chaos s'abattit soudain avec une nuée de mortiers. Sydney et Jarod se retournèrent en même temps et virent Miss Parker et son équipe démolir le mur. Son sang ne fit qu'un tour alors qu'elle criait : « Jaroooooddddd ! »

La sonnette de l'ascenseur se fit entendre.

Les portes commencèrent à s'ouvrir.

Sydney, paniqué, vit Miss Parker arriver comme une furie, et lui dit avec un sourire désarmant : « Miss Parker, regardez qui est de retour. » Il se tourna ensuite vers Jarod et lui murmura « Frappe-moi. »

Jarod frappa Sydney d'un coup de poing, le faisant basculer en arrière et heurter la foule qui se pressait. Le Caméléon se rua ensuite dans l'ascenseur.

Miss Parker dégagea Sydney de son chemin, et porta la main à son manteau pour attraper son P99, au moment où les portes de l'ascenseur commençaient à se refermer. Elle n'avait pas pu atteindre le haut-parleur agaçant de sa chambre, mais elle n'allait certainement pas manquer Jarod. Elle prit soin de le viser correctement mais, alors qu'elle appuyait sur la gâchette, Sydney attrapa son poignet : « Pas d'armes à feu ! »

Le coup partit dans les airs. Miss Parker se précipita vers l'ascenseur alors que les portes se refermaient, rompant tout contact visuel avec Jarod.

Elle hurla aux Nettoyeurs : « Trouvez-le ! » Alors qu'ils s'affairaient, Miss Parker furieuse plaqua Sydney contre le mur.

« Prenez une décision, Sydney, soyez un scientifique ou une maman, vous ne pouvez pas être les deux ! »

Chapitre 41

LE JOUR LE PLUS BIZARRE de la vie de Jarod commença avec des mots qu'il n'oublierait jamais : « *Putaindebâtarddefilsdepute !* »

C'est l'accueil que Jarod reçut alors que Bilson le menait pour la première fois à l'Annexe psychiatrique.

Cette suite de mots n'était probablement pas la seule chose que le sergent-chef Ellwood Doyle était capable de dire, mais c'étaient les seuls mots que chacun ici l'avait entendu prononcer. Ce vétéran sans abri d'1m83 pour 140 kilos, surnommé Sarge, ne faisait pas preuve de discrétion. L'homme, bâti comme un tank, ne s'était jamais laissé intimider par quiconque et hurlait ces mots à longueur de journée.

« *Putaindebâtarddefilsdepute !* »

On aurait pu comparer à un volcan cet ancien sniper de la Marine à la coupe en brosse grisonnante, qui se tenait douze heures par jour au même endroit, près de la même poubelle, face au même mur. Sa tête se balançait d'avant en arrière, tandis que le reste de son corps tressautait involontairement à l'image de la rage qui bouillait à l'intérieur de lui.

« *Putaindebâtarddefilsdepute !* »

Jarod avait su que l'esprit de l'homme avait volé en éclat dans le sable d'Afghanistan au moment même où il l'avait aperçu dans la pièce de socialisation. Mais pas le Dr B. Ce dernier ne pouvait prêter la moindre attention à Sarge ou à n'importe quelle âme misérable qui résidait là, il était bien trop occupé à exhiber avec fierté son annexe à son protégé.

Mais pas Jarod.

Au fur et à mesure qu'ils avançaient dans la pièce, les émotions de Jarod s'exaltaient. Même s'il s'attendait à ce que cet endroit soit troublant, il ne pensait pas que ça serait aussi bouleversant, *en particulier pour lui*.

L'édifice en lui-même n'était pas perturbant. Contrairement aux anciens asiles, il avait été conçu en open-space. Il possédait quatre couloirs bien éclairés avec des chambres individuelles, qui s'étendaient au nord, sud, est et ouest d'un atrium de socialisation. Celui-ci était le point central au-dessus duquel s'élevait un plafond de verre en forme de dôme, soutenu par huit colonnades imposantes. En dessous, la pièce, très lumineuse, était divisée en quadrants supposés encourager la positivité: une zone de bavardage où Sarge travaillait son positivisme en bavardant avec le mur, une section jeux supposée calmer l'esprit de compétition, une zone où se dressait un écran plat de deux mètres savamment nommée la salle TV, et enfin une zone de contemplation. Au milieu de tout cela se trouvait une pièce circulaire en verre destinée à la surveillance des cobayes par les infirmières. Assise à l'intérieur se trouvait Infirmière Kropski, qui distribuait des petits gobelets en carton remplis de pilules aux cobayes qui faisaient la queue devant sa fenêtre.

Tout au long de la distribution de gobelets de pilules, que les patients prenaient consciencieusement, l'infirmière hochait sa tête, anormalement grosse par rapport à son petit corps, de façon précise et automatique.

Kropski appréciait son rôle de surveillante de personnes que le « Tribunal de Bilson » avait décrétées incapables de prendre soin d'elles-mêmes. Le fait qu'ils dépendaient maintenant de ses soins lui procurait un immense plaisir égoïste. Mais selon l'opinion médicale de Jarod, les patients de Kropski *n'avaient pas l'air de bénéficier de bons traitements*. Et c'est ce qui le bouleversait.

« *Putaindebâtarddefilsdepute !* »

En plus de Sarge, Jarod identifia d'autres patients dont il avait étudié les dossiers la nuit précédente.

Il y avait Coraleen Johnson, une femme d'âge moyen qui baladait ses yeux gris dans le vide tout en glissant le long du mur du fond de la zone de contemplation, ou encore, Tommy Russo, un homme handicapé moteur, qui riait de bon cœur, bien que Jarod ne pouvait en *comprendre* la raison; rien de drôle ne se passait dans cette section de la pièce.

Rien de drôle n'arrivait jamais dans aucune section de la pièce.

Quel que soit l'endroit où Jarod regardait, des âmes souffraient. La peine gravée sur leurs visages provoquait en lui une colère volcanique. »

« *Putaindebâtarddefilsdepute !* »

A sa gauche, des hommes attablés devant un jeu d'échecs ricanaient tandis qu'ils observaient un adolescent nerveux chercher des choses invisibles en dessous des tables et des chaises.

« *Putaindebâtarddefilsdepute !* »

A sa droite, « les Morts Vivants », piégés dans leurs esprits, usaient la moquette avec leurs va-et-vient incessants.

« *Putaindebâtarddefilsdepute !* »

Derrière lui se trouvaient les « Chair Rockers » soudés à leurs rocking chair, affichant des sourires étranges et marmonnant tout en fixant les nanas de « The View » qui débitaient des paroles qu'aucun d'entre eux n'écoutait.

« *Putaindebâtarddefilsdepute !* »

Mais ce qui mettait le plus en colère Jarod était ce qui se trouvait juste en face de lui : le Dr Bilson.

La rage de Jarod était assourdissante. Le Dr B. souriait avec fierté tout en mentionnant de façon désinvolte que les soins reçus par ses cobayes étaient bien plus *qu'exceptionnels*. Mais Jarod n'entendait rien des mots sortant de la bouche de Bilson. Non. Le Caméléon ne pouvait prêter attention à l'arrogance du docteur alors qu'il était entouré de malheureux— *malheureux êtres humains*—comme s'ils n'étaient que des pantins de chair servant à son enrichissement.

Jarod voyait autre chose en eux.

Quelque chose qu'il avait lui-même été durant de nombreuses années.

Un rat de laboratoire retenu contre son gré, forcé à courir dans des labyrinthes dans l'intérêt d'autres personnes, tout cela pour un morceau de fromage.

Son fromage avait été l'espoir de découvrir un jour qui il était réellement. Pour ces gens privés de leurs droits qui avaient échangé leur liberté contre quatre murs et un toit, le fromage était un cocktail de trois médicaments psychotropes dont on leur avait assuré l'efficacité contre leur « présumée » maladie.

Jarod n'était pas si sûr de cela.

« *Putaindebâtarddefilsdepute !* »

L'une des pilules administrée était un neuroleptique anti-schizophrénique atypique, la seconde un antipsychotique de deuxième génération et la dernière un antidépresseur d'un nouveau genre. Tous avaient été examinés par Jarod au niveau moléculaire. Il avait donc pu constater par lui-même qu'ils pouvaient produire à la fois des résultats positifs et négatifs.

L'antidépresseur était un inhibiteur sélectif de la recapture de la sérotonine (ISRS), conçu pour soulager les symptômes de dépendance, mais qui pouvait aussi accroître sérieusement le risque de pensées suicidaires. Le neuroleptique anti-schizophrénique et l'antipsychotique bloquaient les récepteurs de la dopamine empêchant les hallucinations et les pensées désordonnées. Mais ceux-ci n'étaient pas sans effets secondaires. Jarod pu constater l'un d'entre eux sur une jeune fille penchée au-dessus d'une fontaine à eau. Elle essayait simplement d'assouvir sa soif mais, à cause des mouvements involontaires de sa langue, de sa bouche et de ses bras, plus elle essayait plus elle était mouillée. Jarod reconnaissait dans ses actions sporadiques une dyskinésie tardive, un trouble irréversible et incurable causé par une surexposition aux médicaments psychotropes.

Ayant lu les résultats présents dans les documents de l'Asiatique, Jarod pouvait dire que le problème venait des protocoles de test de Bilson caractérisés par de très hauts dosages.

Jarod avait passé la plus grande partie de sa soirée précédente à faire des recherches sur la façon dont la surexposition aux psychotropes pouvait causer les symptômes exacts qu'ils étaient supposés traiter, tout en endommageant de manière irréversible la structure du cerveau des patients.

« *Putaindebâtarddefilsdepute !* »

De mauvaises choses arrivaient à de bonnes personnes et ce n'était pas quelque chose que Jarod pouvait cautionner. Celui-ci se retrouvait donc face à un dilemme. Il savait au fond de son cœur qu'il ne pouvait pas abandonner ces gens dont le destin était tracé par les monstres en charge de leurs vies, mais sa mission ici n'était pas de les sauver. En effet il se devait d'atteindre le patient qui se trouvait dans la chambre au fond du Couloir Est, le patient de la Chambre E913.

Alors que Jarod regardait fixement au loin, en direction de la porte close de la Chambre E913, la voix du Dr Bilson mit un terme à sa rêverie : « Comme vous avez pu sans doute vous en rendre compte en lisant les archives de Su, les essais peuvent être repensés pour plus d'efficacité. »

Jarod se tourna vers le Dr B et alors qu'il aurait voulu l'étrangler à mort, il lui sourit et dit : « J'ai veillé toute la nuit pour faire mes devoirs. Aussi parfaits que vos protocoles puissent être, leur exécution par Su est pitoyable. »

Bilson mordit à l'hameçon. Les problèmes de tests étaient entièrement de la faute de Su, comme il le soupçonnait. Jarod continua de ferrer sa proie : « Mais ne vous inquiétez pas, j'ai déjà des projets en tête pour remettre ça sur les rails.

- Excellent, Russell. Je savais que je pouvais compter sur vous. »

Le Dr Su fit alors son apparition par le tunnel de sécurité, provoquant une sensation de dégoût chez Bilson. Ce dernier jeta un coup d'œil à sa montre, puis à son associé retardataire chronique et dit : « Je savais qu'après l'avoir rétrogradé, ce salopard d'oriental grognon nous ferait toujours attendre. »

Tandis que Su s'avançait vers eux, Bilson fit un clin d'œil complice à Jarod : « Nettoyez le foutoir de cet imbécile et des opportunités plus grandes se présenteront à vous dans le futur … avec moins de partenaires. »

Jarod hocha la tête « Considérez que c'est fait. »

Su s'approcha, se frottant les yeux pour chasser le sommeil « Désolé je suis en retard … longue nuit avec une petite serveuse. »

Bilson était maintenant sur le point d'exploser « Certaines choses ne changeront jamais. »

Avant même que Su ait eu le temps de remarquer la condescendance de Bilson, celui-ci rajouta « Je veux que vous vous accordiez avec les recherches préliminaires de Jarod, et que vous initiez les changements dès que possible. »

Su n'apprécia pas le ton de Bilson et répliqua farouchement : « Je serai ravi de m'accorder avec celles que j'approuve. »

Bilson à son tour n'apprécia pas cette remarque.

Avant que le ton n'ait le temps de monter entre les deux médecins, une jeune infirmière se précipita vers Infirmière Kropski et murmura quelque chose à son oreille. L'infirmière s'approcha du docteur, « Désolée de vous interrompre, Docteur Bilson, mais nous avons à nouveau un problème d'agressivité avec la femme de Cohasset. »

« Putaindebâtarddefilsdepute ! »

Bilson explosa enfin « Suis-je le seul à être compétent ici ?! »

Il se pinça la racine du nez, puis regarda longuement Kropski : « Je vais m'occuper d'elle. » Il s'adressa ensuite à Jarod, pointant Su du doigt : « Vous vous occupez de lui. » Le Dr B. tourna les talons et déversa sa colère sur le grand homme à la coupe en brosse grisonnante, en criant à personne et tout le monde : « Pendant que j'y suis, que quelqu'un mette une muselière à ce taré de fils de pute avant qu'il ne me rende dingue ! »

Bilson s'enfonça dans le Couloir Est suivi par l'infirmière à la grosse tête. Su, humilié, ne parvenait pas à dissimuler sa colère à Jarod.

« Putaindebâtarddefilsdepute ! »

Su détourna le regard de Jarod et à son tour déversa sa rage sur Sarge. Il pointa du doigt la jeune infirmière : « Injectez lui 50 mg de Risperidone. » Pendant qu'elle s'affairait, Su fit signe à des aides-soignants de venir. Les trois hommes approchèrent du sergent-chef.

« Putaindebâtarddefilsdepute ! »

Su s'arrêta à quelques pas de l'imposant vétéran : « Sarge, tu sais comment ça marche … Ferme ta gueule ou on la boucle pour toi ! »

Sa tête dodelinant, Sarge ne lui prêta pas attention.

Su haussa le ton en même temps qu'il faisait monter la tension dans la pièce : « Dernier avertissement, Sarge ! »

La tête de Sarge s'agita de plus en plus rapidement et ses interventions devinrent plus fréquentes.

« Putaindebâtarddefilsdepute ! »

L'infirmière se précipita vers Su, et lui tendit une seringue. Su fit un signe de tête aux aides-soignants. Les hommes se mirent en position pour coincer le vétéran et le maîtriser. Mais avant que Su n'ait pu administrer la dose à Sarge, une main agrippa son poignet. Su jeta un œil à cette main, et suivi du regard le bras jusqu'aux yeux brillants de colère de Jarod : « Est-ce vraiment nécessaire ? 50 mg de Risperidone pourraient endormir un ours pendant des jours.

- Ce grand gaillard est habitué à cette merde, j'en ai rien à cirer de ce que vous dites, vous ne pouvez rien faire pour raisonner son esprit schizophrénique, l'aiguille est la seule chose qui fonctionne. »

Jarod serra plus fermement le poignet de Su et de son autre main il se saisit de la seringue : « Nous allons essayer ma méthode. »

Jarod relâcha Su et se tourna vers les aides-soignants : « Laissez-le partir. »

Surpris, ils s'exécutèrent et Sarge recommença à s'agiter vers le mur.

Jarod s'approcha avec précaution de la poubelle et y jeta la seringue. Il se plaça ensuite entre le réceptacle et Sarge. Et au lieu d'observer le vieux vétéran, il focalisa son attention sur le mur en face de lui et commença à agiter la tête de haut en bas.

Alors qu'il imitait les agissements de Sarge, Jarod ne vit pas le regard que l'homme lui jeta du coin de l'œil. Il ne vit pas non plus la rage se mettre à bouillonner à l'intérieur de Sarge, ou la manière dont son corps convulsa avant d'exploser :

« Putaindebâtarddefilsdepute ! »

Jarod ne vit rien de tout cela, *mais il le ressentit.*

Et c'était l'essentiel.

Du haut de la tête jusqu'au bout des orteils, le Caméléon fit ce qu'il savait faire le mieux. Il se plaça dans la peau de l'homme à côté de lui, il devint cet homme. Il ressentait tout ce que Sarge ressentait. La rage et la frustration, la blessure et la peine d'une vie passée à assister à des atrocités que personne ne devrait voir ni expérimenter, une angoisse que personne ne devrait connaître. Alors qu'il expérimentait toute cette frustration, ce tourment et cette rage qui montaient en lui comme dans une cocotte-minute, Jarod essaya de les maintenir en lui comme Sarge le faisait chaque jour pendant douze heures. Mais il avait beau faire de son mieux il ne pouvait se contenir. Soudainement le corps de Jarod convulsa et dans un éclat de douleur il laissa échapper de ses lèvres : *« Putaindebâtarddefilsdepute ! »*

Pendant que Jarod crachait ces mots, Sarge fit de même.

« Putaindebâtarddefilsdepute ! »

« Putaindebâtarddefilsdepute ! »

« Putaindebâtarddefilsdepute ! »

Ils se répondirent encore et encore, jusqu'à ce que tous deux furent épuisés, et là, aussi rapidement que les cris avaient commencé, ils cessèrent.

La salle entière était silencieuse.

Tommy Russo ne riait plus.

Coraleen Johnson était figée.

Tout le monde dans la pièce de socialisation fixait les deux hommes.

Sarge se tourna et fixa Jarod qui lui rendit son regard.

Le grand homme glissa une main dans sa chevelure : « Quel est le problème, fils ? »

Tandis que le sergent-chef le fixait, Jarod lui fit signe de se baisser. Sarge s'exécuta, et le laissa lui murmurer quelque chose à l'oreille.

Jarod se tourna ensuite vers les aides-soignants, « Le Sergent Doyle va maintenant retourner dans sa chambre. »

Sarge tourna les talons pour s'y rendre. Hésitants, les aides-soignants regardèrent Su, qui se contenta de hocher la tête, abasourdi. Les aides-soignants s'éloignèrent et le grand homme s'en alla calmement dans sa chambre. Tout le monde fixait Jarod qui lui, regardait le Dr Su.

« Sarge n'est pas schizophrène, il souffre de troubles obsessionnels compulsifs liés à un trouble de stress post-traumatique. » Il se tourna ensuite vers la jeune infirmière : « Diminuez les doses de médicaments tests de cinq pour cent par jour jusqu'à plus rien. Ils ne font qu'empirer son état. »

Hésitante, l'infirmière se tourna vers Su. Mais le Dr S. était glacé d'incertitude. Jarod quant à lui, était confiant : « Commencez dès maintenant.

- Tout de suite, Docteur. »

Elle retourna ensuite à son poste, et les aides-soignants à leurs tâches. Coraleen recommença à glisser contre le mur. Les « Chair Rockers » reprirent leurs mouvements de bascule. Alors que tout revenait à la normale dans cet endroit anormal, Su et Jarod se retrouvèrent seuls près du mur.

Su fut le premier à parler : « Qu'avez-vous murmuré à l'oreille de Sarge ?

- Que j'étais aussi en colère que lui et je lui ai promis que s'il retournait dans sa chambre je trouverai un moyen pour qu'il ne souffre plus autant. »

Sans un mot, Su commença à s'éloigner avant de se retourner : « Sapez à nouveau mon autorité et c'est vous qui allez souffrir. »

Jarod réfléchissait au fait que cette affirmation était réciproque lorsqu'il entendit un grand fracas.

Chapitre 42

LE FRACAS SEMBLAIT PROVENIR du fond du Couloir Est et, pensant que cela pouvait venir de la Chambre E913, Jarod se mit à courir.

Alors qu'il approchait de la chambre E915, une porte s'ouvrit précipitamment, laissant apparaître un Dr Bilson très surpris qui sortait d'une chambre à reculons les bras en avant, pour se protéger des projectiles qui volaient autour de lui. Le médecin parvint à éviter d'un pas sur le côté un pichet d'eau en plastique, qui vola en éclat contre le mur près de sa tête. Par contre, il ne fut pas assez prompt pour esquiver le plateau de petit déjeuner intact qui le heurta sur la tempe droite et éclaboussa sa veste de costume Moods of Norway d'œufs brouillés, de salade de fruits et d'une substance proche du pudding. « Bon sang ! »

La suivante à sortir de la pièce fut Infirmière Kropski, qui en s'échappant glissa dans les dégâts, alors qu'elle esquivait une brique de lait qui explosa sur la porte de la Chambre E914.

« Faites attention, elle a un autre bassin hygiénique ! »

Émergeant de la Chambre E915 le meurtrier dispositif hygiénique à la main, se tenait la même jeune femme que Jarod avait stoppée alors qu'elle essayait de s'échapper de l'Annexe.

La fille aux yeux violets.

Furieuse, Skylar lança le bassin hygiénique tel un frisbee en direction de la petite tête de Bilson et la grosse tête de Kropski, les deux esquivèrent le coup juste à temps pour sauver leur peau.

« Je vous ai dit que je ne mangerai plus votre bouffe de merde et n'avalerai plus vos médicaments. Je n'appartiens plus à ce putain d'endroit ! »

Là-dessus, Skylar tourna les talons et monta précipitamment les marches à l'aveugle. Elle chuta et atterrit dans les bras de Jarod. Ils basculèrent alors tous les deux sur le sol, face à face.

« Eh bien, tout ça n'est-il pas parfait ? » dit-elle.

Le premier réflexe de Jarod fut de répondre par l'affirmative. Il n'avait jamais tenu de femme dans ses bras auparavant et était quasiment certain de ne jamais avoir eu de femme sur lui. Bien qu'il suppose que ce n'était pas la manière la plus naturelle de se trouver dans cette position, il n'en trouva pas moins le contact de son corps pulpeux, et la sensation de force et de chaleur très appréciables. A vrai dire, en regardant au fond des yeux violets de Skylar, et elle au fond de ses yeux bruns, Jarod réalisa que cette sensation était particulièrement agréable.

Alors que les deux aides-soignants qui avaient flanqué Sarge contre le mur se précipitaient vers eux, Jarod s'adressa à sa proie qui se tortillait. « Skylar, si je vous laisse vous relever, vous me promettez cette fois de ne pas me frapper ? Ma mâchoire est encore assez douloureuse.

- Ouais, t'as de la chance que je n'ai pas giflé ton petit cul ».

Jarod relâcha Skylar, qui se releva et mit les mains en l'air pour se rendre aux aides-soignants.

Elle s'adressa à eux de manière sarcastique. « Vos mamans doivent être tellement fières. »

Alors que Jarod se remettait sur pied, les aides-soignants saisirent les bras de Skylar. Une fois assuré que la lionne était maîtrisée, Bilson quitta sa position défensive. Il fulminait, frottant sa tempe d'une main, et dégageant énergiquement les traces de pêche sur sa veste de l'autre. Jarod était amusé par l'agacement pointilleux de Bilson et ne pouvait dire si c'était sa douleur à la tête ou les tâches sur sa veste qui le rendait le plus furieux, mais il aurait parié sur cette dernière.

Se positionnant « courageusement » *derrière* les aides-soignants, comme à son habitude, Bilson reprit le contrôle. « Je veux qu'elle reste attachée à son lit jusqu'à nouvel ordre. »

Kropski tourna sa large boîte crânienne vers Skylar. « Volontiers. »

Les aides-soignants étaient sur le point d'appliquer les ordres de Bilson quand Jarod intervint.

« Je ne pense pas que ça soit souhaitable. »

A ces mots, le Dr Bilson pivota à son tour sa boîte crânienne et répliqua, « Peut-être auriez-vous un ressenti différent si vous aviez été celui qui s'était pris des boulettes de viande et des galettes de pommes de terres ces dernières semaines. »

Jarod s'éloigna de Skylar et des aides-soignants, plaça son bras autour des épaules de Bilson et l'escorta un peu plus loin. « J'essaye juste d'étouffer une potentielle crise. »

Jarod s'arrêta et, vérifiant qu'ils étaient hors d'écoute, continua. « J'ai relevé l'existence de plusieurs patients dont les niveaux de dosage ont été non seulement administrés par le Dr Su en dépit du bon sens, mais aussi pour lesquels il a laissé une trace écrite. » Jarod laissa cette pensée faire son chemin dans la tête de Bilson pendant quelques instants, puis reprit. « Je suis persuadé que l'irrationalité de Skylar reflète l'incompétence de Su. »

Bilson jeta un œil vers le couloir où Su était en train de fleurter avec une jeune infirmière, dans la zone de bavardage. « Foutue face de citron. »

Jarod décida de tirer profit de la frustration du Dr B. « Pour faire court, la non-adhésion aux protocoles de ce type chez Dharma Labs a causé une série de réactions inversées chez les patients. Ces réactions ont eu pour conséquence de pousser un employé bien intentionné à la dénonciation, ce qui a provoqué de fréquentes visites surprises de la FDA. Cela a finalement abouti à la fermeture du service, une situation qui aurait pu être évitée et qui a coûté beaucoup de temps et encore plus d'argent à l'entreprise. » Jarod désigna subtilement Skylar et les aides-soignants. « Nous n'avons pas besoin de ce genre de scènes, donc d'ici que j'aie réglé les problèmes de dosage et que je sois en possession de toutes les traces écrites, laissez-moi m'occuper d'elle et des autres patients dans son genre, calmement. »

Reconnaissant de l'intérêt de Jarod, Bilson désigna Skylar de la tête.

« Jarod, faites ce que vous avez à faire pour garder Skylar, ainsi que l'étude, sous contrôle.

- Vous pouvez compter sur moi, Jonah. »

D'un geste fraternel digne de *« L'Endroit de l'Homme »*, le Dr B. tapota deux fois l'épaule de Jarod puis, préoccupé par une tache visqueuse sur son pantalon, reporta son attention sur Kropski.

« J'ai besoin de faire quelque chose avant que la tâche ne sèche. Amenez-moi de l'eau gazéifiée, immédiatement.

- Tout de suite, Docteur. »

Alors que Bilson et Kropski s'éloignaient vers la pièce de socialisation, les aides-soignants escortèrent Skylar dans sa chambre.

Aussi rapidement qu'elle avait commencé pour Jarod, la seconde bousculade de la journée avait cessé. Il y en aurait encore trois autres avant que la journée la plus étrange de sa vie ne touche à sa fin.

Deux d'entre elles auraient lieu dans la Chambre E913. Mais debout à fixer la porte de cette chambre, il savait qu'il y avait trop de paires d'yeux dans le couloir pour permettre de s'y risquer.

En plus de cela, Jarod avait quelque chose à régler dans la chambre de la fille aux yeux violets.

Chapitre 43

« LA TRAHISON est la violation d'une confiance exprimée ou perçue par une ou plusieurs personnes sur laquelle, ou lesquelles, on compte dans son histoire personnelle, alors que le *traumatisme* … »

Miss Parker alluma une Pall Mall, maugréant : « Je sais ce qu'est un traumatisme, Syd, et vous allez en avoir un bel exemple si vous ne m'éclairez pas sur la raison—la vraie raison—pour laquelle votre petit monstre a tiré la sonnette d'alarme pour se retrouver en tête à tête avec vous ! Et ne me dites pas qu'il a fait ça uniquement pour serrer son nounours et entendre 'Je t'aim', Jawod'. »

Malgré le fait que la fumée s'était dissipée des heures auparavant, la tension dans l'air était toujours palpable dans le salon de la suite de Miss Parker. Sydney subissait un interrogatoire depuis des heures, observant Miss Parker arpenter la pièce, bouillonnante de colère.

En dépit du mépris avec lequel Miss Parker traitait sa relation avec Jarod, Sydney répondait à ses questions de manière directe, du moins aussi directe qu'il le pouvait vues les circonstances. « Miss Parker, sur bien des points c'était *exactement* ça. Je pense qu'il voulait me voir. Me regarder dans les yeux. Avoir un contact humain avec quelqu'un en qui il a confiance, ou du moins quelqu'un en qui il voulait savoir s'il pouvait toujours avoir confiance.

- Qu'est-ce que vous voulez dire ?
- C'est ce que j'essaye de vous expliquer. »

Sydney reprit le fil de ses pensées. Il lui dirait autant de choses qu'il le pourrait, mais pas tout, pas tant qu'il n'était pas sûr de là où il mettait les pieds, dans ce cul-de-sac qu'était devenue sa vie. Il parlait de Jarod mais aurait facilement pu dire la même chose de lui.

« Jarod se trouve dans une détresse psychosociale extrême, déclenchée par le fait qu'il se perçoive lui-même comme une victime ; un état que Jennifer Freyd a appelé le « traumatisme de la trahison ». Similaire à l'amnésie dissociative, le « traumatisme de la trahison » est un terme utilisé pour expliquer le mal causé par une violation réelle ou perçue d'un contrat moral entre deux personnes, auquel la victime se fie pour un quelconque aspect de son bien-être holistique. »

Alors que Sydney poursuivait, il observa Miss Parker s'asseoir sur le lit et ouvrir son ordinateur portable. Sur celui-ci, Sydney le savait, il y avait son mot de passe personnel donnant accès à l'unité centrale des archives du Centre : l'accès dont Jarod avait besoin. Alors que ses doigts effleuraient le clavier, Sydney tenta de voir le code qu'elle tapait. Mais hormis la première touche, le chiffre 7, elle tapa trop vite pour qu'il ait le temps de retenir la combinaison.

Pendant que Sydney blablatait, Miss Parker vérifiait si son père lui avait envoyé un e-mail sur son compte privé, et fut soulagée de constater que sa boîte était vide. Elle avait omis de lui faire le compte-rendu de la capture manquée de Jarod et espérait qu'il ne soit pas encore au courant. Elle préférait de loin s'excuser de cela après la capture du Caméléon plutôt que maintenant, car pour l'instant elle avait besoin de souffler un peu.

Elle avait ordonné à Cornelius de faire des heures supplémentaires afin de réduire la liste des hôpitaux et de trouver Jarod avant qu'il n'ait le temps de bouger. Mais elle était à présent dans son propre enfer psychosocial alors qu'elle écoutait le Belge déblatérer des âneries à propos de quelque chose appelé le « traumatisme de la trahison ». Ils devaient être dessus depuis des heures, depuis que Jarod s'était échappé sans laisser de trace. Miss Parker détestait quand Sydney psychogazouillait, mais son père lui avait dit de le garder dans la partie. Et donc, bien qu'elle bouillonnait de l'intérieur elle se devait de supporter son blabla et se remit à l'écouter.

« La psychologue Jennifer Freyd a déterminé que le degré auquel ces événements sont remémorés est substantiellement plus fort quand la relation entre l'auteur des faits et la victime inclut proximité, confiance ou attention. Le « traumatisme de la trahison » suggère que le souvenir et la reconnaissance de l'abus peuvent remonter dans des manifestations réactives et imprévisibles. Je suis sûr que vous avez vécu cela pas mal de fois dans votre propre vie, Miss Parker. »

Miss Parker pivota pour faire face à Sydney. « Vous citez Wikipedia pour m'emmerder ou pour chercher à m'impressionner, Sydney ?

- Tapez « traumatisme de la trahison » sur Google, c'est bien pire que ce que beaucoup pensent. Cela remet en cause la compréhension des victimes en termes de règles, rôles, relations, respect, morale éthique et valeurs, qui font partie de la doctrine centrale du contrat psychologique. Un retour à l'équilibre requiert de la part de l'individu la redéfinition d'un ou plusieurs de ces principes. »

Miss Parker se dressa au-dessus du Belge exténué. « Et c'est pour ça qu'il est venu à votre rencontre dans le couloir ? Pour vous dire qu'il redéfinissait un principe ? »

Sydney y réfléchit sincèrement pendant un moment. « Je pense qu'il a voulu me voir pour me dire qu'il redéfinissait sa vie. »

Cette phrase capta l'attention de Miss Parker. « En quoi ?

- Jarod pense qu'on lui a menti durant tout le temps qu'il a passé au Centre », déclara Sydney en frottant son front, « Je commence d'ailleurs à me demander s'il est bien le seul à qui on a menti. »

Ce fut la goutte d'eau qui fit déborder le vase. Miss Parker décida à ce moment qu'elle allait le tuer. Elle l'aurait d'ailleurs fait là, tout de suite, si Aires n'était pas entré pour annoncer, « Cornelius est là pour vous voir. »

Arborant un costume trois-pièces gris, style 'duc de Windsor' de chez Tom Ford, complété par un parapluie et des lunettes assorties, Cornelius fit une entrée à la James Bond.

« J'aurais dû venir plus tôt … peut-être que vous deux n'auriez pas l'air aussi … déboussolés … » Parker jeta un œil à son accoutrement, comme il pensait qu'elle le ferait, puis dit : « Vous avez intérêt à avoir une sacrée bonne raison d'avoir ignoré mes ordres de rester à Blue Cove sur les traces de Jarod. »

Corny arbora un large sourire et expliqua comment il avait décapé les bandes sons, au point de pouvoir entendre un type de la sécurité de l'hôpital commander une pizza chez Domino avec des anchois et des champignons, pour être livré à l'hôpital central des grands brûlés. « Sur les 80 hôpitaux et plus qui se trouvent à une distance de moins de 45 kilomètres de là où vous vous trouvez maintenant Miss Parker, seulement 23 possèdent des unités de soins pour grands brûlés. » Il ne parvint pas à retenir ce petit rire qu'elle détestait et duquel elle se moquait à chaque fois, alors qu'il essayait de l'étouffer « C'est ironique.

- En quoi ?

- Il voulait cette pizza extra-croustillante. »

Miss Parker voulait lui aussi le tuer.

Cornelius fit de nouveau un large sourire, ajoutant. « Il semble que compte tenu des divers talents de Jarod et de ses succès récents en la matière, l'excès de prudence est une bonne chose. »

Elle le fixa lourdement et il comprit qu'elle n'était toujours pas convaincue.

« Pourquoi prendre le risque que Jarod enregistre et surveille les communications du Centre alors que je pourrais être à vos côtés, tout en réduisant le nombre d'unités de soins de grands brûlés à une seule ? »

Il marquait un point. Miss Parker détestait quand Corn, ou n'importe qui d'autre, *marquait un point.*

« Et c'est le destin, l'hôtel a été capable de faire de moi votre *voisin* … » Sur ces mots il ouvrit la porte attenante, révélant sa chambre, dans laquelle se trouvait sa plate-forme informatique portable, prête en cas de besoin.

« Mais putain, qu'est-ce que vous attendez alors? » Tout en disant cela, elle écrasa sa dernière cigarette sur la plaque *« Merci de ne pas fumer »* placée au-dessus de sa table de nuit et demanda à tout le monde de sortir sur-le-champ.

Chapitre 44

DEBOUT DEVANT la fenêtre de sa chambre d'hôpital, les yeux rivés sur la liberté qui existait neuf étages plus bas, le regard de Skylar ne semblait pas du tout être celui de quelqu'un qui avait été diagnostiqué schizophrène paranoïaque. Pour la première fois depuis que Jarod l'avait rencontrée, Skylar était calme.

Le Caméléon, lui, ne l'était pas.

En vérité, il semblait être celui, des deux personnes présentes dans la pièce, en proie à des voix intérieures et à des « personnalités multiples. » La conversation dans sa tête était rapide et déchaînée, et tournait autour de l'intrigante Skylar. Plus il se parlait à lui-même et plus il sentait monter une anxiété sans pareille, une anxiété qu'il n'avait ressentie qu'avec une seule autre femme, il y a longtemps ; une anxiété qu'il ne comprenait pas mais qu'il se devait de comprendre.

Tout avait commencé à l'instant où Skylar était tombée sur lui dans le couloir. Jarod pensait que cela se serait arrêté quand elle se relèverait. Non seulement cela avait perduré, mais cela empirait à chaque fois qu'il croisait son regard.

Il y avait une vérité dans les yeux violets de Skylar que Jarod trouvait envoûtante, une vérité à l'intérieur *d'elle* qu'il souhaitait connaître. Mieux. Bien mieux.

Jarod se tenait près de son lit, prétendant lire son dossier médical alors qu'il la regardait fixement. Il était troublé par la façon dont la lumière du soleil jetait une douce lueur sur ses cheveux soyeux et ses délicates joues—

celles-ci étaient tellement douces et précieuses. Il était émerveillé par ses longs doigts élégants et par la façon dont, inconsciemment, elle se caressait lentement, de la nuque à l'épaule, puis le long du bras retraçant les ailes d'un ange tatoué.

Quand elle releva les yeux, elle surprit le regard de Jarod, mais ne détourna pas le sien. A l'aise, elle soutint même son regard pendant un long moment.

Un très long moment.

Jarod réalisa que cela le rendait de nouveau nerveux.

Enfant, lorsqu'il était agité ainsi, Jarod avait découvert que la seule chose qu'il pouvait faire pour isoler la cause de son anxiété était de penser à autre chose et d'orienter la conversation vers un sujet différent. Il se concentra alors sur son tatouage : « Est-ce que votre ange porte un nom ?

- Pas un qui pourrait avoir du sens pour vous.

- Vous ne pouvez pas savoir ce qui peut signifier quelque chose à quelqu'un. »

Elle le regarda ostensiblement « Pourquoi vous êtes là ? »

Jarod pensa que c'était une bonne question. Surtout depuis qu'une des voix dans sa tête lui criait de sortir d'ici le plus vite possible. *La personne qu'il avait à voir et le travail pour lequel il était là se trouvaient dans la pièce d'à côté.* Mais une autre voix lui murmurait de rester là où il était et d'explorer les sensations qu'il éprouvait. Écoutant le murmure, Jarod sortit un stéthoscope de la poche de sa blouse.

« Puis-je écouter votre cœur ?

- Pourquoi ne pas écouter le vôtre et me laisser sortir de cette maison de fous ? »

Elle releva la tête et pinça ses lèvres tout en poursuivant, « A moins que vous ne soyez comme les autres qui pensent que ma place est ici.

- Je ne sais pas … pas encore. »

Jarod plaça les embouts du stéthoscope dans ses oreilles et tapota le bord du lit. Elle adoucit son expression et vint s'asseoir. Jarod glissa doucement sa main en dessous de son t-shirt et écouta les battements de son cœur.

Son pouls était fort, et peut-être un peu trop rapide, il n'aurait pas su le dire. Sa peau était douce comme de la soie, son corps était chaud comme les rayons du soleil et ses cheveux avaient le parfum des fleurs. Cette combinaison envoûtante faisait battre son cœur plus fort que celui de Skylar à ses oreilles.

Jarod retira sa main à contrecœur et tenta de reprendre ses esprits : « Est-ce que vous entendez parfois des voix vous disant quoi faire ?

- Uniquement celle me disant de bouger mon cul et de sortir immédiatement d'ici. »

Jarod trouva cela amusant. Il avait entendu cette voix dans sa tête un million de fois durant son séjour au Centre—son langage n'était pas aussi coloré mais l'idée était la même.

« Est-ce que vous avez parfois des hallucinations ? »

Elle leva un sourcil « Je ne me balade pas partout en prétendant être docteur, si c'est ce que vous voulez dire. »

Jarod la regarda. Ses yeux violets le transperçaient mais il ne pouvait pas dire si elle avait mis à jour le secret de sa mission ou si la lueur dans ses yeux lui avait permis de deviner l'imposture. Il était pétrifié jusqu'à ce qu'elle aille au bout de sa pensée : « Pas comme ce porc de Bilson, ou son blaireau d'acolyte, Hong Kong Su-ey. Quelle bande de frimeurs bons à rien, ces sales trouduc'. »

Jarod questionna : « Trouduc' ? »

Skylar leva les yeux au ciel. *Vous êtes sérieux?* « Trous du cul ? Allô ? On est sur la même planète, Doc' ?

- Ne m'appelez pas Doc', appelez-moi Jarod.

- Ecoutez, *Jarod*—si c'est un genre de test de santé mentale, laissez-moi vous faire gagner du temps. Je ne suis pas schizo-paranoïaque. Ok ? Je n'entends pas de voix, je ne souffre pas d'hallucinations et je ne pense pas être meilleure ou pire que tout autre personne faisant un bout de chemin sur cette planète. Et pour ce que ça vaut, c'est la même chose pour la moitié des clochards ici. On était tous là, à rien branler dans cette ville merdique quand le Dr B. est arrivé en nous promettant que si on répondait à quelques questions on aurait un endroit où se loger et des lits bien propres pour quelques mois. Maintenant on est juste bons à prendre tout ce qu'ils veulent nous injecter. Je préférerais retourner tenter ma chance dans la rue, mais cet enfoiré ne me laissera pas sortir d'ici.

- Je pense que vous avez raison.

- Que le Dr B. est un enfoiré ?

- Non. Que vous n'êtes ni paranoïaque, ni schizophrène. »

Pour la première fois depuis qu'ils s'étaient rencontrés, Skylar n'eut aucune réplique cinglante, elle ne leva pas les yeux au ciel de façon sarcastique et ne lança aucun regard signifiant *« quel crétin. »* Elle fut juste elle-même « Sérieusement ?

- Oui. Je ne pense pas que vous ayez le moindre problème. »

Jarod saisit ensuite son dossier médical et commença à griffonner des remarques. « Je vais réduire de moitié vos doses jusqu'à ce que vous soyez sevrée. »

Sa joie fit place à de la confusion. « Et est-ce je ne pourrais pas juste être en manque et sortir immédiatement de cet enfer ?

- L'interruption brutale des ISRS peut provoquer de sérieux effets de manque. Ca va prendre quelques jours mais c'est meilleur pour votre santé.»

Jarod termina d'écrire et leva les yeux. Leurs regards se croisèrent, et elle afficha un de ces sourires que Jarod connaissait bien. Un sourire de joie mêlée à de la tristesse. « Ça faisait longtemps que quelqu'un ne m'avait pas écoutée. » Elle s'approcha de lui et prit sa main. « Un long moment que quelqu'un ne s'était pas soucié de moi. »

Elle lui dit alors, « C'est Sal. »

Jarod s'arrêta et se retourna.

Elle serra la main de Jarod et il la laissa faire. « Ne m'oubliez pas, Jarod. »

Perdu dans ses yeux violets, Jarod ne pensait pas que cela soit possible. « Dès que vous serez rétablie, je vous sors d'ici. Je vous le promets. »

Il lâcha délicatement sa main et s'avança vers la porte.

Skylar montrait son avant-bras avec le petit tatouage. « Mon ange. Je l'ai nommé ainsi à cause de ma mère. »

Skylar tourna ensuite ses yeux brillants et son attention vers la fenêtre et l'extérieur, vers une liberté qu'elle espérait bientôt pouvoir retrouver.

Enfin calme, Jarod ouvrit tranquillement la porte et sortit.

Chapitre 45

LE COULOIR EST était tranquille.

Et désert.

Pour la première fois, rien ni personne ne se trouvait entre Jarod et son but ultime, le patient de la chambre E913.

Jarod avança prudemment vers la porte, posa la main sur la poignée, puis interrompit son geste. Il avait imaginé ce moment depuis plusieurs semaines, anticipant ce qu'il allait lui dire lorsqu'il le verrait pour la première fois.

Le Caméléon pensa à la raison première pour laquelle il était venu à New York. Il pensa à Cassandra Hearns et à la douleur qu'elle endurait chaque jour, face à l'abattement de son mari et à la perte de son fils Luke.

Luke était la raison pour laquelle Jarod était là.

Le petit garçon kidnappé fut tout ce à quoi Jarod pensa quand il tourna finalement la poignée de la porte de la Chambre E913, et entra à l'intérieur.

Contrairement à tout ce que Jarod avait pu voir jusque-là dans l'Annexe, la chambre était plongée dans l'obscurité. Des rideaux occultant étaient tirés très près des fenêtres. La seule source de lumière provenait de la lueur des moniteurs entourant le lit d'hôpital. Néanmoins, leur luminosité ambrée suffisait à Jarod pour reconnaître le patient allongé sous les couvertures.

Jarod souriait. Il avait passé tellement de temps à le chercher et il était enfin en face de lui. La seule personne capable de ramener la joie sur le visage d'une mère et d'un père désemparés, persuadés d'avoir perdu à jamais leur unique enfant.

Il était plus petit que ce que Jarod pensait et du fait des épreuves qu'il avait traversées, il paraissait plus âgé. Il semblait également fragile et paisible.

Pour le garder en vie, une perfusion en intraveineuse lui injectait des nutriments via une sonde nasale, ainsi que des médicaments et une solution saline. Les autres machines autour de lui permettaient de s'assurer qu'il était toujours en vie. L'une d'entre elles enregistrait les battements de son cœur, son souffle et sa pression sanguine ; mais la plus importante était l'électroencéphalogramme (EEG) qui servait à contrôler son activité cérébrale.

Jarod prit le dossier médical au bout du lit et le consulta. Sans surprise, il ne mentionnait pas le nom du patient, précisant juste qu'il était dans le coma. Jarod connaissait bien sûr son nom, ce qu'il ignorait était la gravité de ses blessures.

L'échelle de Glasgow, qui indique l'étendue des lésions cérébrales, varie de 3, coma profond et mort, à un maximum de 15 - personne parfaitement consciente. Jarod nota que l'intensité du coma du patient avait grimpé, sans interruption, passant du niveau dangereux de 5 à son arrivée, à un stade actuel de semi-coma de 11.

Poursuivant sa lecture, Jarod découvrit que le Dr Bilson avait essayé plusieurs traitements pour le réveiller, incluant le choc au glucose, différentes procédures contre les œdèmes cérébraux, et une technique par hypothermie. Mais rien n'avait fonctionné et le patient était toujours dans un état de conscience minimale.

Mais cela n'était pas suffisant pour Jarod.

Le Caméléon s'approcha, posa ses yeux sur l'être sans défense et lança sa main grande ouverte de toutes ses forces, frappant brutalement le patient au visage.

Sa tête se dressa, ses paupières s'entrouvrirent et ses deux yeux fixèrent Jarod.

L'un était réel.

L'autre était de verre.

Le patient était Kaj, le terroriste libanais.

Jarod ne savait pas si le mouvement de ses paupières était une réponse nerveuse involontaire au stimulus de la claque ou si Kaj était réellement réveillé. Dans un cas comme dans l'autre, il était impatient d'extraire des informations de la tête de l'homme qui avait échappé à ses tortionnaires cinq semaines auparavant. Il avait ensuite fini dans le coma après un violent accident de voiture, sur une voie rapide, dans l'ouest du Texas. Les informations que Kaj avait en mémoire étaient tout ce qui comptait pour Jarod. Il prit le Libanais à l'œil unique par la peau du cou et le secoua avec force : « Où est Luke ? »

Les paupières de Kaj commencèrent à battre rapidement. Les images commencèrent à se focaliser dans son bon œil comme s'il essayait d'échapper à un brouillard mental. Mais aussi rapidement qu'il avait repris conscience, il commença de nouveau à sombrer.

« Parlez-moi ! Je sais que vous avez kidnappé Luke. Maintenant dites-moi : est-il toujours en vie ? »

Jarod essaya de secouer Kaj pour lui faire reprendre conscience, mais en vain. L'œil de verre était toujours fixe tandis que l'œil du Libanais retournait dans le brouillard, roulant sous sa paupière.

Jarod jeta sa tête dans l'oreiller au moment précis où Infirmière Kropski entrait, des poches pour intraveineuse à la main. Elle s'arrêta brusquement en apercevant Jarod.

« Vous n'êtes pas censé être là. »

Contrairement à l'esprit de Kaj, celui de Jarod était vif. Il se tourna vers Kropski. « Eh bien c'est une chance que je le sois ! Je pouvais l'entendre suffoquer depuis le couloir.

- Suffoquer ?

- Oui ! Ces moniteurs ne sont-ils pas connectés à votre terminal ?

- Si, mais …

- *Si, mais,* rien du tout ! Ce ne sont pas des excuses qui vont sauver quelqu'un de l'asphyxie si vous vous êtes endormie ! »

Attiré par le vacarme, le Dr Bilson accourut. « Mais putain, qu'est-ce qu'il se passe maintenant ? »

Jarod se tourna vers lui. « C'est ce que j'aimerais savoir. »

Bilson fut surpris de voir Jarod là, tout comme Su qui arriva à son tour en retard, comme d'habitude. Jarod poursuivit. « J'étais dans le couloir quand j'ai entendu cet homme suffoquer ! »

Jarod regarda Su ostensiblement. « J'ai pensé qu'il pouvait s'agir une nouvelle fois d'un patient sur-réagissant à ses niveaux de dosage. »

Su s'approcha de Jarod jusqu'à être très près. « Non, ce n'est pas le cas ! »

Bilson s'avança vers Su, essayant d'apaiser la situation. « Ce patient ne fait même pas partie du test. »

Jarod jeta un œil au dossier médical de Kaj. « En effet. Je ne comprends pas ce qu'il fait là. »

Bilson ne quitta pas Jarod des yeux. « Infirmière ? »

Kropski avait espéré se fondre dans le décor mais cela n'avait pas fonctionné. « Oui, Docteur ?

- Allez vérifier la connexion des moniteurs pour ce patient. Assurez-vous que tout fonctionne correctement.

- Tout de suite, Docteur. »

Elle tourna les talons tandis que Bilson poursuivait. « Et Su, rendez-vous utile et allez l'aider. »

Su passa sa langue sur ses dents et la suivit tout en masquant son mépris.

Bilson ferma ensuite la porte et s'avança vers Jarod. « De temps en temps nos partenaires financiers nous demandent de prendre soin de … l'un des leurs. »

Jarod observa Bilson saisir le dossier médical du patient.

« Ils n'aiment pas qu'on leur pose de questions … donc je n'en pose pas, et vous devriez en faire autant. »

Le Dr B. replaça le dossier médical dans son casier au bout du lit.

Jarod resta silencieux pendant un instant, avant de lancer un regard oblique à Bilson : « Y a-t-il *autre* chose dont je devrais avoir connaissance ?

- Non, Docteur. Restez loin de cet homme et tout ira bien. »

Jarod n'avait nullement l'intention de rester loin. Ce patient détenait des informations sur la localisation d'un petit garçon disparu, et d'une façon ou d'une autre, Jarod lui arracherait ces informations.

Il hocha cependant la tête, lançant à Bilson, « Aucun problème. »

- Parfait, alors. Je vais m'occuper de ce qu'il se passe ici.

- Et je vais retourner travailler. »

Alors que Jarod sortait de la pièce, il entendit Bilson passer un appel de son portable. Il sortit alors le téléphone qu'il avait utilisé pour avoir accès aux appels de Bilson, quand il s'était couvert au sujet de Dharma.

L'appel fut court et sérieux. Un homme à la voix terne répondit simplement, « Allez-y, Bilson. »

Bilson dit alors, « Il pourrait se réveiller. »

Il y eut un silence jusqu'à ce que « Voix Terne » réponde, « Revoyez vos plans. »

Bilson répondit, « Alors à bientôt » mais n'eut même pas le temps de terminer sa phrase que « Voix Terne » avait déjà raccroché.

Jarod savait que quelqu'un d'autre allait venir pour Kaj, quelqu'un qui voulait également savoir ce que la tête du terroriste contenait. Jarod savait exactement qui était cette personne et il savait également qu'il manquait cruellement de temps.

Chapitre 46

AVANT LE COUP DE FIL du Dr Bilson, un homme assis dans un bureau de l'ouest du Texas, passait une journée de merde. Mais après avoir raccroché, il réfléchit à ce que ce connard de médecin arrogant lui avait dit. Les choses pourraient finalement être en train de tourner en sa faveur.

Il appuya sur un bouton rouge situé près de son téléphone, et porta la main à son œil qui le démangeait pour se soulager, mais ses doigts ne trouvèrent pas la source de cette irritation. Ils furent stoppés par le patch noir qu'il avait oublié qu'il portait. Ce patch lui permit de se rappeler la raison pour laquelle il passait une journée de merde en premier lieu.

O'Quinn n'avait pas eu une seule bonne journée depuis que le terroriste libyen avait utilisé son globe oculaire comme cendrier. Depuis ce moment précis, l'homme chauve avait souffert d'une irritation chronique causée par les dégâts causés à sa rétine. En effet, la guérison était très lente et il pouvait sentir l'aspect granuleux de son globe oculaire dans son orbite. Les chirurgiens lui avaient dit que le mémento exaspérant de son échec finirait par partir, mais ils ne savaient pas combien de temps cela prendrait.

On frappa deux fois à la porte. O'Quinn jeta un coup d'œil et vit Rott entrer dans son bureau. La patte du clébard était dans le plâtre depuis que Kaj l'avait presque rompu, en défonçant la porte de la salle d'interrogatoire durant son évasion. Son attention était entièrement dévouée à son maître.

« Vous m'avez appelé ? »

O'Quinn lui répondit simplement, « Prépare un sac. »

Chapitre 47

POUR OSCAR, dans sa veste de laboratoire blanche, Jarod ressemblait à un scientifique fou.

Le rat de Harlem passa sa tête rebondie à travers le tissu très fin de la chambre de simulation de fortune de Jarod. Le fait d'être dans les combles permettait au rongeur d'observer les alentours et d'ainsi se rendre compte que son coloc' humain avait transformé la cuisine en un laboratoire de recherche. La scène était éclairée par une lampe suspendue. Oscar pouvait donc clairement distinguer les becs Bunsen qui enflammaient des Béchers remplis de liquides multicolores bouillonnants. Il pouvait également distinguer plusieurs tubes à essais, contenant divers mélanges différents, réalisés avec de multiples ingrédients, que son humain était en train d'examiner à travers un microscope électronique situé sur la table en contrebas.

Intrigué par ce que son petit génie faisait, le mammifère trapu décida d'aller enquêter de plus près. Oscar grimpa sur le drap et fit un bond rapide vers la chaîne de la lampe. Avec une prise parfaite, il saisit les liens métalliques de ses quatre pattes puis descendit en se dandinant, la queue en avant. Le rongeur lâcha prise puis se laissa glisser sur le plan incliné cuivré avant de se laisser tomber sur la table située en dessous. Il atterrit entre deux piles de livres médicaux sur lesquels reposait le schéma neuronal d'une drosophile identique à celui que Jarod avait laissé à la station éolienne à Sydney.

Oscar avait observé son colocataire étudier texte et schéma durant de longues heures, avant que celui-ci ne commence son travail de scientifique fou. Le rongeur poilu n'avait aucune idée de ce que l'humain trafiquait, ni pourquoi il le faisait, mais cela lui importait peu.

Ce qui préoccupait Oscar était le fait que Jarod avait été tellement obsédé par la lecture de ces livres et ses différentes mixtures qu'il en avait oublié de manger et, pire encore, de nourrir son *colocataire*. Le rat voulut donc en connaître la raison, et grimpa en haut d'un livre ouvert pour élucider ce mystère.

Malheureusement, Oscar ne pouvait pas lire, mais s'il en avait été capable, il se serait rendu compte que ses petites pattes étaient sur une section surlignée qui avait retenu l'attention de Jarod.

« Il existe une connexion synaptique entre le cortex cérébral et une structure, située dans le tronc cérébral, appelée système d'activation réticulaire, nécessaire aux comateux pour reprendre conscience. Une technique expérimentale, appelée stimulation de choc transcrânienne, permet un envoi de nano-médicaments, qui pénètrent dans ces cellules pour exciter les réponses synaptiques, dans le but de réveiller les patients par choc. Testée sur des chimpanzés avec des résultats mitigés, la technique est encore loin d'être à l'essai sur les êtres humains. »

Pendant que Jarod inspectait son sérum à la recherche d'impuretés, un million de choses lui traversèrent l'esprit, dont comment Kaj allait répondre à celui-ci dans moins d'une heure.

Satisfait de ce qu'il vit, Jarod ôta le couvercle d'un récipient cylindrique en métal de vingt-cinq centimètres de long, et en retira deux seringues de calibre 20. Il plaça la pointe acérée d'une des aiguilles dans le liquide et tira sur la jauge pour la remplir.

Après en avoir terminé avec la deuxième seringue, Jarod replaça doucement celle-ci et sa jumelle dans le récipient, avant de refermer le couvercle. Il les voulait en sécurité jusqu'à ce qu'il en ait l'utilité. Elles étaient la clé permettant de déverrouiller la porte de l'esprit de Kaj.

Ses pensées tournées vers Luke, Jarod tourna son iPad rouge et le mit en marche. Depuis le début, la priorité absolue dont Jarod ne pouvait s'écarter, et ce même s'il l'avait voulu, était de retrouver le petit garçon. De par ses antécédents, il avait profondément été touché par l'histoire du petit garçon disparu. Jarod se servait de son passé comme d'un puit émotionnel, où il s'abreuvait chaque jour. Dès l'instant où il avait lu l'histoire tragique de la famille Hearns, il avait décidé de découvrir la vérité.

Alors que la vidéo de la caméra de sécurité de l'école primaire Plaza piratée par Jarod s'affichait sur son iPad, il sentit les mêmes émotions refaire surface. Il avait beau avoir visionné les images des centaines de fois, les sentiments qu'il éprouvait n'en devenaient que plus forts et personnels à chaque fois.

Alors qu'il attendait au bord d'un trottoir que son père vienne le récupérer, un van s'arrêta près de Luke. Au même instant, un homme costaud portant un survêtement Adidas bleu s'approchait en boitant, exténué comme s'il venait de faire un jogging. Il s'avança nonchalamment et se positionna de manière à ce que Luke soit entre lui et le Van. Au moment même où il se plaça devant Luke, le jeune garçon sembla s'évaporer.

Au départ, Jarod pensa qu'il pouvait s'agir de dysfonctionnements avec la caméra, mais en repassant la bande image par image, il se rendit compte du coup de maître.

Alors que l'homme en Adidas s'avançait en boitant, un homme originaire du Moyen-Orient ouvrit le Van et tira doucement Luke à l'intérieur avant de refermer la porte d'une façon si subtile et douce que personne n'aurait pu le remarquer, à moins d'observer la scène attentivement.

L'homme s'installa alors sur le siège conducteur puis lança un regard vers son partenaire rondouillard, avant de s'éloigner.

Jarod avait fait une capture d'écran de ce regard, et avait découvert via la base de données de la NSA, et après agrandissement, que le conducteur était un terroriste libyen expert en kidnapping prénommé Kaj Rahamzada.

Trois minutes après le kidnapping, soit trois minutes après que le Van dans lequel se trouvait Luke se soit éloigné, Roger Hearns arrivait au volant de sa BMW. Alors qu'il cherchait son fils, l'homme en survêt' Adidas revint sur ses pas. Il ne boitait plus. Il se pencha, côté conducteur, vers la fenêtre de la BMW et murmura quelque chose au père de Luke. Peu importe ce qu'étaient ces mots, le père de Luke commença à s'énerver avant de se laisser dominer par la panique. Il mit ensuite la BMW en route et détala en faisant rugir le moteur.

« Adidas » fit un signe frénétique à quelqu'un hors de l'écran et une Cadillac apparut. L'homme en Adidas sauta à l'intérieur et la voiture entama une course-poursuite contre Roger.

Oscar détala sur la table et plaça ses griffes avant sur le récipient en acier inoxydable qui se trouvait près du bras de Jarod, dans l'espoir d'attirer l'attention de l'Homo sapiens. Il espérait que son colocataire « aiderait un rongeur » et lui donnerait un petit morceau de quelque chose, mais cela ne se produit pas.

Le Caméléon était trop préoccupé.

Jarod n'était pas en mesure de dire ce qu'il s'était passé au cours des dix-huit minutes durant lesquelles Roger Hearns s'était éloigné, pourchassé par les hommes de la Cadillac, avant de finir repêché par un passant dans la rivière Tourne.

Mais il avait des soupçons ; des soupçons qui avaient été renforcés deux nuits auparavant lorsqu'il avait conduit la Beemer. Le fait d'être pourchassé pouvait expliquer la raison pour laquelle Hearns roulait si vite sur une route mouillée, mais cela n'expliquait pas l'accident en lui-même.

Le long virage à gauche qui précédait le pont avait tiré la voiture vers la droite, obligeant Jarod à faire un mouvement contre-intuitif pour recréer l'accident ; un mouvement qui exigea toute sa force pour tirer brusquement les roues vers la gauche, et faire en sorte que la voiture s'écrase sur la rampe et s'envole dans la rivière.

Jarod considérait toutes les possibilités.

Est-ce que le père de Luke avait délibérément quitté le pont ? Cela semblait peu probable.

Est-ce que la Cadillac avait poursuivi le véhicule de manière à le forcer à quitter le pont ? Le rapport de police n'indiquant pas de dommage à l'arrière de la BMW de Roger, cela semblait également peu probable.

Le scénario le plus probable, était celui où la BMW quittait le pont accidentellement en essayant d'échapper à ses poursuivants. La simulation de Jarod sur le pont corroborait ce scénario *« accidentel »*. Surtout en sachant que Hearns avait été repêché rapidement par des « passants » anonymes ;

probablement les occupants de la Cadillac qui le voulaient en vie pour avertir l'ingénieur qu'ils tueraient son fils, et Dieu sait quoi.

Jarod présumait également que les preuves présentes sur la scène allaient dans le sens du scénario accidentel que Roger Hearns, dont la crédibilité ne pouvait être remise en cause, avait servi à la police. Tout cela expliquait la raison pour laquelle les petites forces de police locales n'avaient pas poussé leurs investigations dans une autre direction, ou pensé à regarder les vidéos de surveillance de l'école.

Le fait que le père de Luke ait menti aux autorités, en leur disant qu'il avait récupéré son fils à l'école puis perdu le contrôle de son véhicule, prouvait qu'il était pris dans quelque chose qui le dépassait. Jarod n'avait pas été capable de déterminer de quoi il s'agissait ; du moins pas encore. La seule chose dont il était sûr était que l'attitude du Roger de la vidéo de Noël et ses agissements, lors de la visite de Jarod au foyer des Hearns, montraient qu'il n'était pas un homme mauvais. Jarod le voyait comme un père qui aimait son fils très fort. Un homme profondément bouleversé et terrifié par l'homme en Adidas et par ses menaces. Jarod comprenait pourquoi le père de Luke avait fait le choix ne pas dire la vérité.

Après avoir identifié Kaj, Jarod pirata le système de vidéosurveillance secret du Département de la Sécurité Intérieure. Celui-ci avait été mis en place après le 11 septembre pour surveiller en toute discrétion le trafic sur le bord de mer. Jarod avait en réalité contribué à sa conception. En moins de six jours, le Caméléon avait réussi à localiser le bâtiment sécurisé de Neward dans lequel Kaj avait amené Luke après son kidnapping. Mais il y était arrivé quelques secondes trop tard. Alors qu'il tournait au coin de la rue, il vit trois hommes pousser Kaj dans une berline noire et démarrer. L'un, chauve, était raide comme un piquet, un autre avait la gueule d'un chien et le troisième, un visage qui rappelait un, hum, un pénis.

Jarod découvrit à l'intérieur des traces qui indiquaient la présence de Luke, plusieurs jours auparavant. Le jeune garçon avait donc été déplacé.

Il avait cependant réussi à pister les hommes de Neward. Ceux-ci avaient emmené Kaj dans une petite cabane en adobe située dans le désert, aux abords d'El Paso. Là encore, Jarod était arrivé trop tard. Il était tombé sur les restes d'une voiture en flammes, et avait appris que trois personnes avaient été transportées à l'hôpital, l'un avec le bras cassé, un autre avec le globe oculaire brûlé et le dernier entre la vie et la mort, souffrant d'un traumatisme crânien.

Lorsqu'il était sur la plateforme éolienne, Jarod avait mis sept semaines pour pister Kaj, la victime à la blessure cérébrale, qui avait été envoyé dans un hôpital de New York City appelé le Guardian General.

Alors que Jarod ôtait sa blouse, il comprit qu'O'Queen voulait la même chose que lui : soutirer des informations à Kaj.

Jarod porta la main à sa poche pour en sortir un distributeur de PEZ Hulk. Il tira la tête du monstre en arrière et mit un bonbon dans sa bouche. Il réitéra le geste une seconde fois et offrit un bonbon à Oscar qui, ravi, commença à le dévorer.

Jarod plaça Hulk au-dessus des livres médicaux afin qu'il puisse surveiller le labo. Il était temps pour lui de trouver une réponse à cette question qui le hantait depuis des semaines.

Où était Luke ?

Chapitre 48

SES CHEVEUX NOIRS emmêlés pointaient tels des stalactites au-dessus de son long front marqué. Dessous ses deux yeux noirs perçants et creux ressemblaient à des caves d'onyx trop périlleuses pour être explorées. Sa bouche, qui semblait avoir été figée dans un grognement, et ses énormes dents affreuses et souillées, dessinaient son visage qui dominait par son cou épais et tanné.

Bien que le dessin sur le mur de parpaing fût grossier artistiquement parlant, ce rendu de Hulk était plutôt réussi considérant le fait qu'il avait été ébauché par un petit garçon de dix ans.

Luke Hearns déplaça ses fesses sur le linoleum taché, examinant son travail à présent terminé. Pendant quelques instants, le sous-sol sombre dans lequel il vivait depuis des semaines fut son Louvre. Ses doigts étaient noircis à cause des morceaux de cendre qu'il avait tirés de la cheminée du mur opposé à son petit lit pour créer son interprétation. Comme la plupart des enfants, il essuya ses doigts sur son pantalon sale.

Cependant contrairement à la plupart des enfants, Luke avait été kidnappé. Et bien que le dessin de son héros préféré lui ait donné la force de tenir, Luke était en réalité seul et terrifié.

Bien qu'il ignore le nom des différentes phases, il était toutefois conscient de passer de l'une à l'autre ; depuis son enlèvement, Luke avait évolué à travers les différents stades émotionnels du traumatisme.

Le premier avait été le choc, comme un coup de tête, une violation soudaine de son monde, et de plus juste à côté de son école ! Au début, il ne pouvait se remémorer les détails de l'événement, mais à présent tout lui revenait. Il trouvait déconcertant le fait que plus il y pensait et moins cela l'effrayait. C'était comme ça, il ne savait pas pourquoi et cela lui importait peu.

Assez vite, il commença à passer à l'acceptation, aussi troublante soit elle. Elle lui permit de nourrir le désir de revoir ses parents. Il travaillait très dur à occuper son esprit avec diverses énigmes et devinettes mentales, qui n'étaient qu'une gymnastique naturelle pour son cerveau scientifique, afin d'outrepasser ces sentiments. Mais malgré cela, Luke ne réussit pas complètement à éluder la question qui lui faisait le plus de peine : ses parents avaient-ils la moindre idée de ce qui lui était arrivé ? Pensaient-ils qu'il avait fugué ? Qu'il avait été kidnappé ?

Pensaient-ils qu'il était mort ?

L'idée même d'être mort lui donnait envie de pleurer. Mais il craignait que s'il ne sortait pas de là très vite, c'est exactement ce qui allait lui arriver.

Il allait mourir.

Et cette prise de conscience fit passer Luke à la phase suivante. La colère. Qui étaient ces gens ? Pourquoi lui ? Qu'allaient-ils lui faire ? Pourquoi ses parents et la police mettaient-ils autant de temps à le retrouver? Et pire encore, il avait le sentiment qu'il ne pouvait rien faire pour arranger les choses.

A moins que …

A son réveil, il avait commencé à concevoir un plan. Il savait que l'expression sur le visage de son héros lui donnerait l'inspiration pour concocter un plan et il pouvait sentir la force couler dans ses veines.

Après autant de semaines de captivité, il pouvait à peine se souvenir du premier jour de son calvaire, ou du premier endroit où il avait été emmené.

Mais il se souvenait de la cagoule noire qui le grattait et que ses ravisseurs lui avaient mise quand ils l'avaient déplacé le deuxième jour dans cet endroit où il se trouvait toujours. Avant qu'on ne lui ôte de la tête la chose malodorante, il avait senti l'humidité et su immédiatement qu'il devait être dans un sous-sol.

Pendant des semaines, Luke avait exploré chaque centimètre de son espace de captivité, cherchant une issue. Les deux fenêtres obstruées étaient non seulement trop hautes à atteindre, mais en plus, chacune était couverte par une couche de fil de fer épais qui recouvrait des barres d'acier. Il n'y avait qu'une seule porte qui se trouvait en haut des escaliers, et il s'était rendu à l'évidence le premier jour : la porte n'était pas seulement fermée à clé, mais de l'autre côté se trouvait son gardien, un homme gros, cruel et suant, qui portait toujours le même survêtement Adidas et dont l'odeur corporelle pourrait donner des haut-le-cœur à un asticot.

Luke était sûr qu'il n'avait jamais vu l'homme qui l'avait intercepté à l'école, ni le gardien de la porte en haut des escaliers, auparavant. En vérité, il n'avait pas vu son kidnappeur avant le deuxième jour, lorsqu'on l'avait amené ici. Luke pensait que les deux hommes étaient originaires du Moyen-Orient, même s'ils ne possédaient aucun accent qui aurait pu le mettre sur la voie. L'homme avec l'œil bizarre n'avait jamais prononcé un mot, le gardien en Adidas non plus, bien qu'il apportait de la nourriture à Luke trois fois par jour.

Mais ça n'avait plus aucune importance. C'était le moment d'agir. C'est ce que ferait Hulk, n'est-ce pas ? Cette pensée l'avait maintenu éveillé et à cet instant, Luke décida que c'était le moment.

Luke avait commencé à noter les horaires de livraison de ses repas à la minute près, grâce à un compte silencieux qu'il convertissait ensuite approximativement en heures et minutes. Le timing et la nourriture étaient toujours les mêmes : des céréales pour le petit déjeuner, un genre de mortadelle pour le déjeuner et de la soupe pour le dîner. A cet instant, il ne restait plus que quelques minutes avant la livraison de son dîner. Luke avait en tête un scénario très différent de son habituel bol de soupe Campbell.

Des pas approchèrent soudain de la porte de sa prison souterraine. Luke fixa son dessin pour s'imprégner de la force de Hulk. A la maison, il lui suffisait d'avaler un PEZ, un seul, et Luke était prêt à combattre les méchants. Mais il n'avait pas de PEZ avec lui, il lui fallut donc trouver une alternative. Ses yeux se perdirent dans ceux de son héros et Luke sentit la force monter en lui.

Adidas ouvrit la porte de la cave en la poussant doucement. Il fit une pause sur la première marche, comme il le faisait à chaque fois, puis referma la porte à clé derrière lui, avant de descendre avec le plateau. Auparavant, l'homme en Adidas faisait une entrée plus discrète, prenant Luke par surprise, mais depuis un moment il descendait l'escalier sans se cacher. De toute façon, que pouvait faire un gamin de 34 kilos ?

~~~

L'homme répugnant débarqua dans la pièce et pivota, repérant l'enfant caché sous les couvertures de son petit lit. Adidas sourit, il plaça la nourriture sur la table avant de saisir tranquillement les couvertures pour les retirer d'un coup et effrayer le jeune garçon ; tout cela pour n'y trouver qu'une pile de vieux journaux.

Adidas, surpris, n'eut pas le temps de comprendre ce qu'il se passait, quand Luke l'attaqua par surprise avec une méthode qui aurait rendu Hulk fier : dans un grognement, Luke perça de ses pieds le faux plafond qu'il avait lui-même dissimulé et atterrit près de la table. Adidas se tourna vers le jeune garçon mais avant qu'il n'ait pu le saisir, Luke se saisit de la soupe et la lança au visage de son geôlier. Alors qu'Adidas hurlait de douleur, Luke sauta sur son dos. L'homme se secouait comme un cheval sauvage et Luke était sur le point d'être éjecté quand l'homme leva les yeux ce qui permit au jeune garçon de lui jeter une poignée de cendres, récupérée précédemment dans la cheminée, au visage. Aveuglé, l'homme trébucha et s'écroula après s'être pris le pied dans la couverture.

En un éclair, Luke s'empara des clés que son ravisseur portait à la ceinture et se précipita en direction des escaliers qui menaient à la porte. Le souffle court il se mit alors à parcourir le trousseau pour trouver la bonne clé. Il finit par mettre la main dessus, et s'empressa de la glisser dans la serrure. *TADAM*, le verrou céda. Enfin la liberté ! Mais alors que Luke se trouvait devant la porte ouverte, il sentit la griffe de la créature trapue se refermer autour de sa cheville, il le tira brutalement en bas des marches lui faisant heurter chacune d'entre-elles avant de le faire atterrir à nouveau dans son cachot.

Adidas riait, tout en maintenant littéralement dans les airs Luke par la cheville. Il le plaqua brutalement sur le petit lit qui se déplaça d'un mètre tant il y avait mis de force.

C'est à ce moment qu'Adidas Man les remarqua : deux autres dessins de Luke, sur la partie inférieure du mur, plus petits que le monstre vert mais tout aussi précis. Ces dessins représentaient ses deux kidnappeurs, et les autorités pourraient comprendre qu'il s'agit d'indices laissé par le jeune garçon.

Malgré la douleur, Luke recula sur le petit lit, fixant l'homme qui approchait. Alors qu'Adidas admirait la ruse de l'enfant, il attrapa la bouteille d'eau du plateau de petit déjeuner de Luke et en renversa une partie sur les représentations de Kaj et lui-même, un sourire lâche sur le visage. Alors que celui-ci se retournait pour quitter la pièce, le dessin de Hulk attira son attention. Il renversa également une partie du contenu dessus, avant de jeter la bouteille vers le petit garçon effrayé.

L'homme malodorant s'adressa ensuite à Luke pour la première fois : « Tu es en vie parce que j'ai décidé de te garder en vie. Recommence ça et je changerai d'avis ».

Adidas disparut ensuite dans les escaliers en riant, du moins c'est l'impression qu'eut Luke.

Mais Luke, lui, ne riait pas, il se sentait vaincu. Après avoir entendu le loquet du verrou se refermer, il avança doucement vers le dessin de son héros. Des traces noires coulaient le long de son visage barbouillé.

C'était comme si Hulk pleurait, à l'instar du jeune garçon qui l'avait dessiné.

Chapitre 49

TANDIS QU'O'Quinn descendait de 8200 mètres, sa frustration s'était muée en colère, et piloter un jet en colère n'était pas une bonne idée.

Surtout avec un seul œil valide.

En vérité, sans aucune perception de la profondeur et avec seulement cinquante pour cent de sa vision périphérique, l'homme chauve n'était pas en mesure de piloter un jet, et certainement pas un modèle aussi puissant que le Hawker 850 XP que Rott et lui avaient baladé dans la moitié du pays en moins de trois heures. Mais O'Quinn était en mission et il ne pouvait pas faire confiance à qui que ce soit, il se devait d'accomplir le travail par lui-même. Ce n'était certainement pas du ressort de l'idiot assis à côté de lui avec sa patte dans le plâtre. Non, c'était un travail dont O'Quinn devait se charger personnellement.

Car justement, c'était personnel.

Le moment était enfin venu. Il allait pouvoir voir Kaj, lui parler et obtenir ce qu'il voulait : l'endroit où se trouvait le petit garçon. Il ferait ensuite souffrir *ce foutu monteur de chameau pour ce qu'il lui avait fait.*

Quand Kaj avait brûlé son globe oculaire, O'Quinn avait perdu bien plus que la moitié de sa vision. Bien que ce fût difficile à admettre, sa vanité en avait pris un coup, tout comme son ego et sa confiance, et cela se ressentait particulièrement sur certaines étapes du vol.

Décoller avec un seul œil n'était pas un problème, pas plus que de maintenir la vitesse en altitude. C'était même facile.

Atterrir était une autre paire de manches.

Si l'atterrissage était mal évalué, il était très probable qu'un « événement de décélération soudaine », autrement dit un crash, se produise. Bien que dissimulé derrière une bravoure empreinte de fierté, le doute s'empara de lui et il se mit à se crisper alors qu'il s'alignait pour la dernière étape, à l'aéroport de Teterboro.

Sa nervosité était égale à celle ressentie lors de ses débuts, lorsqu'il avait effectué son premier atterrissage, à l'époque où il était dans la marine. Il avait dû modifier la zone d'atterrissage à cause de la mer houleuse, et il chutait de neuf mètres toutes les trois secondes.

Ce soir, la zone d'atterrissage était stable, ce qui était déjà une bonne nouvelle. La mauvaise était qu'ayant perdu la capacité de percevoir le monde en trois dimensions, O'Quinn ne pouvait déterminer avec précision la distance exacte qui le séparait de la piste d'atterrissage, de laquelle il se rapprochait rapidement.

Il concentra son œil valide, espérant avoir une bonne appréciation de la distance. Son plan était de faire monter le jet pendant que la vitesse décroissait afin de se poser aussi doucement que possible. Mais les choses ne se déroulent pas toujours comme prévues et il réalisa soudain qu'il se trouvait juste au-dessus de la piste et qu'il arrivait trop vite et brusquement.

Il tira immédiatement sur les accélérateurs et freina, essayant de remonter l'appareil mais en vain. Et vlan ! Son train d'atterrissage heurta le tarmac dans un soubresaut qui provoqua de la douleur dans les os fracturés de Rott et un éclair dans l'œil valide d'O'Quinn.

Mais O'Quinn s'en foutait.

Il était bien plus préoccupé par les deux docteurs, pour lesquels il n'avait pas vraiment de respect, appuyés sur une limousine au bout de la piste privée. Alors qu'il se dirigeait vers eux, O'Quinn constata qu'ils tenaient à la main une bouteille et des verres.

Un sac marin sur l'épaule, O'Quinn descendit les marches du jet, suivi docilement par Rott.

~~~

Les deux médecins, un verre de champagne à la main, traversèrent le tarmac pour venir à la rencontre du groupe mené par Bilson.

« Gentlemen, c'est bon de vous voir. Après ce long vol j'ai pensé que vous apprécieriez un petit rafraîchissement », annonça Bilson en leur offrant les flûtes. « C'est un Clos d'Ambonnay de 1995. »

O'Quinn lui lança un regard méprisant. « Vous pensez que nous avons traversé tout le pays en avion pour un putain de verre de mousseux ? »

Su et Rott se mirent à ricaner silencieusement alors que ces mots brisaient l'égo du docteur.

Bilson manqua de flancher.

« Ah, ah, bien sûr que non, M. O'Quinn. Je pensais juste … »

Avant que Bilson n'ait pu finir, O'Quinn tendit son sac marin à l'administrateur de l'hôpital, indiquant très clairement qui était le mâle Alpha dans la meute. Avec un asservissement peu commun, le médecin le prit et, prouvant que la merde dégringole toujours, le passa instantanément à son chien, Su.

O'Quinn et Bilson se déplacèrent vers la limousine.

« Depuis combien de temps le Libyen est-il réveillé ? »

Alors que les médecins redoublaient d'effort pour sauver les apparences, Bilson expliqua, « Il n'est pas vraiment réveillé. Il a fait de réels progrès au niveau des organes vitaux et il montre une activité motrice occasionnelle. Mais il n'a montré, pour l'instant, qu'un moment de conscience, bien que nous n'y ayons pas assisté. »

O'Quinn s'arrêta près de la voiture et se tourna : « Si vous n'y avez pas assisté, qui l'a fait ?

- Une des infirmières. »

Rott aboya, « La salope maigrichonne avec la tête de melon ? »

Bilson hocha la tête.

Le conducteur ouvrit la porte de la voiture. O'Quinn était en train de se pencher pour y monter au moment où Su dit en haussant les épaules, « Et le nouveau type. »

O'Quinn s'arrêta net et haussa le ton. « *Le nouveau type* ? Quel *nouveau type* ?

- On a engagé un nouveau médecin. »

O'Quinn pointa Bilson du doigt. « Le Libyen était supposé rester isolé. Vous avez laissé entrer quelqu'un d'autre ?

- Non, bien sûr que non, *pas là-dedans*, c'est pour les tests, il peut nous permettre de faire plus d'argent. Le Dr Russell ne sait rien. Faites-moi confiance. »

O'Quinn serra les dents. Dans son travail il savait qu'il valait mieux ne faire confiance à personne. Il se tourna vers le conducteur. « Conduisez-nous à ce foutu hôpital ... maintenant ! »

Chapitre 50

AU MOMENT OÙ JAROD émergea du tunnel de sécurité, un frisson lui parcourut l'arrière de la nuque dressant ses poils comme s'il avait froid. Il était minuit passé et, n'ayant aucune réelle raison d'être dans l'Annexe psychiatrique à cette heure-là, il avait besoin d'entrer et sortir sans être remarqué. La tension était palpable sur son visage quand il se glissa dans l'ombre du ficus en pot se situant à gauche du seuil d'entrée de la pièce de socialisation. Tous ses sens en éveil, Jarod balaya la salle du regard.

Dans la pénombre, cet endroit avait une toute autre allure. La lumière vive du soleil avait fait place à une lueur bleu-gris reflétant le ciel de Manhattan, des ombres tordues se dessinaient sur les colonnes porteuses. A l'exception d'un lointain gémissement occasionnel provenant d'une chambre d'un des patients, l'habituelle énergie angoissante avait fait place à un calme perturbant.

A part Coraleen Johnson, qui glissait le long du mur comme à son habitude, Jarod ne vit que quatre autres personnes dans la pièce. Tommy Russo, l'handicapé moteur, était en train de se battre lui-même au Monopoly, dans la section jeux, tout en riant de ses blagues intérieures. Dans la salle télé, deux patients se balançaient sur des rocking-chairs, face à un écran sans son, sur lequel on pouvait voir Guy Fieri expliquer, dans *Diners, Drive-Ins and Dives*, comment faire des côtelettes d'agneau avec de la sauce crémeuse. La dernière personne présente était Infirmière Kropski qui se trouvait à l'intérieur de sa plate-forme, hochant sa grosse tête vissée sur son petit corps, en gardant un œil sur les autres.

Alors que Jarod l'observait, il sentit à nouveau un frisson parcourir sa nuque et entendit un tapotement. Il tenta d'en trouver la source en observant les environs, mais réalisa qu'il s'agissait de ses propres doigts qui tambourinaient l'acier inoxydable de la boîte à seringues avec anxiété. La nervosité n'était pas quelque chose que Jarod avait souvent ressenti. Mais ce soir elle le submergeait. Il savait qu'il n'était pas supposé se trouver dans la chambre de Kaj et que, s'il était vu en train d'y entrer, l'attention se tournerait vers lui et sa mission toute entière pourrait voler en éclats.

Jarod établit un plan rapidement afin de calquer ses déplacements sur ceux de la tête de Kropski. A chaque fois que l'infirmière vérifierait à gauche, il se déplacerait à droite d'un pilonne jusqu'à ce qu'il arrive au couloir est.

Jarod l'observait, attendant l'opportunité de mettre son plan en application, et entendit à nouveau le tapotement. Mais cette fois cela ne provenait pas de lui, mais de l'ombre au bord du ficus près de lui. Scrutant à travers les feuilles, l'estomac de Jarod se retourna. C'est alors qu'il entendit un murmure, « *Putaindebâtarddefilsdepute !* »

Sarge sortit alors de l'obscurité. Jarod était abasourdi. Le géant à l'apparence humaine s'était tenu à un mètre de lui tout le long et Jarod ne l'avait pas vu. Sarge tordit sa bouche en un gentil sourire. « Vaut mieux s'en tenir à docteur. Vous ne pourriez pas être sniper. »

Ils s'observèrent l'un et l'autre en silence jusqu'à ce que Sarge lance un regard vers Kropski. « Mission de reconnaissance ? »

Jarod était décontenancé. Sarge n'avait pas juste effleuré la cible, il avait tiré dans le mille. Le Caméléon hocha la tête : « En quelque sorte, Monsieur .

- Ne m'appelez pas « Monsieur », je travaille pour vivre.

- Oui, sergent-chef. »

Seulement douze heures après avoir baissé le dosage de psychotropes, ses yeux étaient déjà plus lucides et réfléchis.

« Vous semblez faire des progrès.

- Et pas qu'un peu. » L'expression de Sarge s'éclaira. « Sans ce poison, je suis bon pour repartir, fin prêt à me tirer de ce trou. »

Il secoua la tête d'un côté et plissa les yeux. « Et dire que je pensais que Fallujah était un endroit bizarre.

- Vous serez bientôt hors de ces murs.

- Comptez là-dessus. »

Jarod se détourna mais Sarge agrippa son bras. « Va doucement, mon garçon, doucement et plus tranquille. »

Sarge lui fit un clin d'œil. « Semper fi. Je te couvre. »

L'ancien sniper sortit des ténèbres se rendant visible aux yeux de tous, et se dirigea dans la direction opposée à celle de Jarod.

Le Caméléon vit Kropski suivre les mouvements de l'ancien marine. Jarod sourit.

C'était exactement çà : *semper fi, toujours fidèle*. Sarge faisait diversion pour permettre à Jarod d'avoir le temps d'effectuer sa manœuvre et c'est ce que Jarod fit, passant d'une colonne à l'autre jusqu'à finalement sortir du champ de vision de Kropski et atteindre le couloir est.

Dix-huit marches plus tard, Jarod atteignait la porte de la Chambre E913, la chambre de Kaj.

Chapitre 51

KAJ ÉTAIT ALLONGE IMMOBILE dans son lit. Les seuls sons que l'on pouvait entendre dans la chambre étaient ceux de sa respiration régulière et les bips subtils provenant des moniteurs de signes vitaux—pulsation cardiaque, taux de respiration et EEG.

Jarod s'avança vers le lit et sortit de sa poche un iPod. Un par un, il débrancha rapidement les fils reliés au corps de Kaj et les reconnecta à l'appareil numérique qu'il avait modifié un peu plus tôt. Jarod réalisa cela afin de transmettre des résultats normaux aux écrans de contrôles qui se trouvaient dans le bureau des infirmières, conscient que les vrais signes vitaux de Kaj étaient sur le point de faire un tour de montagnes russes.

Un tour très sauvage.

Jarod dénoua la blouse de Kaj et l'abaissa afin d'exposer sa pâle poitrine. Il ota le couvercle du cylindre inoxydable, en sortit une seringue avec une aiguille de 20 jauges, et se mit à fixer son dernier patient.

La dernière fois que Jarod avait été dans cette chambre, il avait réussi à rendre Kaj conscient mais pas cognitif. Ce qu'il avait apporté ce soir, si cela fonctionnait, devrait exciter ses réponses synaptiques d'une façon qui le réveillerait brutalement de son coma, sur une période suffisamment longue pour permettre à Jarod d'obtenir l'information dont il avait désespérément besoin.

Incertain sur le dosage correct à administrer, Jarod régla la seringue pour ne libérer que la moitié des nano-drogues. Il enroula ensuite ses doigts autour du piston de la seringue comme Jack l'Éventreur agripperait le pommeau d'une dague, et d'un geste rapide plongea l'aiguille de treize centimètres à travers le sternum du Libyen, directement dans son cœur.

Le dos de Kaj s'arqua comme s'il se faisait électrocuter, alors que des éclairs neuronaux traversaient son cerveau. Les signes vitaux du terroriste s'agitèrent à la manière d'un sismographe après un tremblement de terre de magnitude 9. Son corps convulsa. Son visage se tordit en une expression de haine. Sa main tannée s'étendit et saisit le bras de Jarod comme si c'était la rampe de l'escalier du Diable.

Quelques instants plus tard, les moniteurs se calmèrent, le visage de Kaj se relaxa et ses paupières s'ouvrirent soudainement.

Alors que son œil de verre tournait dans son orbite, l'œil valide de Kaj se fixa sur le visage menaçant de Jarod. Ses lèvres sèches tremblèrent. Sa langue apparut faiblement, puis disparut comme le ferait la tête d'une tortue effrayée. Un bref spasme traversa le côté droit de son visage, puis passa du côté gauche, sa joue remuant de façon incontrôlable.

Jarod se pencha tout près, sa voix régulière et directe :

«Je veux tout savoir sur le petit garçon, Luke. Dites-moi tout ce que vous savez à propos de lui et de son père.»

Kaj ne parvenait à prononcer que des consonnes, des S pâteux, des bégaiements de T, quelques P incohérents, jusqu'à ce que l'inconscience prenne le dessus et que ses yeux commencent à se fermer.

Jarod appuya légèrement sur le piston de la seringue, injectant un autre quart de nano-médicaments directement dans le cœur de Kaj. Instantanément, l'EEG et les moniteurs cardiaques de Kaj s'agitèrent, son corps tressauta de nouveau le laissant littéralement à bout de souffle. Son œil valide s'ouvrit de nouveau pour se fixer sur Jarod.

« De … de … l'eau. »

Ayant anticipé cette demande, Jarod extirpa une petite bouteille d'Evian de sa veste et donna une gorgée au terroriste.

L'œil valide de Kaj bougeait dans tous les sens.

« Où … où suis-je ?

- Vous êtes dans un hôpital. Où est Luke ? Le gros type au survêtement Adidas … est-ce qu'il le détient toujours?

- Le gros type … Adidas … »

Kaj commença de nouveau à sombrer. Jarod lui mit une claque car une vie en dépendait. Kaj ouvrit des yeux grands comme une soucoupe.

« Répondez-moi bon sang, l'enfant, est-il toujours en vie ?

- Qui … êtes-vous ? demanda Kaj, en regardant Jarod d'un air confus

- Je suis la personne qui peut soit vous sauver la vie, soit vous laisser à l'homme chauve qui vous a amené ici. Maintenant, parlez-moi de l'enfant que vous avez kidnappé, Luke, est-il toujours en vie?

- Si je suis en vie, il est en sécurité. Si quelque chose m'arrive, il meurt.

- Je n'en attendais pas moins. Qui est l'homme chauve ? »

En posant cette question, Jarod vit de la peur traverser le visage de Kaj.

« Son nom est O'Quinn, et s'il sait que je suis ici, je ne suis pas le seul qui devrait avoir peur », expliqua Kaj en regardant profondément dans les yeux de Jarod.

Pour avoir vu O'Quinn en action, Jarod savait qu'il disait la vérité.

« Qui est-il ? Pour qui travaille-t-il ? »

Les moniteurs de signes vitaux commençaient à montrer quelques signes de faiblesse, tout comme l'énergie de Kaj. Sa voix était devenue légère et voilée.

« De mauvaises personnes.

- Je dirais que vous avez kidnappé Luke pour O'Quinn et ces mauvaises personnes dont vous parlez, puis vous l'avez gardé pour voir si vous réussiriez à en tirer un meilleur prix. »

Quelque chose scintilla dans l'œil de Kaj et Jarod comprit que sa théorie était correcte avant même que Kaj hausse les épaules.

« Les affaires sont les affaires.

- Pourquoi O'Quinn a-t-il besoin de l'enfant ? »

Le terroriste essaya de répondre mais son discours devint difficile à comprendre

« Le garçon … est la clef.

- La clef de quoi ? demanda Jarod en se penchant pour lui faire face.

- La clef … de … »

L'œil valide de Kaj commença à se révulser. Jarod se leva et le secoua avec force.

« Ne me lâchez pas. »

Jarod força le quart restant de médicament dans le corps de Kaj. La surtension qui en résulta déclencha chez Kaj une contraction abdominale qui le força en position assise et causa un affolement des moniteurs EEG et cardiaque. L'œil valide de Kaj reprit sa place et se refocalisa. Jarod attrapa le visage du terroriste et le tourna vers le sien.

« Voilà. Maintenant vous allez me répondre. De quoi le garçon est-il la clé ?

- Il est la clé de … de … tout. De tout ce qu'O'Quinn a planifié pour le 28 … pour le 28 Octobre. »

Si peu de temps, pensa Jarod.

« Qu'est-ce qu'O'Quinn prépare exactement?

- Je … je sais seulement … que des milliers mourront, après cela O'Quinn n'aura plus besoin de l'enfant, répondit Kaj en haussant les épaules. »

La plongée de Kaj dans le coma s'accélérait.

Jarod retira l'aiguille vide du cœur de Kaj et prit l'autre seringue.

« Vous n'irez nulle part pour l'instant. »

Jarod ajusta le dosage afin que Kaj reçoive cent pour cent de la nano-drogue à la première impulsion. Il enroula ses doigts autour de la seringue, son pouce sur le piston, et leva son bras pour injecter une seconde dose dans la poitrine de Kaj, lorsqu'une forte voix retentit.

« Putaindebâtarddefilsdepute ! »

Chapitre 52

CETTE FOIS, Sarge n'avait pas juste murmurer sa célèbre expression, il l'avait crié avec toute la force de ses poumons.

« Putaindebâtarddefilsdepute ! »

La deuxième fois qu'ils retentirent, ses mots furent suivis d'un hurlement et d'un grand bruit.

Jarod se dirigea vers la porte de la chambre puis l'ouvrit juste assez pour pouvoir voir le couloir et la pièce de socialisation. Sarge avait balancé le Monopoly de Tommy Russo contre le mur, une action que l'homme hilare n'avait pas trouvé drôle du tout. Tommy était maintenant en train de jeter des chaises à Sarge qui continuait de hurler.

« Putaindebâtarddefilsdepute ! »

Jarod n'était pas sûr de la raison pour laquelle Sarge faisait l'idiot jusqu'à qu'il voie derrière lui, quatre hommes qui venaient d'entrer dans l'espace de détente : Bilson, Su, O'Quinn et le Rottweiler. Jarod réalisa que Sarge n'était pas en train de faire l'idiot : *Sarge était en train d'assurer ses arrières, de montrer sa loyauté.* Et il était sur le point d'en payer le prix.

« Allez chercher les fichus infirmiers et 50mg de Rispéridone intramusculaire immédiatement », cria Bilson à Kropski.

La mâchoire d'O'Quinn se contracta alors qu'il commençait à s'impatienter. Il fixa Bilson.

« Est-ce qu'on a investi dans le mauvais hôpital, choisi les mauvais partenaires ?

—Bien sûr que non, M. O'Quinn, répondit Bilson exaspéré. »

A ce moment, Tommy R décida de jeter une autre chaise sur Sarge. L'homme esquiva l'objet qui manqua O'Quinn de justesse. L'homme au bandeau jeta un regard de mépris à Bilson.

« Dans ce cas, quel genre d'établissement gérez-vous ici ? »

Avant même que Bilson ne puisse répondre, quatre infirmiers accoururent. Deux d'entre eux retinrent Tommy avant qu'il ne puisse lancer une autre chaise ; les autres prirent position de chaque côté de l'imposant Marine qui les regarda puis cria de nouveau :

« *Putaindebâtarddefilsdepute !* »

Bilson se tourna vers Su.

« Mais qu'est-ce qu'il se passe, putain ? »

Su n'eut aucune réaction, il n'haussa même pas un sourcil.

« Peut-être que son agressivité est liée à la diminution de ses médicaments.

- A la demande de qui ont-ils été réduits ? demanda Bilson au bord de la crise de nerf.

- A la demande du nouveau à qui *vous avez donné* toute autorité », répondit Su avec une voix basse sarcastique.

Alors que l'infirmière Kropski revenait avec la dose de Rispéridone, O'Quinn se tourna vers Bilson avec un ricanement moqueur.

~~~

Jarod se précipita vers Kaj qui avait de nouveau sombré dans l'inconscience. N'ayant pas le temps de procéder à une seconde injection, Jarod rassembla ses seringues et son flacon, puis commença à rebrancher les différents câbles à leur propre moniteur.

Pendant ce temps là …

~~~

Les infirmiers attrapèrent Sarge, et Bilson plongea une aiguille dans le cou du gros type. Les 50 mg de Rispéridone l'assommèrent immédiatement. Alors qu'il s'écroulait dans les bras des infirmiers, des alarmes retentirent dans le bureau des infirmières.

« Et maintenant ? demanda Bilson en se retournant. »

Grosse Tête accourut.

« Le patient dans la E913 … ses moniteurs vitaux deviennent fous. »

Un O'Quinn enragé se précipita vers le Couloir Est, suivi de près par Bilson, Rott et Su, puis déboula dans la chambre de Kaj.

Jarod n'y était pas. Seul s'y trouvait un terroriste comateux allongé en silence ; le gardien de secrets qui pourraient sauver ou détruire la vie de millions de personnes, et la vie d'un petit garçon.

Chapitre 53

DURANT LES TROIS SECONDES qui séparèrent le moment où le Dr Bilson planta l'aiguille dans la carotide de Sarge et celui où l'homme immense s'effondra dans les bras des infirmiers, Jarod s'était furtivement glissé hors de la chambre de Kaj et avait pénétré silencieusement dans celle, faiblement éclairée, de Skylar.

Debout, adossé contre le mur entre la porte fermée de la chambre et celle ouverte de la salle de bain, Jarod remarqua une silhouette endormie sous les couvertures du lit. A cet instant, il entendit O'Quinn réprimander Bilson lorsque les quatre hommes passèrent devant la porte de la chambre Skylar pour entrer dans celle de Kaj. Tout en essayant de contrôler sa respiration, Jarod passa en revue dans son esprit les minutes qui venaient de s'écouler, espérant avoir suffisamment bien couvert ses traces pour que sa présence dans la chambre du Libyen ne soit pas détectée. Il pensait l'avoir fait mais réalisa que, de toute façon, sa priorité était désormais de trouver un moyen de sortir de l'Annexe avant qu'il ne soit découvert.

Alors qu'il étudiait l'étendue de ses options quelques peu limitées, Jarod entendit un mot murmuré que personne jusque-là n'avait prononcé devant lui ; un mot qui déclencha la réaction attendue.

« Bouh ! »

Un choc électrique traversa le corps de Jarod alors qu'il pivotait vers la voix provenant de la sombre salle de bain, et plus spécifiquement de l'ombre qui se tenait dans la douche. Avant même que Jarod ne puisse réagir, le spectre frotta une allumette et une flamme jaune se forma, reflétant une lueur qui illumina les yeux de l'ombre.

Des yeux violets.

Jarod soupira, pris au dépourvu pour la seconde fois de la nuit par une personne se trouvant tout près de lui sans qu'il ne le remarque. En sortant de la salle de bain, Skylar put lire de la consternation sur son visage et voir ses lèvres délicates se retrousser en un sourire narquois.

Jarod jeta un regard vers le lit, et à ce qu'il comprit être, une pile d'oreillers placés de sorte à ressembler à un corps endormi.

« J'ai décidé de dormir dans la douche. »

Jarod se tourna de nouveau vers elle, haussant un sourcil en signe de curiosité.

« Parfois, après avoir bu un peu trop de martinis, il arrive au Dr. Bilson de revenir tard dans la nuit pour contrôler les "signes vitaux" de certains patients, si tu vois ce que je veux dire. »

Jarod pensa à ce qu'il avait vu Bilson faire à Tami dans le couloir et ne put qu'imaginer ce qu'il faisait aux femmes qu'il gardait droguées dans l'Annexe. Mais avant qu'il n'ait pu l'imaginer, Skylar haussa les épaules.

« Les gens sont rarement ce qu'ils prétendent être, dit-elle le regardant d'une manière significative en penchant la tête. Comme quand je faisais croire que j'étais une infirmière, ou toi quand tu prétends être un docteur. D'ailleurs, çà se passe comment? »

Jarod ne savait pas comment lui répondre. Il souffla sur l'allumette avant qu'elle ne brûle ses doigts. Ils se regardèrent l'un l'autre pendant un long moment sans parler.

Illuminée par le clair de Lune à travers la fenêtre, Jarod trouvait que Skylar était d'une beauté désarmante, bien plus attirante que ce qu'il avait pu en juger auparavant.

Beaucoup plus.

Cependant, Jarod avait d'autres choses en tête. Il se dirigea sans bruit vers la salle de bain et balaya des yeux les quatre coins du miroir suspendu au-dessus du lavabo, comme s'il hésitait sur la bonne décision à prendre. Il força ensuite trois doigts de sa main droite au coin du miroir et commença à le soulever. Skylar apparut dans l'embrasure de la porte.

« Est-ce que tu vas me dire la vérité ?

- C'est compliqué, répondit Jarod en regardant par-dessus son épaule.

- Sans déconner, Sherlock. Alors qu'est-ce que ça a à voir avec le légume sans nom d'à côté ? »

Jarod brisa le miroir en un triangle de huit centimètres. Revenant dans la chambre, il lança à Skylar un regard inquisiteur.

« Quoi ? Tu crois que tu es le seul à jouer les voyeurs dans le coin ? Un jour, je me suis faufilée dans sa chambre et j'ai lu le dossier de M. Baveur. »

Malgré la tension du moment, Jarod s'émerveilla du caractère audacieux de Skylar. Mais çà n'était vraiment pas le moment. Il scanna la chambre à la recherche de quelque chose qui pourrait lui être utile. Il le repéra sur le plateau repas qui se trouvait sur la table de chevet et se dirigea vers lui.

Skylar refusait de céder à son silence.

« Arrête de m'ignorer. Qu'est-ce que tu lui veux ? »

Jarod s'assit sur le lit, attrapa la fourchette en plastique du plateau repas, puis commença à fixer le morceau brisé du miroir entre ses dents.

« Rien dont je peux te parler.

- Vraiment … tu ne veux pas savoir où se trouve *l'enfant?* »

Jarod la regarda longuement mais resta muet.

« Je ne suis pas sourde tu sais, et y'a deux minutes, même un cafard mort dans ce mur aurait pu t'entendre lui crier dessus. »

Jarod se leva, s'approcha doucement de la porte de la chambre, puis s'agenouilla. Le manche de la fourchette à la main, il glissa doucement le miroir sous la porte.

Dans le reflet du miroir, Jarod pu voir qu'à à peine un mètre et demi se tenaient Rott et Su. Tous deux observaient la chambre de Kaj et les événements qui s'y déroulaient. L'infirmière Kropski se précipita vers l'étrange scène, une liasse de papiers à la main qu'elle tendit à Su.

« Voici les relevés des moniteurs du Libyen. Il est comateux maintenant, mais il a définitivement repris conscience pendant quelques minutes. »

Su fit un geste vers la chambre de Kaj. L'infirmière prit les relevés et entra.

Jarod se passa la main dans les cheveux. La confirmation que Kaj avait repris conscience déclencherait une série de tests qui pourraient prendre des heures. Tôt ou tard quelqu'un entrerait dans cette chambre et là, et bien, Jarod ne pouvait se permettre d'être découvert.

Le Caméléon était piégé et avait désespérément besoin d'une issue. Il se leva et se déplaça rapidement vers la fenêtre, cherchant à s'évader par n'importe quel moyen.

« Désolée, Doc, tu rêves si tu crois que tu vas pouvoir retrouver ta liberté grâce à cette fenêtre. »

Il se tourna pour lui faire face, conscient qu'elle avait raison.

Elle se dirigea vers la porte.

« Je cherche le moyen de me casser de cet Alcatraz depuis des mois et c'est infaisable … seule. »

Elle entrouvrit la porte juste assez pour apercevoir Rott et le Dr Asie, en train de renifler à l'extérieur de la chambre de Kaj. Elle regarda par-dessus son épaule.

« Si tout ça m'explose à la figure, je veux que tu saches deux choses. La première, c'est que Doc ou pas, Sal t'aurait bien aimé.

- Et la seconde?

- Que c'est à charge de revanche. »

Elle lui sourit, puis ouvrit brusquement la porte et surgit dans le couloir pour faire ce que Skylar savait faire de mieux : causer du désordre. En trois pas, elle était nez à nez avec le Rottweiler, à tapoter sa mâchoire brisée tout en criant :

« Bordel c'est quoi ton problème ? Y'a des gens qui essaient de dormir dans le coin, pétasse. »

Jarod jeta un coup d'œil à travers l'entrebâillure juste au moment où Skylar pointait du pouce la chambre de Kaj.

« Et le pleurnicheur là, si personne d'autre ne bourre son grand clapet avec une chaussette, moi je l'ferai. »

Elle pivota et marcha en direction de la chambre de Kaj.

Su et Rott se précipitèrent pour l'empêcher d'aller plus loin.

« Hé, vous ne pouvez pas entrer là-dedans !

- Et qui va m'en empêcher ? Toi Bouffi Chan ? Ou peut-être toi le bandit manchot ? »

Elle fit irruption dans la chambre de Kaj, les deux hommes sur ses talons. Jarod entendit sa voix alors qu'ils disparaissaient tous à l'intérieur.

« Tiens tiens, ne serait-ce pas Grosse Tête et Dr B ? C'est qui le pirate ? »

Quelque chose s'écrasa contre le mur et Jarod prit cela comme étant le signal pour agir. Il se glissa hors de la chambre de Skylar, et en moins de douze secondes, se faufila dans l'obscurité de l'autre côté de l'atrium, se glissa dans le tunnel de sécurité et se trouva dans l'ascenseur central de l'hôpital qui descendait.

Avec l'aide de deux personnes qu'il connaissait à peine, Jarod avait réussi à s'introduire puis à sortir de l'Annexe en un temps record.

Mais il ne restait plus beaucoup de temps et la mission consistant à sauver Luke allait s'avérer bien plus difficile.

Chapitre 54

MISS PARKER contemplait l'agitation sur la 54e Rue, depuis la fenêtre de sa chambre d'hôtel. Enervée, elle écrasa un autre paquet de Pall Mall vide, arracha l'ouverture d'un nouveau paquet et enflamma sa nouvelle source de soulagement.

Diverses pensées lui avaient traversé l'esprit durant la dernière heure, jusqu'à ce que l'une d'entre elles, particulièrement inattendue, fasse taire toutes les autres. Celle-ci s'enfouit furtivement dans son esprit. Elle se faufila en elle, alors que son regard était attiré par la fumée qui tourbillonnait dans les airs de manière cadencée, jusqu'à ce que l'étau se referme autour d'elle ; *les cigarettes sont pour les filles tourmentées une manière socialement acceptable de se suicider.*

Se suicider.

Elle vivait avec ce traumatisme depuis presque 20 ans. Elle dispersa sa fumée, tentant de bloquer cette pensée, ce mot, mais plus elle essayait de s'en cacher, plus le mot devenait puissant et impossible à ignorer. Elle abandonna finalement, se posant la question suivante : *mais d'où cela venait-il, bon sang ?*

Et pourquoi ?

Elle savait qu'elle n'était pas suicidaire. Loin de là. Elle finit par se convaincre que tout cela n'était rien de plus qu'un de ces mauvais tours joué par son esprit, le genre de tour qui perturbe les gens. Les gens faibles.

Et elle n'était pas faible.

Loin de là.

Elle décida d'en tirer profit après une nuit de seulement deux heures.

Bien sûr, le fait de s'être réveillée à 3 heures du matin, certaine que Corny était en train de forcer la serrure de la porte qui séparait leurs deux chambres, n'était pas pour aider le manque de sommeil de Parker. Elle en était tellement sûre qu'à l'aube, elle avait inspecté le trou de la serrure, afin d'y chercher des signes de tentative d'effraction, mais n'en trouva aucun. Mais tout de même, l'idée que *cette chose* puisse se faufiler dans son espace, ou pire, dans son lit, lui donnait la chair de poule. En même temps, cela aurait été la parfaite excuse pour lui tirer dessus.

En allumant une nouvelle cigarette, elle découvrit que le mal dont elle souffrait depuis 3 heures du matin n'en avait pas encore fini avec elle. Au lieu de cela, il insistait pour faire remonter les nombreuses angoisses qu'elle tentait en vain de garder compartimentées : ses échecs professionnels, ses innombrables déceptions parentales, ses plaies émotionnelles encore ouvertes, et l'angoisse de toutes les angoisses : que la vie était en train de lui filer entre les doigts.

Cependant, ce qui commençait vraiment à l'énerver c'était de savoir que, d'une certaine façon, toutes ses angoisses étaient reliées directement ou indirectement à une chose : Jarod.

Bien qu'elle ne buvait jamais au travail, le mauvais tour de ce matin lui força la main. Elle se servit rapidement un verre de Maker du mini bar, sans un seul tressaillement ou regret.

Ses pensées tourmentées commencèrent à se dissiper. Elle s'en voulait de les avoir juste écoutées. L'auto-analyse, volontaire ou involontaire, était assurément un signe de faiblesse et quelque chose qu'elle avait appris à repousser grâce à son brillant mais néanmoins exigeant mentor, Fabiana Rouleau, durant ses jeunes années d'Endoctrinement au Centre.

Un esprit qui lui jouait des tours ? Pas à cette fille et pas aujourd'hui.

Elle semblait convaincue jusqu'à ce qu'une dernière once de doute ne persiste : si l'auto-analyse était un signe de faiblesse, ce qui était le cas pour Parker, alors pourquoi continuait-elle à se réveiller en pleine nuit, incapable d'ignorer les diatribes de Sydney sur les *principes* et la manière dont Jarod était en train de *redéfinir sa vie* ?

Elle se prit de nouveau à examiner l'humanité en contrebas : des vendeurs de fruits, de jeunes aspirants se dirigeant vers une audition, un policier dirigeant la circulation et des chauffeurs de limousine adossés contre leur voiture à attendre. Combien ces vies lui semblaient simples à cet instant, comparée à la sienne, si compliquée. Était-ce possible, ou même vaguement envisageable, qu'il était temps pour elle aussi de *redéfinir sa propre vie* ?

Le violent coup frappé à la porte de la chambre adjacente la sauva de ce dévorant vortex de pensées. Elle tira même les doubles rideaux de la fenêtre pour tout arrêter tel un point d'exclamation.

Elle replaça sur son visage le masque qu'elle portait chaque jour au travail, et ouvrit la porte d'un coup sec, découvrant Corn et Sydney de l'autre côté. Corn souriait, Sydney non.

« Vous avez plutôt intérêt à avoir une bonne raison de me déranger.

- La plus délicieuse des raisons, le meilleur des chocolats sur votre oreiller, dit Corn, qui avait sans doute mis des jours à trouver cette réplique. »

Elle se contenta de le fixer.

« Je l'ai. Jarod … euh … le Dr Jarod Russell exerce au Guardian General Hospital sur la 2e Avenue, s'extasia Corn, certain d'avoir décroché son ticket en or pour aller sur le terrain avec Miss Parker Devrions-nous aller le capturer ? »

En un instant elle avait anéantit tous ses espoirs :

« Tout à fait, mais vous, vous resterez ici pour garder le minibar. »

Sa gifle verbale causa une soudaine rougeur sur la blanche pâleur de Corny. Elle lui ordonna ensuite d'alerter les Nettoyeurs et de faire en sorte que les véhicules soient prêts. Corny obéit consciencieusement, essayant du mieux qu'il pouvait d'empêcher sa queue, et le reste de son équipement, de rétrécir entre ses jambes.

Parker attrapa son étui de revolver et le fixa à sa ceinture, prête pour la bataille. Et juste comme ça, en l'espace de quelques secondes, elle avait une nouvelle fois revu ses priorités.

Chapitre 55

LES ANGES QUI FLANQUAIENT L'ENTRÉE des
urgences du Guardian General souriaient de manière favorable, en ce
radieux début de journée. Les patients et admissions étaient peu nombreux
et le cri des sirènes inexistant, en ce frais matin d'automne annonciateur
d'un hiver prématuré.

Mais le calme précédait toujours la tempête, et le sourire des anges
sembla disparaître au grondement grandissant de l'Eurocopter EC135 à
double moteur, qui brisa soudainement le calme matinal en dirigeant sa
descente vers le toit du Guardian, pour se volatiliser ensuite aussi vite qu'il
était apparu, comme si l'avant-toit l'avait avalé.

Les anges ne l'avait pas vu venir.

~~~

Jarod traversait Greenwich Village. Le quartier était rayonnant de vie, mais
Jarod lui ne l'était pas. Ni les skateurs qui se faufilaient entre les piétons en
faisant d'incroyables acrobaties, ni la vue de l'Empire State Building au loin,
ne semblaient pouvoir le réconforter. Ce matin, son esprit et son cœur
étaient lourds, troublés par le regret, le doute et l'attente.

Sa rencontre récente avec Syd, et le face-à-face manqué avec Parker et
ses Nettoyeurs, à l'Hôtel Fountain Grove, à quelques kilomètres de là où il
se trouvait à cet instant, n'avaient rapporté que peu par rapport au risque
qu'il avait pu prendre. Pourtant, l'opportunité de découvrir de nouvelles

informations à propos de ses parents et de ses origines avait été réelle. Avec du recul, il savait à présent qu'il avait laissé ses émotions le contrôler, qu'il aurait dû anticiper la réticence de Sydney à révéler quoique ce soit, si tant est qu'il ait eu de nouvelles informations.

Il était désormais dans une position qui lui laissait peu ou pas de marge de manœuvre : Parker savait maintenant où il se trouvait mais il ne pouvait pas quitter la ville. Le temps était compté pour sauver la vie de Luke Hearns et celles des âmes innocentes qui dépendaient de l'événement prévu par O'Quinn le 28 Octobre. Jarod savait que la clé de tout cela se trouvait dans la mémoire de Kaj, sans cette information, et bien … Jarod ne voulait même pas songer à cette éventualité. Les injections faites à Kaj n'avaient apportées que des fragments d'informations. Jarod savait qu'il était temps d'employer des mesures plus drastiques, et il n'y avait qu'une ligne de conduite possible : aujourd'hui était le jour où il devait prendre le contrôle de Kaj.

Bien que confiant de la technique qu'il avait utilisée pour accéder à la mémoire de Kaj, la mettre en œuvre ne nécessiterait pas uniquement de la préparation, mais également un contrôle absolu de son patient et de l'environnement autour. Après tout, c'était une procédure qui pouvait très bien le tuer, si mal réalisée.

Jarod n'avait encore jamais ôté la vie à un être humain, mais il savait que si c'était le prix à payer pour sauver la vie de Luke, il en serait alors ainsi. A dire vrai, Jarod était surpris de n'avoir aucun problème avec cette idée compte tenu de ce qui était en jeu.

D'ailleurs, il avait décidé de changer le plan sur lequel il travaillait depuis le début en raison de ce qui était en jeu.

Alors qu'il tournait au coin de le 2e Rue, la vue du Guardian General et de l'Annexe à l'arrière assombri encore plus le comportement de Jarod. Il y avait quelque chose dans l'air d'aujourd'hui, un sentiment rampant au plus profond de son être dont il n'arrivait pas à se débarrasser, un sentiment qui devenait de plus en plus fort à mesure qu'il se rapprochait de l'entrée des urgences.

Mais c'était un Caméléon, et malgré l'humeur dans laquelle il se trouvait, il parvint à esquisser un sourire, celui qui appartenait au Dr Russell, parce que ces sourires étaient la particularité du Dr Russell, et pendant les prochaines minutes, il aurait besoin d'être ce petit prodige de la médecine qui émerveillait tous les membres du corps médical de Manhattan.

Aujourd'hui, Jarod savait que cela ne l'amènerait que jusqu'à un certain point. Il tâtonna ensuite la poche de son manteau pour sentir les deux seringues capuchonnées qui cette fois contenaient toutes les deux un agent somnifère.

Le moment était venu. Il toucha les ailes de l'ange et entra à l'intérieur.

Chapitre 56

JAROD SE DÉPLAÇA RAPIDEMENT dans le couloir qui longeait la cuisine de l'hôpital, où l'on s'occupait de préparer, livrer, ramasser et nettoyer des milliers de plateaux repas par jour. Il était pratiquement inconnu dans cette partie de l'hôpital, où les *pauvres singes*, comme les appelait Bilson, travaillaient dur et interagissaient rarement avec l'échelon supérieur du corps hospitalier.

Il jeta un coup d'œil à sa montre. Le petit déjeuner avait été distribué aux patients une heure plus tôt et l'équipe de nettoyage serait bientôt mobilisée dans tout l'hôpital pour récupérer les plateaux repas. Pour Jarod, cela signifiait que le spectacle allait bientôt commencer.

Ralentissant sa démarche, il sortit le dossier d'un patient de son sac à dos afin d'apparaître occupé. Au-dessus des pages, son champ de vision couvrait la porte de service de la cuisine : il attendait l'arrivée de quelqu'un d'essentiel pour la première phase de son plan.

Lorsque l'équipe du service de cuisine commença à se répandre dans le couloir, il ferma le dossier. La plupart tenait des téléphones portables à la main et se dirigeait vers l'étage pour allumer leur cigarette dans le coin fumeur que les employés avaient surnommé *Newark East* en raison du nuage de fumée qui planait au-dessus d'eux, tout comme la ville crasseuse juste au-dessus des larges épaules de la Statue de la Liberté.

Le dernier à sortir, comme il s'y attendait, était l'homme qu'il attendait : l'agent hospitalier albinos, Jude à la queue-de-cheval, l'unique membre de l'équipe du service cuisine habilité à travailler dans l'Annexe.

Le regard de Jarod s'arrêta sur les yeux roses de Jude et sa peau d'albâtre, la claudication prononcée de son pied gauche infirme, qui se repliait vers l'intérieur et lui tordait légèrement la cheville, sa démarche voûtée héritée d'une maladie dégénérative, et l'éternel chapeau que Leonard Cohen lui-même lui avait offert en 1969.

En quelques secondes, Jarod avait une image détaillée de Jude gravée dans sa mémoire. Il savait également que la première chose que Jude ferait serait de se diriger tout droit vers le vestiaire pour homme, de l'autre côté du couloir, où un Jude bavard avait une fois pris 20 minutes du temps de Jarod à décrire en détails sa vessie de la taille d'une cacahuète, et ses fréquentes pauses pipi qui, selon lui, venaient d'un paquet de champignons magiques avarié.

Alors que Jude disparaissait dans les toilettes, Jarod balaya le couloir des yeux afin de s'assurer que personne n'avait suivi l'albinos à l'intérieur. Sûr de bien être seul, Jarod jeta le dossier dans une poubelle et marcha rapidement vers la porte des toilettes pour homme.

Jude en avait presque fini à l'urinoir lorsque Jarod entra et verrouilla la porte. Après avoir remonté sa braguette, Jude se retourna, se heurtant presque à Jarod.

« Hey Doc, qu'est-c'que vous faites ici, dans les WC bon marché? Je pensais … »

N'ayant plus une seconde à perdre avec les radotages de Jude sur les bains de boue nus qu'il avait pris sous acide à Woodstock, Jarod plongea doucement une des seringues dans l'épaule de Jude. Alors qu'il la vidait, Jarod murmura :

« Tout va bien se passer. Détendez-vous. »

Jude était en fait en train de sourire : cela faisait plusieurs dizaine d'années qu'il avait arrêté la drogue, mais la *dose* surprise administrée par Jarod était clairement une agréable surprise pour cet ancien chauffeur de bus Kesey.

Jarod rattrapa le corps lâche de Jude, le fit entrer dans un des cabinets de toilette et l'assit sur le siège fermé pour la plus merveilleuse des siestes. Il se permit de prendre le Chapeau de Cohen, verrouilla la cabine et en sortit en se glissant sous la porte.

Jarod ouvrit son sac à dos sur le lavabo. Il en sortit une boîte de lentilles de contact, pencha sa tête en arrière et les mit rapidement. Regardant dans le miroir, les yeux de Jarod étaient maintenant d'une intense nuance de rose. Extirpant une longue perruque blanche à la queue-de-cheval, une combinaison provenant du service cuisine et de l'anti-cernes blanc, Jarod débuta sa transformation.

Chapitre 57

SYDNEY ETAIT silencieux, assis à l'avant de la Lincoln que Miss Parker dirigeait rapidement à travers les rues de Manhattan. Une camionnette du Centre dépourvue de fenêtres les suivait.

Anticipant la victoire, Miss Parker était surexcitée. Les sensations ressenties durant la chasse étaient pour elle meilleures qu'un orgasme. Et vu que cela ne lui était pas arrivé depuis longtemps, elle avait décidé de profiter intensément de cette opportunité. Elle avait appris très tôt que même durant les banales missions de traque du Centre, le climat de *la poursuite* lui donnait littéralement des frissons. En ce qui concernait la traque de Jarod, ses *frissons* s'apparentaient davantage à des secousses sismiques. Même si jusque-là toutes ses tentatives s'étaient soldées par des échecs, la perspective d'une victoire, et ceci était également vrai en matière de sexe, était suffisante pour faire bouger son aiguille sur l'échelle de Richter.

Elle gara sa voiture sur l'emplacement vert réservé à la livraison, à une distance raisonnable de l'entrée des urgences du Guardian Hospital. Elle prit une profonde bouffée de sa Pall Mall et scanna les alentours : une ambulance à l'arrêt garée à une vingtaine de mètres près de l'entrée, derrière elle une ribambelle de patients minables en fauteuils roulants rassemblés dans le minuscule parc de l'hôpital, et une équipe d'infirmières se dirigeant à l'intérieur. En conclusion? Rien qui ne sortait de l'ordinaire.

Elle tendit la main vers la poignée de la portière, mais Sydney la stoppa.

« Je ne saurais insister assez que nous devons récupérer Jarod et le ramener au Centre de manière pacifique.

- Il n'y a pas de nous, Sydney, il n'y a que <u>moi</u>. Maintenez, soyez un gentil garçon et restez dans la voiture.»

Elle descendit de la voiture. Alors que ses bottes frappaient le sol, elle rangea les clés dans son élégant manteau et prit une nouvelle bouffée de sa cigarette. Sydney la contempla avec dédain à travers le pare-brise. Elle jeta un coup d'œil à la camionnette et les Nettoyeurs en émergèrent à l'unisson. Elle avait opté pour ses six meilleurs. Chacun d'eux tellement habitué à la méthode Miss Parker qu'ils auraient pu pendouiller à ses doigts comme des marionnettes.

Miss Parker vérifia le chargeur de son Smith & Wesson pour s'assurer qu'il était plein. Elle sentit les frissons s'intensifier. Son aiguille sismique se mit à s'agiter alors qu'elle aboyait des ordres à son équipe de Nettoyeurs :

« Vous cinq, encerclez le périmètre ; Aires, vous êtes mon ombre. On la fait simple et dans le calme, dit-elle en replaçant son chargeur. Si quelqu'un doit faire du bruit, ce sera moi. Maintenant, en place. »

Chaque Nettoyeur vérifia consciencieusement son oreillette et se dirigea vers sa mission.

Un Sydney inquiet remarqua son comportement de prédatrice à travers le pare-brise. Il se pencha alors vers la fenêtre ouverte du côté conducteur :

« Le Centre veut Jarod vivant. »

Un sourire se dessina sur son visage.

« De préférence, Sydney. De préférence. »

Sans même un regard vers lui, elle se dirigea vers l'entrée avec Aires, écrasant les restes de sa Pall Mall sur les ailes d'un des anges qui se tenait là.

Chapitre 58

KROPSKI AVALA quatre aspirines en regardant un ambulancier d'origine indienne faire rouler sa civière vide au milieu des schizophrènes confus mais néanmoins curieux de l'espace de détente. Sa tête géante la faisait souffrir. Et cela n'avait rien à voir avec le coup de bassin hygiénique infligé par Skylar quelques jours plutôt, ou avec la folie des dix dernières heures passées dans cet hôpital. La faute revenait à la voix qui continuait à résonner dans son esprit, après avoir raccroché et jeté son téléphone avec dégoût sur son bureau.

Elle savait que les gens plaisantaient dans son dos sur le fait qu'elle ne quittait jamais la sécurité de son bureau, mais personne ne savait qu'elle avait une très bonne raison de ne pas le faire. Cette raison était l'emmerdeuse insomniaque qui partageait son deux pièces merdique avec une seule salle de bain, qui l'avait gardée éveillée pendant trois heures la nuit précédente.

Le nom de cette emmerdeuse était Agnès Kropski, une veuve de 80 ans et mère de l'infirmière K. Ce monstre de femme avait biologiquement maudit sa fille en lui donnant un crâne massif et un corps minuscule, qui avait fait de sa jeunesse une lutte de tous les instants, et qui maintenant qu'elle avait emménagé, était en train de transformer la vie adulte de son unique enfant en un véritable cauchemar.

Et plus exactement, en un cauchemar *mortel*.

Maman K était d'un âge avancé et souffrait d'une sorte de maladie non diagnostiquée qui la rendait de plus en plus sénile. La fille K souffrait des diarrhées aiguës de sa radoteuse de mère qu'elle devait nettoyer en plein nuit.

Comme si cela ne suffisait pas à pousser Kropski à bout, Bilson lui avait ordonné de modifier tous les dosages des patients tests, pour des niveaux qu'il avait personnellement ajusté et qu'il lui avait fait parvenir à l'aube par courrier électronique.

« Connard », murmura-t-elle. Alors qu'elle traînait son corps en manque de sommeil loin de son trône d'infirmière, les nouveaux dosages en main, son téléphone sonna. Elle y jeta un coup d'œil ; encore un appel de maman.

Oh, tous les problèmes qu'un coussin bien placé pourrait résoudre, pensa-t-elle en se dirigeant vers une autre pétasse qui lui rendait aussi la vie difficile, et sur qui elle pourrait se défouler.

Chapitre 59

SKYLAR FUT REVEILLEE non pas par l'aiguille enfoncée dans son bras, mais par une sensation de picotement dans ses jambes. Lorsque sa vision redevint nette, elle reconnut la sorcière à l'énorme tête qui était en train de lui injecter une dose supplémentaire de médicaments. Skylar essaya de bouger, mais quelque chose l'en empêchait. Elle se souvint avoir eu, plusieurs fois au cours de la nuit, des hallucinations. *Des hommes se disputant au sujet de secrets, de mensonges et de mort* avaient dansé dans sa tête. Mais cette fois, il ne s'agissait pas d'une hallucination. Elle réalisa qu'elle était attachée au lit et ceci depuis que Bilson avait ordonné aux infirmiers de la traîner ici la nuit dernière.

L'air renfrogné de Kropski ajouté à ce qui lui était injecté dans le corps depuis huit heures firent du picotement dans ses jambes un lointain souvenir. Elle décida tout de même de plaider sa cause :

« Qu'est-ce que vous faites ? Qu'est-ce que c'est que ça ?

- Et bien, Mlle Je-sais-tout, puisque vous ne voulez pas prendre vos pilules, vous avez maintenant le droit à la version liquide.

- Je … Je ne suis pas supposée … appelez le Dr. Russell, il a changé mon traitement. »

Kropski regarda sa patiente du bout de son nez :

« Je ne travaille pas pour le Dr. Russell. Je travaille pour le Dr. B., et après la petite escapade de l'autre nuit, il a triplé votre dose. » Elle sortit une aiguille. « Et je vais m'assurer que vous receviez jusqu'à la dernière goutte. »

L'infirmière K. tapota la jambe de Skylar, puis sortit.

Skylar lutta pour garder la mémoire. A la dernière injection, elle n'avait eu que quelques minutes avant que commencent les hallucinations. Elle n'en avait plus pour très longtemps à attendre.

Chapitre 60

SES MAINS PALES agrippèrent la barre du chariot de plateaux repas. Imitant parfaitement le boitement de Jude, Jarod marchait clopin-clopant derrière le chariot, traînant son pied gauche estropié.

Il était devenu Jude à tout point de vue, jusque dans l'habitude que l'homme timide avait de fixer le sol, permettant à ses mèches blanches flottantes et à son large chapeau de dissimuler presque tout son visage albinos.

Son chariot faisait un mètre de hauteur et un mètre et demi de longueur, et était équipé de deux portes latérales ressemblant à celles d'un réfrigérateur. A l'intérieur, les parois rainurées permettaient à chaque compartiment d'accueillir 16 plateaux, deux par étages, chaque étage étant séparé de dix centimètres, le tout rangé adéquatement pour le transport. Sans les plateaux, le chariot était bien assez large pour cacher un terroriste Libyen.

En passant devant les brancardiers, les infirmières et le personnel hospitalier, Jarod se sentit bien. Il était ravi de voir qu'ils ne lui prêtaient aucune attention, tout comme il l'avait espéré.

Il se sentit encore mieux lorsqu'il arriva devant l'ascenseur, qui se trouvait à l'intersection en T des deux principaux couloirs. La première partie de son plan ne serait achevée qu'une fois dans l'ascenseur, derrière les portes fermées.

Mais comme l'avait dit un jour Helmuth Von Moltke : « Aucun plan de bataille ne survit au contact de l'ennemi. » Bien que ce ne fut pas l'ennemi que Jarod repéra de l'autre côté des ascenseurs marchant vers lui, il s'agissait tout de même de quelque chose qu'il n'avait pas prévu : la mignonne et joyeuse Tami se dirigeait droit vers lui.

Jarod pressa plusieurs fois le bouton pour monter. Tami sourit, s'arrêta face à lui et lui dit :

« Bonjour, Jude. »

Dissimulé derrière la bordure de son chapeau, Jarod hocha la tête silencieusement, impatient de voir l'ascenseur arriver. Il savait qu'il était possible de duper les gens avec un signe de la main, mais une discussion verbale d'aussi près pourrait avoir des conséquences désastreuses.

Ironiquement, il fut sauvé de cette calamité par une autre catastrophe potentielle, lorsqu'une voix de femme retentit derrière lui ; une voix qui fit vaciller son estomac en disant :

« Excusez-moi, infirmière ? »

Une voix appartenant à Miss Parker, qui se tenait maintenant à seulement quelques centimètres derrière Jarod.

Il ferma lentement ses yeux et essaya de contrôler sa respiration tandis que Tami regardait par-dessus son épaule pour s'adresser à elle :

« Oh, je ne suis pas une infirmière, Madame, je suis une bénévole.

- Et bien moi je ne suis pas une 'Madame', Mlle bénévole, je suis une 'Miss', et je recherche cet homme. »

Une main droite délicate, portant une bague carrée en platine à l'index, apparut soudainement au-dessus de l'épaule du Caméléon. La main tenait un téléphone montrant une photo de Jarod bien en évidence sur son écran.

Tami examina la photo puis regarda de nouveau Parker et Aires, au-dessus de l'épaule de Jarod :

« Oh, vous voulez parler du Dr. Russell. »

Jarod regarda l'écran de l'ascenseur qui indiquait qu'il se trouvait toujours à cinq étages de lui.

« C'est çà. Où pourrais-je trouver le Dr. Goodbar ? »

Tami n'aimait pas le ton sarcastique sur lequel s'était exprimée Miss P, ni le regard de prédatrice qu'elle arborait. Une pointe de jalousie s'insinua dans la voix de Tami : « Êtes-vous l'une de ses *amies* ? »

Miss Parker saisit le sous-entendu et décida de s'amuser un peu : « Une *amie très proche*, en effet. » Parker sourit.

Bien que naïve, Tami savait que cela voulait généralement dire « *Je suis bien plus qu'une amie et ce ne sont pas vos foutues affaires.* » Tami détestait secrètement le fait que cela pouvait être vrai, mais essayant de garder la tête froide, elle indiqua du doigt l'autre côté du couloir :

« Son bureau est la dernière porte sur la droite. Et s'il n'y est pas, il est probablement à l'Annexe. Désirez-vous que je vous montre le chemin ? Je ne voudrais pas que vous vous perdiez. »

Quatre—trois—deux—Jarod fixait les chiffres, tout en retenant sa respiration.

« Pas la peine. Ce sont des retrouvailles surprises. D'autre part, je suis sûre que vous et Edgar Winter avez beaucoup à vous dire. »

Parker fit un clin d'œil à Tami, puis demanda discrètement à Aires de rester en place et de surveiller les alentours. Elle fit ensuite volte-face et se précipita vers le bureau du Dr. Russell.

La mère de Tami lui avait toujours appris à tourner sa langue sept fois dans sa bouche avant de parler. Et donc ce qu'elle pensait vraiment, en souhaitant une « Bonne journée » à une Parker déjà loin, était qu'elle, *et le balai sur lequel elle était arrivée*, aillent se faire foutre.

Ding. Les portes s'ouvrirent, et Jarod poussa le chariot dans l'ascenseur. Il vit Tami qui regardait Miss Parker s'éloigner.

Alors que l'ascenseur s'élevait, Jarod, enfin seul, ne pouvait savourer son premier succès en tant que Jude sachant que Miss Parker était sur ses traces.

Chapitre 61

JAROD DESCENDIT DE l'ascenseur au neuvième étage, face au tunnel de sécurité menant vers l'aile psychiatrique. Son instinct lui disait de le traverser aussi vite que possible, mais sa simulation lui demandait de se déplacer lentement.

Tout en poussant le chariot de Jude, il se dirigea en boitant vers les portes de sécurité. Il fit glisser sa carte d'identification dans le premier lecteur de carte, et se faufila facilement jusqu'à la première chambre lorsque la porte s'ouvrit. Il réalisa ensuite qu'il venait de commettre une première erreur. A cet endroit, Jude avait pris l'habitude de toujours tirer son chariot, car le scanner rétinien se trouvait près de la porte. Jarod fut surpris d'avoir oublié ce petit geste. C'était la raison pour laquelle Skylar avait presque réussit à s'échapper le jour où il l'avait rencontrée. En tirant son chariot, il avait bloqué la porte du scanner rétinien qu'elle avait arrêtée avec son pied, lorsqu'elle avait tenté de s'évader, déguisée en Infirmière Kropski, lors de sa propre simulation.

Il devait absolument s'en rappeler au retour, lorsque le chariot sera rempli de Libyen terroriste à la place de plateaux.

En atteignant le seuil de la pièce de socialisation la nuit précédente, Jarod avait eu un mauvais pressentiment et s'était figé. Cette fois-ci, la sensation était plus forte, bien plus forte.

Bien que remplie de patients, la pièce de socialisation était plongée dans le silence. Sarge n'hurlait pas sa phrase habituelle au mur. Personne ne se faisait la causette, les jeux et leurs joueurs étaient tous figés sur place, les rocking-chair ne se balançaient plus. Coraleen Johnson avait même arrêté de glisser le long du mur à mi-chemin. Comme toutes les autres personnes dans la salle, son attention était fixée sur l'ambulancier Indien qui faisait rouler sa civière près du bureau des infirmières. Cette fois, la civière n'était pas vide. Il y avait à présent un corps allongé dessus, un corps entièrement recouvert par un drap.

Un patient était décédé.

Jarod eut soudainement peur que quelqu'un ait pu faire une overdose à cause des psychotropes. Ayant besoin de toute sa concentration et ne pouvant rien faire d'autre dans l'immédiat, il prit note de fermer cet endroit pour de bon. Pour l'instant, le plus important était de traverser l'espace de détente et d'arriver jusqu'à Kaj.

Paradoxalement, la tension dans la salle œuvra en faveur de Jarod. Non seulement les patients étaient concentrés sur le corps sans vie, mais ce fut aussi le cas de l'infirmière Kropski, lorsque la civière s'arrêta au bureau des infirmières, afin que l'ambulancier signe les papiers de sorties.

Sans hésitation, Jarod saisit cette opportunité et commença à boiter à travers la salle. Il en était à plus de la moitié lorsque Grosse Tête lui lança un regard furieux.

« Vous êtes en retard, Hippie toqué, j'ai trébuché sur vos saletés de plateaux de petit-déjeuner toute la matinée, aboya-t-elle.

- Désolé, marmonna Jarod, ravi d'avoir une excellente raison pour baisser la tête après sa réprimande. »

Traversant la salle sans aucun problème, Jarod jeta un coup d'œil en arrière, vers le brancard transportant le patient mort recouvert par un drap, puis entra dans le couloir Est.

Il accéléra son pas boiteux, tout en continuant à pousser le chariot dans le couloir vide qui menait à la chambre de Kaj, son pas augmentant avec sa fréquence cardiaque. A seulement quelques pas de la chambre, son cœur semblait tout simplement avoir cessé de battre. Quelque chose n'allait pas.

Vraiment pas.

La porte de la chambre de Kaj était entrouverte et son lit était <u>vide</u>.

Jarod se sentit comme tomber en chute libre, le sol s'effondrant sous ses pieds.

Un gloussement retentit derrière Jarod, qui le fit sursauter, et revenir à la réalité. Il se tourna et vit Tommy Russo comme toujours, spastique et hilare. Sauf que cette fois, des larmes coulaient sur son visage.

« Mort »—rire—rire.

« Quoi ? »

Tommy sautillait d'un pied sur l'autre—rire—rire.

« L'homme endormi, mort. »

Jarod sentit le monde autour de lui commencer à tourner. Il l'attrapa par les épaules :

« Dis-moi tout, Tommy, quand est-il mort ?

- Ce matin seulement—rire, rire—Il est mort. Triste. »

Jarod relâcha Tommy qui partit en titubant.

Jarod était sidéré. Il l'avait raté, *claudiqué* juste à côté. Le corps sur le brancard de cet ambulancier était celui de Kaj !

Jarod pivota pour s'enfuir, mais fut interrompu par une autre voix :

« Jarod ! »

Le cri provenait de la chambre de Skylar.

Jarod fit irruption dans la pièce, et la trouva attachée à son lit. Il s'y précipita et commença à la libérer.

Elle leva les yeux vers lui, le regard incohérent, esquissant malgré tout un sourire.

« Je savais que je connaissais cette voix. » Elle toucha ensuite sa joue pâle. « Le visage … un peu moins.

- C'est une longue histoire, dit Jarod en dénouant la dernière lanière. C'est Bilson qui t'a fait ça ?

- Il n'a pas apprécié ce que je lui ai dit la nuit dernière. Cherche pas à comprendre. Il pensait me donner une bonne leçon. »

Libérés, les mouvements de Skylar apparaissaient comme exacerbés et étrangement saccadés. Les psychotropes commençaient à semer le chaos dans son corps et son esprit. Ce qui avait débuté par une sensation de picotement dans la cuisse gauche avait fini par envahir son corps, et l'engourdissement commençait à la consumer.

« Je suis désolé, Skylar.

- C'n'est pas ta faute. Je suis une grande fille. »

Il se précipita vers la porte pour vérifier le couloir, et voyant qu'il était vide, tira son chariot à l'intérieur de la chambre.

« Je vais te faire sortir d'ici. »

Il tendit ses bras vers elle, pour l'aider à se lever. Elle plissa les yeux, tentant de saisir une pensée.

« Et pour le mec d'à côté ?

- J'ai échoué. Il est mort. Je ne vais pas faire la même chose avec toi, dit-il en ouvrant la porte latérale du chariot. »

Elle tenta d'éclaircir ses idées, à la recherche d'un souvenir. Alors qu'il commençait à lui revenir, elle repoussa les mains de Jarod et se concentra sur ce qu'elle avait pensé plus tôt être une hallucination : *des hommes se disputant au sujet de secrets, de mensonges et de mort.* Elle réalisa alors que ça n'en était pas une. Les voix qu'elle avait entendu étaient celles du Dr. Bilson et d'O'Quinn qui s'étaient disputés de l'autre côté de son mur, durant la nuit.

« Il n'est pas mort. »

Jarod se figea.

« Je les ai entendus ; ils ont décidé de simuler sa mort et de le transférer à un autre endroit, un endroit 'plus sûr'. »

Tout commença soudainement à prendre sens pour Jarod.

« Est-ce qu'ils ont dit où ? »

Skylar chercha dans sa mémoire, mais tout devenait de plus en plus flou.

« Oui … non … je ne sais pas. Je crois que le monstre chauve avec le bandeau sur l'oeil a dit au mec moche au bras cassé d'appeler, et d'arranger le transfert avec Helix ou Tretex, quelque chose comme ça. Je suis désolée, je n'arrive pas à me souvenir du nom là maintenant, mais je crois que c'est ceux pour qui ils travaillent. »

Jarod regarda par l'embrasure de la porte, puis dans le couloir.

De l'autre côté de l'espace de détente, il aperçut une dernière fois l'ambulancier poussant la civière à travers le seuil d'entrée, puis dans le tunnel de sécurité.

L'esprit de Jarod tournait à plein régime, tout comme son corps lorsqu'il revint vers elle.

« Viens.

- Non. Vas-y. Fait ce que tu as à faire. Moi, çà ira. Ces salopards ne peuvent rien me faire. »

Jarod secoua la tête et la souleva du sol.

« Je ne te laisserai pas. » Il la plaça avec douceur à l'intérieur du compartiment du chariot, puis la regarda droit dans les yeux. « Pour une fois, sois silencieuse. »

Il claqua la porte du chariot puis sortit dans le couloir en boitant, et se dirigea vers l'espace de détente.

Chapitre 62

PARKER SE PRÉCIPITA dans le couloir, hors du bureau où le Dr
Russell était introuvable, et se dirigea vers Aires tel un ouragan.

« Alors ?

- Rien, Miss Parker. »

De retour devant l'ascenseur, la Miss Parker frustrée pivota à 360°,
scannant les alentours. Jarod était là quelque part, elle le savait, elle le sentait
et cette fois, c'était certain, elle allait l'attraper. Apercevant une infirmière
qui passait, elle l'agrippa et l'obligea à se tourner vers elle.

C'était Gloria, et l'infirmière en charge des urgences était tout sauf
heureuse de la prise que l'on avait sur son bras. Elle regarda la main de Miss
Parker, puis froidement dans ses yeux.

« Si vous voulez garder vos griffes attachées à votre corps, vous feriez
mieux de me lâcher, et tout de suite. »

Parker savait quand elle ne devait pas insister et la libéra.

« J'ai besoin de voir le Dr Russell, il n'est pas dans son bureau et c'est
urgent. »

« Le beau gosse ne passe plus son temps aux urgences ces temps-ci. »
Elle pointa son doigt en direction des ascenseurs. « Essayez le neuvième
étage, il est probablement à l'Annexe. »

Gloria s'éloigna en trombe de Miss Parker, qui s'approcha de
l'ascenseur et frappa violemment le bouton pour monter. Elle regarda Aires :

« Restez là. Si Jarod sort de cet ascenseur et si vous voulez que vos testicules restent attachés à votre corps, faites en sorte qu'il ne quitte pas cet hôpital.

« Oui, Miss Parker. »

Tout en montant dans l'ascenseur, elle aboya dans le micro de son oreillette : « Périmètre, gardez vos positions, il est dans l'Annexe, je vais le faire sortir de sa cachette. Personne ne le confronte à part moi. »

~~~

Sydney faisait les cent pas autour de la Lincoln, en écoutant les avertissements de Parker dans son oreillette, inquiet de ses propos et du ton de sa voix. Il savait qu'elle voulait personnellement affronter Jarod. La question était : que ferait-elle quand cela arriverait ? Les mots que lui et Miss Parker avaient échangés plus tôt tourbillonnaient encore dans son esprit. *« Miss Parker, le Centre veut récupérer Jarod vivant. »* *« De préférence, Sydney. De préférence. »* Avec l'écho de ces mots, Sydney jeta un regard impatient vers l'entrée de l'hôpital, considérant son prochain geste et les conséquences de son inaction.

~~~

Sur le toit, O'Quinn faisait les cent pas près de l'Eurocopter EC135 destiné au transport médical. Il vérifia sa montre, jetant des coups d'œil impatients à Bilson et Rott, qui étaient à ses côtés. Son oreillette bipa.

« Dojame, allez-y. »

~~~

A l'extérieur du tunnel de sécurité de l'Annexe, l'ambulancier Dojame, qui attendait l'ascenseur, parla dans son oreillette en jetant un coup d'œil au corps couvert sur le brancard près de lui :

« Tout va bien ici. Le sujet est endormi et stable. On va monter. »

~~~

O'Quinn agita ses mains dans les airs pour signaler au pilote de l'hélicoptère de faire tourner les rotors, et esquissa presque un sourire à Bilson et Rott.

~~~

Boitement, boitement, boitement. Jarod-Jude poussait son chariot à travers l'espace de détente lorsqu'il manqua de renverser l'infirmière Kropski. Elle se dirigeait vers le couloir duquel il venait de sortir, ce que Jarod considéra être une bonne chose.

Sa tête étant penchée vers le bas, elle ne vit pas son visage, se plaignant du fait qu'il ne regardait pas où il allait. Une fois passée, il leva la tête et commença à faire exactement ce qu'elle lui avait demandé.

La bonne nouvelle était que son absence du bureau des infirmières allait rendre son évasion plus facile. Jarod regarda par-dessus son épaule. La mauvaise était qu'elle se dirigeait vers la chambre de Skylar.

Boitement, boitement, boitement. Jarod accéléra son allure alors qu'il traversait la salle télé où ceux qui se balançaient sur leurs chaises avaient retrouvé leur rythme. En fait, depuis que l'homme mort n'était plus parmi eux, leur anxiété habituelle était revenue. Et c'était sur le point d'empirer.

Boitement, boitement, boitement.

Jarod était à mi-chemin du tunnel de sécurité, devant le bureau des infirmières, quand l'infirmière K. revint en courant dans l'espace de détente. Il ne pouvait pas voir son regard, mais il pouvait le sentir braqué sur son dos. Il ne pouvait pas voir ses lèvres, mais il savait d'instinct qu'elles étaient sur le point de former des mots qu'elle prononcerait en hurlant : « Jude ! Stop ! »

Jarod-Jude ne s'arrêta pas. Il repéra un infirmier regardant derrière lui, vers l'infirmière K. qui lui criait : « Arrêtez cet homme ! »

L'infirmier fixa Jarod et le boitement, boitement, boitement, du Caméléon se transforma soudainement en boitement, pas, pas, pas rapide, sprint, sprint, sprint, alors qu'il se précipitait avec son chariot tout droit vers l'infirmier. « Accroche-toi ! », cria Jarod à Skylar alors qu'il le percuta de plein fouet. Le grand homme s'envola pour attérir dans un ficus.

Les patients, qui étaient quelques minutes plus tôt silencieux comme les souris d'une église, explosèrent en un chaos assourdissant. Mais personne ne fut aussi assourdissant que Kropski quand elle réalisa que Jude n'était pas Jude, mais Jarod.

Sa Mission au sein du Guardian General était fichue, mais c'était là le dernier de ses soucis.

Jarod se hâta dans le tunnel de sécurité. A la vitesse de la lumière, il glissa sa carte d'identification dans le lecteur de carte de la première porte.

Clic !

Il se précipita et tira le chariot à l'intérieur de la première chambre.

Pendant que Jarod plaçait son œil gauche dans le scanner rétinien, son droit remarqua l'ambulancier faire rouler le brancard sur lequel se trouvait Kaj dans l'ascenseur.

Clic !

Jarod se précipita à travers la porte du milieu et tira le chariot contenant Skylar à l'intérieur.

Il faisait glisser sa carte dans le lecteur de la dernière porte lorsque la lumière rouge au-dessus du tunnel de l'Annexe commença à tourner et s'illuminer, accompagnée par une alarme au son grave.

Du côté Annexe du tunnel, Kropski accompagnée de plusieurs agents de sécurité arrivaient à la première porte de sécurité.

Cependant, l'attention de Jarod n'était pas portée sur ce qui se passait derrière lui, mais sur ce qui se trouvait devant lui.

Clic !

Jarod arracha le lecteur de carte du mur et bondit hors de la chambre. Les infirmiers, incapables de déverrouiller la porte, lui feraient gagner un peu de temps.

Alors que la porte de la chambre commençait à se refermer derrière lui, celles de l'ascenseur à l'intérieur duquel se trouvaient Kaj et l'ambulancier faisaient de même.

Jarod s'y précipita de toutes ses forces, puis se jeta vers les portes qui se refermaient, le laissant à l'extérieur de l'ascenseur.

Skylar mit un coup de pied dans la porte du chariot et s'en extirpa toute groggy. Jarod pressait frénétiquement le bouton d'appel de l'ascenseur quand il la regarda.

« Il a emmené Kaj en haut.

- Il y a un héliport sur le toit. »

Jarod regarda Skylar et, même si les effets des psychotropes commençaient à davantage se faire sentir, elle put lire de l'indécision dans son regard.

Grosse Tête et les infirmiers arrivèrent à la dernière chambre. Bloqués, les gros bonhommes commencèrent à marteler de coups d'épaules la porte en plexiglass, pendant que Kropski foudroyait du regard Jarod et Skylar.

Skylar attrapa le bras de Jarod.

« Qu'est-ce que tu attends ? Vas-y !

- Je te l'ai dit, je ne te laisserai pas ici.

- Tu n'auras pas besoin de le faire. »

Jarod tendit la main et toucha délicatement son visage. Il regarda intensément dans ses yeux violets. Il se sentit tenu de l'embrasser, mais le temps manquait.

Ding !

Les portes de l'autre ascenseur s'ouvrirent et Miss Parker en surgit.

Chapitre 63

STUPEFAITE d'être tombée nez à nez avec le Caméléon, Miss Parker dit la première chose qui lui vint à l'esprit :

« Un putain d'Écran Magique ?! »

Parker porta sa main vers l'étui de son revolver, mais Jarod envoya brutalement le chariot sur elle, la projetant dans l'ascenseur.

Ding !

L'autre ascenseur s'ouvrit. Jarod poussa Skylar à l'intérieur et pressa le bouton permettant de descendre. Les portes commençaient à se fermer, lorsque Skylar vit Parker se relever avec difficulté, bondir hors de l'ascenseur se lancer à la poursuite Jarod qui s'approchait d'une porte d'escalier.

Grosse Tête et les infirmiers surgirent enfin du tunnel de sécurité. L'infirmière K. sortit son téléphone portable et composa un numéro.

Parker porta la main à son oreillette, tout en s'élançant vers la cage d'escalier dans laquelle Jarod avait disparu.

« Il se dirige vers le toit. Gardez vos positions. Je vais le faire sortir. Soyez prêts ! »

Quand elle arriva devant la porte, elle se rendit compte que Jarod l'avait bloquée.

« Putain ! » cria-telle, en martelant la porte de son épaule …

~~~

En entendant cela, Sydney jeta un regard inquiet vers le toit, toujours incertain de ce qu'il devait faire.

~~~

Jarod se dirigeait rapidement vers le toit. Des étages inférieurs, il pouvait entendre les coups portés par Miss Parker contre la porte, des étages supérieurs, le vrombissement des rotors d'un hélicoptère. Il continua son ascension …

~~~

Approchant leur puissance maximale, les hélices de l'hélicoptère tranchaient l'air violemment. O'Quinn souleva le drap placé sur le visage du corps allongé sur la civière, afin de voir Kaj de ses yeux. Il respirait, et bientôt, il parlerait. Satisfait, O'Quinn signala à Rott et Dojame de charger le brancard à bord.

Bilson coupa son téléphone et se pencha vers O'Quinn avec un regard inquiet :

« Nous avons un problème. »

Jarod atteignit la dernière marche de l'escalier avant la porte sans fenêtre permettant d'accéder au toit. Il y donna prudemment un léger coup de coude, afin d'avoir une bonne vision de la piste d'atterrissage, de l'autre côté du toit. Il repéra Bilson, Rott et O'Quinn près de l'hélico, les armes à feu des deux derniers déjà pointées sur lui.

Au moment où les premières salves jaunes apparurent au bout du canon de leurs armes, Jarod pensa Grosse Tête, *grosse bouche*. Puis, avec des réflexes éclairs, il se retrancha alors que l'enfer se déchaînait dehors.

D'intenses coups de feu retentirent, fendant la porte du toit comme une feuille de papier. Jarod atterrit sur le sol, et roula en contrebas des escaliers, hors de la ligne de tir, alors que des éclats de bois fendus voltigeaient tout autour de lui.

~~~

Etant parvenue à enfoncer la porte de l'escalier se trouvant à l'étage de l'Annexe, Miss Parker réagit immédiatement aux intenses coups de feu provenant des étages supérieurs et se précipita en direction du chaos …

~~~

Jarod entendit la porte de l'escalier s'ouvrir dans un bruit fracassant, suivi des pas rapides de Miss Parker sur les marches. Il savait qu'elle serait sur lui dans quelques secondes.

L'assaut d'artillerie devint silencieuse. Jarod rampa vers le haut des marches, en direction de la porte du toit dégradée, et jeta un coup d'œil à travers les impacts de balles. La poussière et les débris tournoyaient avec l'accélération des hélices. En plissant les yeux, Jarod vit qu'O'Quinn était le dernier à embarquer dans l'hélicoptère, et se lança : il surgit sur le toit et se dirigea vers l'hélico.

O'Quinn l'aperçut en premier, et ouvrit le feu en même temps que Rott. Les balles mordirent la poussière sur les talons de Jarod, alors qu'il plongeait à couvert derrière un gros climatiseur.

Depuis sa nouvelle position, Jarod vit Miss Parker foncer sur le toit, arme au poing. Elle balaya la scène du regard, mais ne repéra pas Jarod. Elle tourna ensuite son arme vers l'hélico. A cet instant, Rott déversa un torrent de coups de feu vers elle.

Plongeant à couvert, elle tira en retour du mieux qu'elle put, mais elle ne put résister face à leurs armes automatiques.

Le Dr. Bilson était terrifié. Il se précipita vers l'hélico et tenta de monter à bord, mais O'Quinn claqua la porte et aboya au pilote :

« Allez, allez, allez ! »

L'hélico s'emballa, puis commença doucement à s'élever. Affolé, Bilson se précipita de l'autre côté du toit, disparaissant dans un autre escalier.

Jarod n'avait pas de temps à perdre avec le médecin corrompu ; toute son attention était focalisée sur Miss Parker qui se relevait. Cette fois-ci, elle le repéra.

« Jarod ! » cria Parker, tirant deux coups de feu intentionnellement larges pour lui faire comprendre qu'elle bloquait sa seule voie de sortie.

Il regarda l'hélicoptère, et ses espoirs, s'envoler. Jarod savait que c'était le moment d'agir. Il s'élança vers l'hélico en élévation, le souffle des hélices faisant trembler ses jambes. Parker tenta d'intervenir, mais le même souffle rendit sa visée impossible.

Avec seulement quelques secondes pour agir, Jarod bondit et s'agrippa avec précaution au patin d'atterrissage de l'hélicoptère en vol.

O'Quinn fit signe au pilote de le faire basculer, et l'hélico commença à se balancer d'un côté à un autre, au-dessus du fossé séparant le toit de l'hôpital d'où il avait décollé, et le toit de l'Annexe qui se trouvait deux étages plus bas.

Parker stabilisa sa visée, violemment balayée par l'hélicoptère qui volait maintenant au-dessus d'elle.

Jarod verrouilla son bras autour du patin s'accrochant de toutes ses forces, suspendus à l'hélicoptère qui se balançait vicieusement alors qu'il s'inclinait de 90 degrés et commençait à s'envoler au loin.

Parker tira et atteignit exactement sa cible : près du coude de Jarod qui était enroulé autour du patin.

Jarod regarda vers le bas au moment même où le second tir de Parker se répercutait encore plus près, le forçant à faire un choix difficile.

Il déverrouilla son bras du patin et lâcha prise.

Chapitre 64

TOUT SE PASSA en un instant. Le monde sembla défiler au ralenti devant les yeux de Jarod alors qu'il chutait vers l'énorme dôme recouvrant l'atrium de l'Annexe.

Parker suivait la descente de Jarod, son arme pointée sur lui. Mais avant qu'elle ne puisse viser et tirer, Jarod comprima son corps. Le bruit de l'impact fut comparable à une explosion lorsqu'il percuta et traversa le dôme de verre.

L'espace de détente était presque vide lorsque le plafond de verre se brisa. Jarod le traversa et sa chute de 10 mètres se termina sur l'un des canapés, des morceaux de verres tombant tout autour de lui.

Son instinct de survie au maximum, il se remit sur pieds avec un profond gémissement, puis fit un rapide inventaire de sa douleur. Par chance, il n'était pas sérieusement blessé : des entailles, des écorchures, mais aucun os cassé. Il jeta un coup d'œil à droite, vers une Grosse Tête stupéfaite, qui avait la bouche grande ouverte.

Si elle considérait que nettoyer la diarrhée de sa propre mère était typique d'une mauvaise journée, l'arrivée de Jarod était un véritable signe de Dieu que le pire restait à venir.

« C'est quoi ce bordel ? »

Alors qu'elle attrapait un téléphone de sécurité et commençait à aboyer, Sarge s'approcha d'elle. Jarod se permit un petit sourire en voyant Sarge lui donner un parfait salut militaire.

Luttant contre la douleur, Jarod se précipita dans le tunnel de sécurité qui menait à l'extérieur, les portes maintenant grandes ouvertes, et sa démarche boiteuse douloureusement réelle.

~~~

Tandis que Jarod faisait l'inventaire de ses blessures, Miss Parker évaluait ses possibilités : redescendre par les escaliers ou suivre Jarod par le trou du toit de l'atrium, qu'il lui avait si généreusement laissé.

Elle regarda par-dessus la rampe ; c'était une chute de deux étages et un saut d'une longueur de 6 mètres vers le toit de l'Annexe et le dôme qui s'y trouvait. Elle avait connu de plus longues chutes, s'entraînant pour de telles situations depuis l'âge de 14 ans et son endoctrinement intensif au Centre. Mais elle n'avait jamais effectué de saut si important.

A cet instant, elle se souvint des mots prononcés par son mentor Fabiana à la jeune Miss Parker, à chaque fois que le doute s'installait tel un ennemi. *Le courage n'est rien d'autre qu'une volonté aveugle.* A cet instant, l'idée même d'une nouvelle réprimande de la part de Papa Parker sur ses échecs dans la capture de Jarod poussa Miss Parker à se retourner et à courir à pleine vitesse vers le bord du bâtiment, en fixant l'endroit au sol où elle planterait son pied et se propulserait dans le vide.

Mais au moment exact où elle l'atteignit, elle freina à fond et dérapa pour s'arrêter.

Mais qu'est-ce qu'il me prend ? Prends les putains d'escaliers.

Miss Parker se précipita vers l'escalier et descendit les marches trois par trois, couvrant six étages en moins de 12 secondes.

Elle se rua dans le couloir, localisant Jarod qui déboulait de la porte du tunnel de sécurité et filait vers une cage d'escalier qui se trouvait un peu plus loin. Tout en le poursuivant, elle appuya sur son oreillette :

« Il est dans l'escalier sud. Il descend ! Je vais le coincer par le haut, nous l'avons ! Tous les Nettoyeurs au couloir principal … maintenant ! »

Chapitre 65

DEVANT L'ENTRÉE des urgences, Sydney tendait le cou. Parker venait tout juste d'annoncer qu'elle avait piégé Jarod dans l'escalier Sud, et il se trouvait justement du côté sud de l'hôpital.

Désœuvré face à sa propre impuissance alors que Jarod et Miss Parker se préparaient à l'affrontement, une seule pensée continuait de se répéter dans l'esprit de Sydney :

« Miss Parker, le Centre veut récupérer Jarod vivant.

- De préférence, Sydney. De préférence. »

Sydney ne pouvait rester plus longtemps impuissant. Il prit une décision et se précipita dans l'hôpital.

Chapitre 66

AIRES AVAIT DÉJA la main sur son arme à feu, en arrivant devant la porte de l'escalier Sud du rez-de-chaussée. Il s'y précipita et commença à monter.

Jarod descendait tant bien que mal l'escalier sud, dévalant plusieurs marches à la fois. Il s'arrêta immédiatement en apercevant, entre les rampes, Aires monter depuis le bas. Il regarda ensuite vers le haut, en entendant Parker descendre depuis les étages supérieurs.

Jarod était piégé.

C'est à ce moment qu'il le vit. Là, en haut du mur, près de l'éclairage, un conduit d'aération. Il grimpa sur le bord de la rambarde, tendit ses mains, détacha le panneau et le poussa sur le côté. D'une main, il retira sa ceinture.

Parker aperçut l'ombre d'un corps en mouvement sur le palier du dessous. Elle sourit avec jubilation : le Caméléon était à sa merci. Elle murmura dans son oreillette :

« Nous l'avons piégé entre deux étages dans l'escalier Sud. Rendez-vous en bas pour le déplacement. Aires, montez doucement, nous le coincerons au milieu. »

C'est à ce moment-là que tout devint noir.

Bien que cela ne lui laisserai que quelques secondes avant le déclenchement du générateur de secours, Jarod avait utilisé la boucle de sa ceinture pour court-circuiter le panneau électrique de l'escalier.

Disparaissant dans l'obscurité, il espérait que ces quelques secondes lui suffiraient.

Miss Parker descendit prudemment une marche :

« Il est temps de rentrer à la maison, Jarod. »

La réponse de Jarod vint du fin fond de l'obscurité:

« Même si j'ai apprécié le temps qu'on a passé ensemble, là-bas, quand nous étions enfants, on a besoin de moi dehors.

- Dommage qu'il n'y ait aucune issue cette fois, dit-elle en faisant un autre pas prudent.

- Sydney m'a appris que rien n'était impossible si je le voulais vraiment. » Puis, venant de l'ombre : « Tu sais, tu lui ressembles énormément. »

Parker sortit une lampe-stylo qu'elle alluma et plaça au-dessus de son arme, parallèlement au canon.

« Sérieusement, Jarod ? Tu penses que me jeter ma mère à la figure va t'aider à m'amadouer ? Soit tu es vraiment désespéré, soit tu me connais très très mal. »

Jarod pouvait voir le faisceau de la lampe-torche d'Aires croître dans l'obscurité des étages inférieurs. Il ne restait pas plus d'une dizaine de pas à Miss Parker et Aires avant qu'ils ne se rencontrent sur le palier. Jarod commençait à manquer de temps.

« Je sais qui tu es », dit Jarod.

Miss Parker descendit une nouvelle marche avec prudence.

« Qu'est-ce que tu sais de moi, petit génie ?

- Je sais que tu adorais monter à cheval avec ta mère. Je sais à quel point elle t'aimait. Je sais qu'elle était quelqu'un de bien. »

Miss Parker balayait les murs tout en s'approchait du palier. Encore cinq pas.

« Faux, le petit Génie, contrairement à moi et Papa, Mère était faible.

- Non, Catherine était forte, et contrairement à ton père, elle était honnête. »

Miss Parker eu le pas suivant mal assuré.

« Encore des mensonges, Jarod.

- Je suis surpris que tu n'y sois pas encore habituée après une vie entière à écouter les mensonges de ton père, surtout sur ce qui est réellement arrivé à ta mère ; des mensonges pour te leurrer, te garder dans le nid. »

Elle s'arrêta afin de se ressaisir, luttant contre des mots qu'elle refusait de voir l'atteindre.

Son silence lui indiqua qu'elle l'écoutait, que ses mots avaient eu un impact sur elle.

« Tu sais que je connais la vérité. Peut-être que si tu es gentille avec moi, un jour, je t'en raconterai une partie. »

Miss Parker ferma les yeux comme pour tout arrêter. Elle pouvait être faible, ou elle pouvait être forte. Ses yeux s'ouvrirent d'un coup, et résolue, elle toucha son oreillette et murmura : « Maintenant. »

Elle bondit vers le bas, Aires vers le haut. Armes et lumières balayèrent le palier tout entier, prêts à tirer sur Jarod si nécessaire.

Mais Jarod n'était nulle part. L'endroit était aussi vide que l'âme de Miss Parker Elle jeta un coup d'œil atour d'elle confuse.

Aires haussa les épaules :

« Peut-être qu'il se prend pour Houdini.»

C'est là que ses yeux le repérèrent : le panneau du conduit d'aération, sur le mur, au-dessus d'eux, était légèrement de travers. Elle donna à Aires un signal silencieux, regardant droit dans ses yeux, puis vers le conduit. Il hocha la tête en signe de compréhension. Elle lui demanda alors de lui donner un appui, en mimant le geste.

Jarod observait la scène.

Chaque muscle était contracté afin de rester plaqué en l'air contre le dessous des marches de l'escalier qui se trouvait juste au-dessus d'eux. Face au sol, les bras écartés, Jarod parvenait à maintenir le poids de son corps en pressant ses pieds et ses mains contre les bords des poutres en acier, qui supportaient l'escalier. Jarod ressemblait ainsi à une version inquiétante de l'Homme de Vitruve de Da Vinci.

Aires joignit ses mains. Miss Parker y planta sa botte. Il la hissa à hauteur du conduit d'aération que Jarod avait intentionnellement laissé entrouvert. Elle le fit glisser sur le côté et en contempla l'obscurité.

Lorsqu'ils se trouvèrent dans la position la plus vulnérable, Jarod relâcha ses appuis et se laissa tomber juste derrière eux. Aires tourna la tête en direction du bruit. Jarod tendit les mains, agrippa la cheville du Nettoyeur, tira d'un coup sec, et dévala ensuite les escaliers.

Aires dégringola, suivi de Parker, qui avait perdu tout appui. Au cours de sa chute, ses jambes se retrouvèrent à encercler curieusement la tête d'Aires, et elle put entendre et sentir à la fois, le nauséeux craquement de sa nuque se brisant contre le bord de la marche.

Il était mort instantanément.

Parker se releva, jetant à peine un regard vers son Nettoyeur jetable, et reprit sa traque.

~~~

Un Nettoyeur du périmètre se précipita dans le couloir qui longeait la salle d'attente des urgences bondée, en direction de la cage d'escalier du couloir Sud.

« Jarod ! »

Durant les quelques secondes où il se détourna de la porte pour regarder Sydney qui approchait, Jarod, qui dévalait les escaliers, fut plaqué par Pedro, un Nettoyeur qui l'envoya voltiger. Tandis que leurs corps s'écrasaient contre le mur, le poids de Jarod pressa la tête chauve de Pedro contre les parpaings dans un bruit écœurant.

La pagaille éclata lorsque les patients, les visiteurs et les infirmiers se mirent à réagir à l'intrusion ; tout le monde, sauf Sydney, qui sourit en voyant Jarod.

« Jarod, tu vas bien ! » s'écria Sydney avec soulagement, se précipitant vers son protégé pour l'aider à se remettre sur ses pieds. Mais leur réunion fut de courte durée …

« Pas pour longtemps ! »

Jarod se retourna vers Miss Parker qui sortait de la cage d'escalier.

« Je l'ai, couloir principal, annonca Miss Parker dans son oreillette, pour informer le reste de ses Nettoyeurs. A terre, Jarod !, aboya-t-elle. »

Il regarda désespérément Sydney.

« Papa ne peut pas t'aider cette fois. Au sol, MAINTENANT ! »

Jarod obéit à sa demande et se mit à genoux.

Elle jeta un coup d'œil au Nettoyeur Pedro, inconscient, et lança une paire de menottes à Syd.

« Rendez-vous utile, pour une fois, » ordonna-telle, déterminée à ne pas lâcher Jarod du regard ou du joug de son arme.

Alors que Sydney s'approchait à contrecœur de Jarod, un bruit sourd retentit. Il se tourna juste à temps pour voir les yeux de Miss Parker se révulser et son corps s'effondrer au sol, et derrière elle, une jeune femme groggy, un épais bloc-notes de métal à la main.

Une jeune femme aux yeux violets.

Elle regarda le bloc-notes et sourit.

« Ce n'est pas un bassin hygiénique, mais ça fonctionne bien. »

Cela déclencha un rire de soulagement chez Skylar, jusqu'à ce que sa respiration faiblisse et que son corps succombe aux effets des médicaments.

Skylar s'effondra, mais Jarod la rattrapa avant qu'elle ne touche le sol. Elle lui sourit faiblement :

« Tu ne pensais pas que j'allais te laisser quand même ? »

Les yeux de Skylar se révulsèrent avant qu'elle ne s'évanouisse.

Jarod l'allongea doucement sur le sol, avant de se précipiter vers Parker, inconsciente. Il arracha le revolver de sa main et saisit les clés de voiture de sa poche.

« Jarod ! »

Le Caméléon se releva et pivota vers Sydney. Le Belge jeta un regard par-dessus son épaule, de l'autre côté du couloir. Jarod suivit son regard : d'autres Nettoyeurs venaient vers eux.

« Je n'ai pas ce que tu m'as demandé, Jarod, mais je l'aurai. Je te dois au moins cela. »

Sydney et Jarod communiquèrent silencieusement pendant une fraction de seconde avant que Jarod ne prenne hâtivement Skylar dans ses bras et se précipite vers la sortie.

Sydney s'agenouilla près d'une Parker agitée, *tentant de se rendre utile* et de l'assister alors qu'elle reprenait conscience.

« Où est-il ?

- Il est parti, Miss Parker.

- Parti, mon cul ! »

Miss Parker se remit sur pieds avec quelques difficultés, alors que le reste de ses Nettoyeurs arrivait.

« Arrêtez-le ! »

Miss Parker mena son équipe vers la sortie.

~~~

Devant l'entrée, Jarod pressa le bouton d'alarme de la clé de voiture de Parker, et une Lincoln noire bipa derrière lui.

Il jeta un coup d'œil à travers les portes automatiques de l'hôpital restées ouvertes, et vit que des Nettoyeurs et l'infatigable Parker étaient de nouveau à sa poursuite.

Il allongea Skylar sur le siège arrière de la Lincoln, tira plusieurs balles dans les pneus du van sans fenêtre du Centre, grimpa dans la Lincoln, enclencha le moteur et démarra en trombe dans un nuage de fumée, frôlant Parker et ses Nettoyeurs alors qu'il s'éloignait loin d'eux.

« Merde ! »

Miss Parker pouvait déjà entendre le ton désapprobateur de son père résonner dans ses oreilles. Elle donnait des coups de pied dans le van quand Syd, comme à son habitude arriva nonchalamment près d'elle avec un train de retard, en regardant Jarod disparaître au loin.

« C'est fini, Miss Parker. »

Miss Parker alluma une cigarette et secoua la tête en regardant le Belge.

« Vous ne pourriez pas avoir plus tort, Sydney. Ça ne fait que commencer. »

Chapitre 67

JAROD GARA LA LINCOLN sur une route isolée près de South Street Seaport pour se remettre de ses émotions.

Ses yeux se posèrent sur la Statue de la Liberté qui veillait sur ses enfants, de l'autre côté du fleuve. Mais malgré sa présence réconfortante, Jarod se sentait tout sauf libre ; son cœur était lourd, son esprit perdu dans ce qui semblait être un millier de pensées.

Il regarda la banquette arrière vers Skylar, toujours inconsciente. Cette jeune femme avait risqué sa vie pour l'aider. Il songea à la souffrance qu'elle allait devoir endurer pour désintoxiquer son corps de ce que ce pervers de Dr. Bilson lui avait injecté.

Il songea aux sentiments que cette femme unique avait suscités au plus profond de son âme.

Il pensa aussi à Miss Parker, à sa profonde solitude, à la torture psychologique infligée par son dominateur de père, à son armure émotionnelle en apparence impénétrable, et à la façon dont les réponses aux secrets entourant les souffrances de sa vie pourraient la libérer.

Des réponses *qu'il connaissait.*

Il considéra également l'inutilité de Sydney, son mentor à la fois figure paternelle, gardien de prison, confident et conspirateur. Tout cela amena inévitablement l'esprit de Jarod à s'interroger de nouveau sur ses véritables origines, et sur la complicité de Sydney dans la vérité cachée derrière tout cela. Jarod se demanda si Sydney accepterait de se racheter, et de surmonter sa culpabilité, en l'aidant dans sa quête de vérité.

Jarod était en colère.

Pas à cause de ce qui lui était arrivé, mais à cause de ce qui était arrivé à un autre enfant innocent, enlevé par une puissante entité afin d'être exploité pour leurs propres intérêts. Bien qu'il n'avait plus que sept jours, Jarod était déterminé à réunir le garçon avec sa famille ; il irait jusqu'au bout.

Le Caméléon savait que peu importe l'endroit où se trouvait Luke, il était en train de se poser la même question que Jarod n'avait jamais cessé de se poser, depuis le jour où il avait été enlevé à ses parents …

« Où sont mes parents ? Où sont mes parents ? Où sont mes parents ? »

Prochainement dans Le Caméléon

Dans **Saving Luke**, le second tome dans la série de romans du *Caméléon*, Jarod doit faire appel à tous ses talents de Caméléon, dans une course contre la montre, pour sauver un petit garçon qui a été enlevé, et stopper une énorme catastrophe menaçant la vie de milliers de personnes.

Alors que la poursuite du Caméléon s'accélère, Miss Parker et Sydney doivent faire face aux secrets du Centre à propos de leurs propres passés, des secrets personnels, révélés par Jarod, qu'ils devront affronter.

Chasser le Caméléon devient de plus en plus compliqué, tout comme déterminer la véritable loyauté de chacun des protagonistes.

La *Renaissance* du *Caméléon* ne fait que commencer. Tout passe à la vitesse supérieure dans *Saving Luke* !

Pour tout ce qui concerne Le *Caméléon* et *Saving Luke*, suivez le lien suivant !

http://www.thepretenderlives.com

Un remerciement personnel de la part de Steven Long Mitchell et Craig W Van Sickle

Nous avons adoré écrire *Renaissance*, le premier Roman du Caméléon, et nous espérons que vous avez appréciés le lire ! Nous aimerions vraiment avoir votre avis sur le livre, et apprécierions beaucoup que vous nous envoyiez un e-mail pour vous présenter et nous donner vos impressions. Nous répondons personnellement à tous nos lecteurs.

Assurez-vous d'être sur notre mailing list afin de ne manquer aucunes annonces concernant nos prochains livres, et d'être informé des dernières nouveautés et concours sur le Caméléon.

Envoyez-nous un e-mail à *centreinsider@thepretenderlives.com*, et présentez-vous pour que nous puissions vous remercier personnellement d'avoir lu nos livres.

À propos des auteurs

Steve Mitchell et Craig Van Sickle ont écrit, produit, et réalisé plus de deux cents heures de séries télévisées en prime time, telles qu'*Alien Nation*, *Arabesque*, *N.I.H. : Alertes Médicales*, *24 Heures Chrono* et *NCIS*. Des sitcoms aux drames, des comédies au mystère, de la science-fiction à l'aventure et à l'action, leur carrière a couvert un large spectre de l'imagination. Ensemble, ils ont aussi créé de nombreuses séries télévisées, plus particulièrement, *Le Caméléon* sur NBC, pour laquelle ils ont été Producteurs Exécutifs pendant les cinq années de diffusion de la série, ainsi que pour une série de films de deux heures.

En plus de séries télévisées, Mitchell et Van Sickle ont également écrit et produit plusieurs mini-séries, téléfilms et long-métrages.

En 2008, ils ont été nominés pour un Emmy Award, dans la catégorie meilleure mini-série en tant que scénaristes et producteurs exécutifs, pour *Deux Princesses pour un Royaume* diffusé sur la chaîne Syfy. En plus d'avoir été acclamée par la critique, la nouvelle adaptation du *Magicien d'Oz* a dépassé les records d'audience aux Etats-Unis et dans le reste du monde.

Récemment, l'équipe a achevé ses deux premiers romans, *Le Caméléon : Renaissance*, paru en octobre 2013, et *Le Caméléon : Saving Luke*, paru en mai 2014.

Tous deux résident avec leurs familles dans les environs de Los Angeles et peuvent être contactés sur leurs sites internet:

http://www.ThePretenderLives.com

et

http://www.LeCaméléonVit.fr.

www.ingramcontent.com/pod-product-compliance
Lightning Source LLC
Chambersburg PA
CBHW020914200626
46814CB00001BA/330